CE QUE VEULENT LES FRANÇAIS

DU MÊME AUTEUR

Ce que je cherche, Fayard, 2024.

JORDAN BARDELLA

CE QUE VEULENT LES FRANÇAIS

Fayard

Les noms et prénoms de certaines personnes rencontrées dans le cadre de l'écriture de ce livre ont été modifiés pour des raisons de confidentialité liées à leur situation professionnelle actuelle.

Couverture :
Photo de couverture : Raphaël Attal
Photo de quatrième de couverture : Raphaël Attal
Réalisation de la couverture : Nord Compo

ISBN : 978-2-213-73363-0
Dépôt légal : octobre 2025

À la France qui travaille. Humble et silencieuse.

La plus haute forme d'espérance,
c'est le désespoir surmonté.

GEORGES BERNANOS, *La Liberté, pour quoi faire ?*

Sommaire

III. Ceux qui nous soignent

IV. Ceux qui bâtissent le pays

V. Ceux qui nous lient

VI. Ceux qui nous font rêver

VII. Ceux qui s'éloignent

VIII. Celle à qui je dois tout

Prologue

Qu'est-ce donc qu'un pays si ce n'est les visages, les voix et les destins de ceux qui l'habitent ?

En politique, pourtant, la vraie vie a disparu. L'agenda médiatique et la cadence infernale des publications sur les réseaux sociaux ont eu raison du temps long. Chaque semaine apporte son nouveau scandale, chaque jour ses nouvelles urgences. Telle une machine qui broie, la pauvre « démocratie 2.0 » écrase tout sur son passage : les réflexions de fond, la nuance, l'esprit critique, la capacité à voir loin, la vérité parfois, sans oublier la politesse.

Ainsi, on gouverne dans l'instant, plutôt que de gouverner pour l'histoire.

Alors oui, la vie politique et ceux qui la portent avec courage ont gagné en visibilité. Les débats, souvent enflammés, de plus en plus manichéens, résonnent plus fort, et plus vite. Mais qu'en retient-on vraiment ?

Pendant ce temps, à l'extérieur de l'arène, dans une indifférence de plus en plus marquée, un silence que plus personne ne remarque, il y a les Français, humbles, lucides, courageux. Il y a ceux pour qui la vie ne se pense pas en « séquences de communication », mais plutôt en termes de fins de mois à boucler, de factures à payer, d'enfants à élever, de projets de vie à bâtir, de « paperasse » à remplir, de patrimoine à transmettre – aussi modeste soit-il.

Les Français le ressentent : ce temps politique n'est plus le leur, et un gouffre abyssal les en sépare. Leurs inquiétudes, leurs difficultés, leurs angoisses, mais également leurs attentes et leurs espoirs ont disparu de l'agenda des dirigeants politiques.

Il y a aussi ce sentiment plus dur encore : tout ce qui se décide l'est, à chaque fois, en dépit du bon sens le plus élémentaire.

Les Français désirent des services de santé solides, mais on ferme des lits d'hôpitaux. Ils exigent l'ordre et la sécurité, mais la justice relâche bien trop vite les délinquants et les criminels. Les Français sont invités à faire des économies, mais on gaspille leur argent dans d'innombrables gabegies. Ils veulent travailler, mais on les écrase de taxes et de normes. En somme, ils paient toujours plus d'impôts, pour moins recevoir en retour.

Après bientôt deux quinquennats d'une politique qui aura résolument ignoré les Français et affaibli la France, notre pays est à la croisée des chemins.

Dès lors, humblement, j'ai voulu rendre du temps au temps. Pendant près d'un an, je suis allé frapper à la porte des Français. Je m'y suis rendu seul, sans caméra de télévision, sans appareil photo, sans reporter d'images, avec mon seul cahier de notes en main.

Depuis mes premiers pas en politique il y a plus de dix ans dans cette cité HLM de Saint-Denis qui m'a tant appris jusqu'à aujourd'hui, je sillonne notre beau pays avec l'espoir de pouvoir un jour contribuer à lui apporter les bons remèdes.

Mais le livre dont vous ouvrez les pages est différent.

Cette fois-ci, je ne suis pas venu serrer des mains ni même parler sur le parvis d'une mairie, encore moins dans une grange entourée d'une nuée de journalistes piétinant les champs.

Je suis venu seul, dans un face-à-face intime, à la rencontre de ceux qui ont accepté de se confier parfois des heures durant.

Je suis venu mesurer les vies françaises, entendre ce que ces femmes et ces hommes ont à dire, apprendre encore de cette sagesse populaire si riche d'expériences et d'enseignements. J'ai agi avec la conviction qu'écouter ceux qu'on n'entend jamais est essentiel pour agir justement.

Ces pages ne sont pas seulement des témoignages dans lesquels beaucoup pourront se reconnaître. Elles sont le fruit d'un état des lieux, le journal intime d'un pays mêlant colère sourde, lassitude et incompréhension ; celui d'un peuple sommé de s'habituer à vivre dans une époque où le réel est nié, où les grandes décisions paraissent absurdes et lointaines.

Si la France tient debout, c'est grâce à son peuple et à lui seul ; plus que jamais, je sais combien les paroles des Français sont la clé. Si la France tient debout, c'est parce que le peuple n'abdique pas et qu'il refuse de mourir.

Ils sont ceux qui nous nourrissent, nous protègent, nous soignent, nous enseignent, nous relient…

Ils sont ceux qui bâtissent, entreprennent, travaillent dur, sans jamais se plaindre.

Ils sont ceux qui peinent, ceux qui portent sur leurs épaules les efforts de la société tout entière.

Mais ils sont aussi ceux qui espèrent, patientent, rêvent de petites réussites et de grands projets.

Certains des protagonistes de ce livre m'étaient auparavant inconnus, sans attache partisane particulière. Pour d'autres, nos chemins s'étaient déjà croisés.

Je songe à Olivier, dernier boulanger d'un petit village de la Marne qui m'a accueilli une première fois dans son commerce à l'hiver 2023. La hausse soudaine des tarifs de l'énergie lui promettait un horizon incertain. Comment faire face lorsque, subitement et sans qu'on en soit responsable, sa facture d'électricité est multipliée par quatre ? Faut-il agir seul ? Doit-on demander de l'aide ? Faut-il se taire et subir en silence ?

En convoquant la presse devant sa boulangerie, je souhaitais attirer l'attention du gouvernement sur la crise énergétique qui se profilait, et la nécessité de mettre en place des mesures, en particulier celles que nous proposions. Deux ans plus tard, nous nous sommes retrouvés au même endroit, dans ce commerce vide qui s'apprête à baisser le rideau.

Avec ses paroles, j'ai réalisé combien, pour beaucoup, la solitude n'était jamais loin, comme le compagnon de route redouté des jours difficiles. En parler, c'est déjà redonner dignité, hauteur et considération à la voix des Français les plus modestes.

Je pense à François, 44 ans, agriculteur du Loiret, travailleur acharné, qui m'a reçu entouré d'une meute de journalistes à l'été 2024 pour évoquer la survie du monde agricole. À l'issue de ma visite, je lui avais promis que je reviendrais. Après plusieurs mois, il m'a accueilli, avec sa famille cette fois, dans l'intimité chaleureuse de leur maison.

J'ai voulu comprendre les sentiments d'une France que l'on entend sans jamais l'écouter, qui prend parfois la parole à l'occasion d'un mouvement populaire ou d'un soir d'élection, mais doit s'empresser de retourner travailler dès le lendemain.

J'ai voulu faire le portrait de notre époque. Avec ces confidences, la France était sous mes yeux. En livrant ses vérités, elle se dressait face à moi comme un vertige. Parfois, au fil des témoignages, il m'est arrivé de pleurer. La réalité peut être dure ; il m'est impossible de l'écouter sans me sentir lié.

Car un peuple qui livre sa vie, qui consent à se mettre à nu dans l'épreuve comme dans le courage et l'espérance, ne partage pas seulement des anecdotes ou des doléances. Il confie une responsabilité et une dette morale à celui qui l'entend avec la noble ambition d'y apporter des réponses.

Aujourd'hui, je comprends mieux ma raison d'être.

Aux lecteurs qui s'apprêtent à tourner ces pages, je souhaite de recevoir à leur tour tout ce qu'il m'a été donné de ressentir.

Les femmes et les hommes politiques qui me liront ne pourront plus dire qu'ils ne savaient pas.

I
Ceux qui nous nourrissent

1

Une vie sur la mer

« VIENS, JE VAIS TE MONTRER LE BATEAU. »

Avant de nous attabler, Bernard a tenu à me présenter l'une des fiertés de sa vie, peut-être pour mieux se livrer ensuite. L'homme de 55 ans – dont trente-huit passés sur la mer – m'a donné rendez-vous au chantier naval de Sète, dans l'Hérault, l'une des villes de pêcheurs typiques du Sud de la France. L'agitation des halles, les fluctuations des prix à la criée, les quais en effervescence et les familles qui se transmettent la mer de génération en génération font l'identité de cette belle ville.

En ce début d'été, un nouvel épisode de canicule s'est abattu sur la France. L'air est suffocant. Dès mon arrivée, je retrouve ce mélange d'odeurs de métal et de gasoil caractéristique des ports ; il a marqué une partie de mon enfance lorsque, jeune garçon, je naviguais au large de Diano Marina, station balnéaire de Ligurie, sur la modeste barque rouge de mon oncle Alberto.

Alors que nous marchons côte à côte, Bernard est impatient de me conduire à l'emplacement où son chalutier est en train d'être réparé. En chemin, des ouvriers affairés le long du quai révisent les navires. Il prend le temps de les saluer d'un geste de la tête.

Du long de ses vingt-cinq mètres, *L'Odyssée* se tient là, hors de l'eau, posée sur des tréteaux, tel un compagnon fidèle qu'il s'apprête à délaisser au seuil de la retraite. La coque est blanche, légèrement jaunie sur la partie inférieure et rouillée par l'usure. C'est le fruit d'une vie de travail. Le regard du Sétois est déjà plein de nostalgie et s'attarde quelques instants en silence. Puis, m'indiquant l'échelle située au pied du bateau : « Allez, on monte. »

À environ dix mètres du sol, le vent du bord de mer rend l'air plus respirable. Au milieu des câbles enroulés et des caisses empilées les unes sur les autres, les ouvriers qui s'attellent à la révision du bateau s'interrompent. « Faites comme si on n'était pas là », suggère Bernard.

C'est à la fois son outil de travail et sa seconde demeure, mais il confie humblement : « Un bateau, ce n'est pas juste de la tôle. Sans l'équipage, on n'est rien. Ici, j'ai eu des marins de tous les caractères. Des bons, des gros durs, des gentils, mais toujours des bosseurs. C'est physique comme boulot. »

Dans quelques semaines, il sait qu'il devra arrêter. Il espère un repreneur, mais les offres d'achat sont rares : « Des vautours traînent autour, mais rien de sérieux pour l'instant. Tu sais, ma plus grande peur, c'est qu'il soit détruit… Je ne m'y ferais pas. » À l'évidence, envoyer ce chalutier à la casse reviendrait à voir disparaître une part de lui-même et, peut-être, une certaine idée du métier.

Bernard Di Maio est un enfant du pays. Ou du moins de la mer. Né à Sète, il a grandi dans une famille d'immigrés napolitains. Son père était pêcheur. Il a aujourd'hui 83 ans et déambule encore au milieu des halles. « La pêche, c'est sa vie. Il s'ennuierait de rester à la maison. »

Sa mère, elle, tenait une poissonnerie. Ses grands-parents et ses cousins pêchaient le thon rouge à Cetara, une autre rive de la Méditerranée, un petit port de la côte amalfitaine. « Chez nous, on a toujours pêché. Ce n'était même pas une question, c'était comme ça. »

Très jeune, il comprend que son avenir passera par ce quai. À 6 ans, il regarde les bateaux amarrés et le mercredi, alors qu'il n'a pas école, descend au port pour rejoindre d'autres enfants. On le charge de solder les poissons invendus et de les vendre aux passants. Il gagne quelques sous et le prestige symbolique d'un premier pas vers la mer.

Le goût du travail vient vite et très tôt. L'école « classique » ne l'intéresse plus. Alors, à 16 ans, Bernard rejoint l'école maritime. Il en sort l'année suivante avec son brevet, prêt à embarquer. Le voilà mousse ! Patient, il sait que le métier s'apprend progressivement : « On devient marin en regardant faire, en écoutant, et puis en faisant à son tour. »

Le fils de pêcheur apprend vite et cela lui plaît. À 18 ans, l'Armée l'appelle dans ses rangs. Il aurait rêvé d'un poste sur la Méditerranée, mais on l'envoie à Lorient, dans le Morbihan. Le climat et la grisaille tranchent avec son Sud natal. « Je n'avais jamais vu un bord de mer avec autant de pluie. Quelle péripétie c'était ! » sourit-il. Là, il découvre la discipline militaire et s'endurcit : « Ça m'a aidé à prendre en maturité et en force. »

À son retour, il reprend le large et embarque sur le bateau de son père, le *Regina Maris*, « la reine des mers, en français », précise-t-il. Progressivement, son père s'efface ; la mer est une affaire de famille et le flambeau doit se transmettre.

À 26 ans, Bernard devient officiellement capitaine et prend la barre du *Regina*. Mais il n'entend pas se contenter de prendre la suite, le jeune patron veut faire mieux ; il entend se dépasser pour faire honneur à l'héritage familial. Il souhaite améliorer les méthodes de travail, entretenir différemment, s'équiper mieux. Bernard lit et se forme, s'intéresse aux instruments de navigation, à la mécanique, à la biologie marine, à la réglementation. Il doit aussi gérer les hommes. Souvent, les marins sont plus âgés que lui et ont des années de navigation en plus dans les bras. Pour s'imposer, il choisit l'exigence : « Quand tu es capitaine, tu arrives avant tout le monde, et tu repars après. »

« La mer, c'est une grande aventure. Lorsque tu pars, tu ne sais jamais comment tu vas revenir, ni ce que tu vas ramener. »

Le 22 février 1999, il est environ 3 heures du matin lorsque Bernard part en mer. Le *Regina Maris* s'éloigne du quai et l'horizon semble calme : « À l'époque, les outils permettant d'anticiper la météo n'étaient pas aussi précis qu'aujourd'hui. »

À ses côtés, comme chaque matin, quatre marins sont à bord. C'est le début d'une journée de pêche ordinaire pour l'équipage. Toutefois, quelques heures plus tard, sur le retour, à environ quarante kilomètres des côtes, le temps tourne. La mer devient mauvaise et une première alarme sonne. Bernard descend précipitamment dans la salle des machines : l'eau monte. À l'intérieur du bateau, il est déjà trop tard...

L'équipage panique mais doit agir vite. Le capitaine sonne l'alerte et lance un premier appel de détresse. Il ordonne à l'équipage de déployer les canots de survie et d'enfiler les gilets de sauvetage. Moins de quinze minutes plus tard, le *Regina Maris* sombre.

Dehors, la tempête se déchaîne et la petite embarcation de sauvetage peine à se stabiliser. Il n'y a plus d'autre choix : il faut se jeter à l'eau. Celle de la Méditerranée ce jour-là est glaciale, 7 °C à peine... Les cinq hommes se serrent les coudes. « On s'est tenu la main, on s'est regardés sans rien dire. » Bernard sent ses chevilles se raidir. À sa droite, James, l'un des marins, ferme les yeux, baisse la tête et s'endort. Il ne survivra pas.

À Sète, la sirène retentit dans les rues. Dans une ville de pêcheurs, elle n'annonce jamais rien de bon. Tout le monde comprend qu'un bateau est en détresse, qu'un équipage est en danger et que le temps est compté. Alors, on attend en silence ; on espère.

Un hélicoptère passe au-dessus des marins mais ne les repère pas. C'est une vedette de la SNSM – les sauveteurs en mer – qui les retrouve. À sa barre, un cousin germain, qui réussit à les localiser grâce aux goélands qui tournent au-dessus des hommes à la dérive.

Bernard est marqué. Il voit souvent la scène se rejouer dans les moindres détails au moment de s'endormir ; c'est un cauchemar qui restera gravé à tout jamais.

Quelques jours plus tard, sur le port de Sète, il voit arriver son grand-père. Depuis l'Italie, le Napolitain de 81 ans a pris la route pour venir le serrer dans ses bras ; une solidarité que seuls ceux qui ont éprouvé la mer peuvent expliquer. Par honneur, le capitaine ne lâche pas : « La mer restera une amie, malgré ce qu'elle m'a fait. » Trois mois plus tard, il repart et fait construire un nouveau bateau qu'il baptise *L'Odyssée*, comme le rappel constant que chaque sortie en mer est une traversée.

Depuis lors, Bernard se lève chaque matin à 2 heures. À bord à 2 h 30, il appareille à 2 h 45 : « C'est à ce moment qu'on décide précisément où on va, selon la période et la météo. » À 3 heures, il quitte le port de Sète et pêche à environ deux heures de là. Avec son équipage, il trie le poisson, le conditionne, le met en chambre froide. Il rentre vers 18 heures. Le samedi et le dimanche sont dédiés à l'entretien du bateau. Il faut changer le chalut, remplacer un câble ou réaliser la vidange des moteurs.

Au total, Bernard travaille quatre-vingt-quinze heures par semaine. Il tient ce rythme depuis plus de trente ans et refuse de se plaindre. Son salaire dépend du poisson ramené. Si la mer a été mauvaise, s'il y a eu une casse ou une panne, il ne gagne rien. Quand la mer est avec lui, il peut gagner gros : « Un bon mois, je peux monter à 4 000, parfois 5 000 euros. Mais il faut que tout roule. Que le filet soit plein, que le gasoil n'augmente pas trop et surtout qu'il y ait de bons prix à la criée. C'est largement mérité. Je dirais qu'on gagne mieux qu'avant car le poisson est plus cher. À la retraite, je vais passer à 1 300 net, ça va faire tout drôle… »

La pêche a changé. En 2000, il y avait cinquante chalutiers à Sète. Aujourd'hui, ils ne sont plus que dix. « C'est simple, l'Union européenne veut nous tuer. Soit ils ferment des zones de pêche, soit ils nous interdisent de bosser avec des normes impossibles à respecter. J'ai l'impression que ceux qui les écrivent n'ont jamais mis les pieds sur un chalutier. »

Les zones de pêche ferment les unes après les autres ; les filets doivent avoir des mailles plus larges ; et les jours en mer sont limités.

Bernard y voit une politique d'étouffement, et estime que tout est fait pour que la pêche artisanale disparaisse…

Il s'insurge contre l'excès de normes imposées aux producteurs tandis que l'on permet à des chalutiers-usines norvégiens de sortir près de mille tonnes de poisson par jour sans contrôle. « Ces bateaux-là sont des monstres. Nous, on nous interdit un maillage ou une zone, pendant qu'eux, ils vident la mer tous les jours ! Ce sont eux que les ONG devraient emmerder, pas nous. » Et d'ajouter : « Toutes ces associations tirent la France vers le bas pendant qu'on travaille pour la faire vivre, pour défendre notre souveraineté alimentaire. »

Depuis plusieurs années, des associations environnementales multiplient les actions, les recours en justice et les campagnes de communication « coup-de-poing » face à diverses techniques de pêche jugées dangereuses pour le littoral ; comme si tous nos pêcheurs étaient les ennemis de la mer. Ce bras de fer, de plus en plus récurrent, se pratique à coups de rapports – souvent orientés politiquement –, de chiffres et de procédures juridiques. Pour les marins, il est perçu comme une pression supplémentaire, tandis qu'eux tentent inlassablement de maintenir cet équilibre subtil, entre besoin de produire et respect du milieu naturel.

Au printemps 2025, tandis que les bateaux de pêche sont affairés à une nouvelle journée de travail en mer, l'ONG d'extrême gauche Greenpeace déploie l'un de ses navires dans le golfe du Lion afin de mener une opération de communication d'envergure. À bord, une grue, une dizaine de blocs de calcaire de deux tonnes chacun, et un objectif : empêcher le passage des chaluts. Cette action dite « symbolique » s'est bien sûr faite sans la moindre concertation ; les militants de l'association sont alors convaincus de leur bon rôle, celui de dicter l'avenir, y compris à ceux qui vivent de la mer.

Pourtant, le capitaine constate le changement climatique qu'il voit et vit chaque jour : « Les saisons ne sont plus les mêmes. La météo est devenue plus capricieuse, on le ressent tous. »

La mer est son environnement, il y est attaché de manière viscérale mais ne supporte plus les injonctions absurdes de ceux qui prétendent la protéger à sa place. Sur son navire, chaque déchet est ramassé ; il l'a toujours exigé. Aucun plastique n'est jeté par-dessus bord, ni aucun mégot à l'eau.

Il regrette la démultiplication des éoliennes en mer et le dit sans détour : « On fout des hélices dans l'eau pendant qu'on laisse crever le nucléaire. Allez comprendre… » Planter des mâts de plusieurs dizaines de mètres dans les zones de pêche, sacrifier des kilomètres d'écosystèmes pour une énergie intermittente importée en pièces détachées de Chine et à l'efficacité plus que discutable relèvent effectivement de la folie.

Depuis plusieurs années, je dénonce la privatisation du littoral français, sans la moindre concertation et souvent contre l'avis des habitants. Trois parcs sont actuellement en service (Fécamp, Saint-Brieuc et Saint-Nazaire) et le gouvernement prévoit la création d'une cinquantaine de sites supplémentaires d'ici à 2050. Leur coût est astronomique : à Saint-Nazaire, le parc éolien en mer a englouti plusieurs milliards d'euros – à l'aide de gracieuses subventions publiques – pour une énergie cyclique couvrant à peine 9 % de la consommation régionale... À titre compensatoire, un tiers de la taxe sur les éoliennes maritimes est reversé à des comités de pêcheurs, mais elle finance surtout les grandes flottes industrielles, sacrifiant ainsi l'artisanat et la pêche locale.

Il y a dans l'histoire de Bernard bien plus qu'un parcours de pêcheur. Il y a une fracture entre ceux qui produisent et ceux qui décident depuis leurs bureaux. Voulons-nous encore produire ce que nous consommons ? Ou avons-nous déjà renoncé ?

Un pays qui n'a plus de pêcheurs, plus d'agriculteurs, plus d'éleveurs, n'est plus un pays souverain. C'est un pays dépendant, sous perfusion, livré aux bateaux-usines et aux traités commerciaux souvent signés par l'Union européenne contre les intérêts de la France.

Il en va de même pour la suradministration de la politique économique. Elle se traduit par une inflation de normes absurdes, sans cesse plus drastiques et imposées par Bruxelles, avant d'être surtransposées avec zèle par la France. Notre pays produit plus de cinq cent mille tonnes de poissons par an, un tiers de la consommation française. Le reste est importé, surgelé. Alors pourquoi, dans de telles conditions, interdire à des marins français de sortir pêcher, au nom d'un règlement administratif ou d'un chantier éolien qui dévaste nos paysages ?

Parmi les normes évoquées par nos pêcheurs, il y a aussi cette obligation de débarquer toutes les captures, même celles qui n'ont aucune valeur marchande. Une mesure entrée en vigueur en 2019 à la demande de Bruxelles et qui, depuis, pose des défis concrets aux pêcheurs français. Sur le papier, l'idée paraît louable puisqu'il s'agit de limiter les gaspillages, de diminuer les pertes. Dans les faits, sa mise en œuvre est plus complexe ; les prises accidentelles, qui autrefois étaient rejetées à la mer, doivent depuis être conservées à bord, stockées, pesées, inscrites au registre de pêche et débarquées une fois sur le port. Pourtant, les pêcheurs savent *a priori* que la caisse ne sera jamais achetée… Dans la plupart des cas, le fruit de ces pêches accidentelles est détruit *a posteriori* ; un non-sens économique et écologique, que beaucoup de marins jugent absurde et mal ficelé.

Nos pêcheurs ne peuvent se défendre seuls face à ces aberrations.

Il reste en France un peu plus de six mille navires de pêche. Une majorité ressemble à celui de Bernard : traditionnel et à taille humaine. En dépit de leur importance, ils ne pèsent plus rien dans les grandes décisions.

« Le jour où il ne restera plus que des bateaux de quarante mètres avec des pavillons hollandais ou norvégiens, on dira que c'est la faute du climat », peste Bernard, triste et désemparé.

Les grands chalutiers et les flottes industrielles raflent toujours les arbitrages relatifs aux quotas et aux subventions. Les pêcheurs le savent. Pendant que les flottes industrielles étrangères raclent les fonds au large de nos côtes, pendant que les poissons parcourent des milliers de kilomètres dans des conteneurs réfrigérés, les marins français, eux, croulent sous les interdictions, les contrôles et la suspicion.

La mission du Sétois est de nourrir le pays avec des produits dont la qualité est enviée dans le monde entier : le thon rouge de Méditerranée, le loup, la seiche ou la daurade royale. Une Nation qui possède un tel trésor dans ses eaux et qui choisit d'affaiblir ses producteurs ne croit plus en elle-même.

C'est sans doute la raison pour laquelle Bernard est profondément solidaire des agriculteurs. Il connaît leurs angoisses et leurs problèmes : bien souvent, ils sont identiques. Il a participé au blocage du port de Marseille en 2010 pour protester contre la hausse des prix du gasoil. Il sait, aussi, ce que veut dire travailler quatre-vingt-quinze heures par semaine.

Comme eux, Bernard a le sentiment qu'on lui reproche d'exister, d'être injustement taxé de pollueur, de malmener nos eaux et nos territoires, de respirer trop fort…

Le modèle de Bernard est pourtant celui qui ne doit pas disparaître : un modèle artisanal, enraciné, à taille humaine. C'est celui où le patron connaît ses hommes, où le poisson est débarqué à 5 heures et vendu à 7 ; celui où l'on pêche raisonnablement, parce que l'on veut continuer à pouvoir travailler demain.

Pour cela, encore faut-il faire un choix. Refuser que les côtes françaises soient défigurées par des parcs éoliens ; refuser qu'on laisse des intérêts privés planter des mâts au milieu des zones de pêche alors qu'on interdit aux artisans de jeter leurs filets. Refuser que l'Europe démantèle ce que des générations de travailleurs ont construit, au nom d'une idéologie délétère inspirée par la décroissance. Refuser, aussi, que l'on préfère un poisson élevé sous antibiotiques au Canada plutôt que le produit d'un pêcheur français.

Bernard approche de la retraite, et il le sait. Au cours de notre échange, il réfléchit et compte les mois, dans un mélange d'impatience, de nostalgie et d'inquiétude à l'idée de devoir quitter son navire. La mer Méditerranée est pour lui depuis toujours un refuge, et le lieu où il est possible de respirer, d'oublier, de croire.

Une fois sur terre, chaque soir, il dit ne plus reconnaître la France. Celle, dit-il, du grand désordre.

Il cite l'exemple de sa femme qui prend les transports en commun chaque jour. Depuis son portable, il lit les faits divers et me demande : « Tu as vu cette histoire de piqûres ? Les mecs qui attaquent les femmes avec une aiguille dans la rue, comme ça ? On en est là ? »

Il ne craint pas pour lui, mais pour elle, pour ses trois enfants, pour les siens, pour ceux qui n'ont pas la chance d'avoir un bateau pour fuir.

Bernard me parle aussi des aides. De cette France où travailler rapporte à peine plus que de ne rien faire. Il le dit avec lassitude : « À force de payer les gens à rester chez eux, il ne faut pas s'étonner qu'ils n'aient plus envie de se lever le matin. »

Des abus, il en a vu passer. Des arrêts maladie envoyés par SMS à 3 heures du matin, au moment de monter sur le bateau, des certificats de complaisance où le médecin signe sans poser de question. Pendant ce temps, lui grimpe sur le pont.

Le travail fait partie de sa vie et, à l'évidence, il se sent solidaire de cette France qui, comme lui, commence avant l'aube.

Il demande que l'on écoute cette vérité française qu'il a au fond du cœur, que l'on cesse de saborder ce qui fonctionne.

Bientôt, il raccrochera. En attendant, il rêve d'une maison en Corse : « Au moins là-bas, ils sont fiers de leur drapeau et savent le défendre. »

Quand je lui demande ce qu'il veut que l'on retienne de lui, il répond spontanément : « Que j'ai fait mon travail. J'ai amené le poisson. J'ai respecté ce que mon père m'a appris. »

Il continue à naviguer.

Pour combien de temps encore ? Il l'ignore. Mais tant que *L'Odyssée* tient, il tiendra avec elle.

2

Les cloches, le pain et ce pays que l'on enterre

« AVEC LA MÊME FARINE, deux boulangers ne font jamais exactement le même pain. Il y a toujours un petit truc en plus. Voilà le savoir-faire français. »

Olivier me parle du pain avec la tendresse et l'exaltation de l'artisan qui a conscience de détenir entre ses mains un trésor. Et ce « petit truc », il le transmet en chacun de ses gestes.

Cet homme de 55 ans, originaire du Nord de la France, se lève chaque jour aux alentours de 2 heures du matin pour pétrir la pâte et enfourner le pain. À 5 h 30, sa femme, Jorrianne, part en tournée. La boutique ouvre à 6 h 30, heure à laquelle affluent les clients les plus matinaux.

Ce qu'il préfère dans cette vie si exigeante ? « Surveiller le pain qui va cuire dans son four. En sentir l'odeur. » Ce moment suspendu dans la nuit, il le revit avec tendresse en me le contant. « Tu sais, le fait d'avoir une baguette chaude sur la table d'un repas, c'est catholique et français. Pendant la guerre, le pain était une monnaie d'échange. Des gens sont morts pour du pain. » Il sourit avec gêne, comme pour s'excuser d'en faire trop.

Pour lui, le pain, bien davantage qu'un simple aliment, représente un mode de vie, une culture, une mémoire. Un souvenir d'enfance l'a marqué. « Mon père ne mangeait jamais de pain sans avoir fait le signe de croix au dos de la baguette. Il me disait que c'était le corps du Christ », se remémore-t-il.

Son métier n'est pas ordinaire. Il perpétue l'un de nos savoir-faire les plus ancestraux. Mais Olivier est las : il ne s'en sort plus.

Je me souviens de notre première rencontre. C'était en janvier 2023 dans sa boulangerie, au cœur de Prouilly, un village de la Marne situé à une poignée de kilomètres de Reims. Cette région est l'une des premières terres agricoles de France, un territoire marqué par son patrimoine historique et viticole, par ses plaines céréalières qui s'étendent à perte de vue. Dans le froid de l'hiver, son établissement était un antre rassurant, réchauffé par les fours allumés d'où émanait l'odeur familière du pain chaud.

Derrière le comptoir, je trouvais un homme inquiet. Je savais sa détresse. « Tu sais, cette boulangerie est le dernier lieu de vie du village. On n'a plus grand-chose dans le coin. Si je ferme, il n'y aura plus rien », confie-t-il.

Alors que les factures d'énergie s'envolent dans tout le pays, la sienne vient d'être multipliée par quatre.

Comment un homme qui, depuis quarante ans, se lève à 2 heures du matin pour nourrir un village peut-il être ainsi pris à la gorge par une ligne de compte ? Pourquoi l'électricité devient-elle un luxe au point de menacer la liberté de travailler ? Au pays de l'atome et de l'énergie nucléaire, ce constat est effarant.

Ce jour-là, je ne suis pas venu les mains vides. J'ai voulu remettre à Olivier une lettre ouverte destinée à tous les boulangers de France. Pour alerter. Pour dire tout haut ce que d'autres refusaient d'entendre. C'était un signal, un cri du cœur pour que leur détresse trouve un écho médiatique et politique. Le gouvernement était indifférent à la colère sourde qui gagnait la France du travail. Mais sur le terrain, nous savions.

L'inaction devant la flambée des prix de l'énergie allait laisser des entreprises sur le carreau, plonger des millions de Français dans l'angoisse de voir arriver cette facture que l'on ne peut pas payer.

Les règles européennes tant décriées du marché de l'électricité imposent que le prix de vente – malgré notre parc nucléaire – soit indexé sur celui de nos voisins, notamment de l'Allemagne, qui a fait le choix de tourner le dos à l'atome pour se rendre dépendante des approvisionnements en gaz russe.

Cette dépendance a atteint près de 55 % des importations allemandes de gaz à la veille de l'invasion de l'Ukraine en février 2022 ; un choix stratégique, dicté autant par l'idéologie antinucléaire que par une logique économique de court terme, qui a déterminé une grande partie de la politique énergétique européenne.

Pour nous, Français, le paradoxe est brutal : alors que plus de 70 % de notre électricité provient du nucléaire, le pays a tout de même subi la flambée des prix causée par la dépendance allemande au gaz. La fermeture temporaire de plusieurs réacteurs français pour maintenance a accentué cette vulnérabilité, obligeant Paris à importer ponctuellement de l'électricité produite à partir d'énergie fossile !

Ainsi, la France se voit dépossédée d'un atout de souveraineté majeur, d'une opportunité historique, d'un levier industriel et social crucial pour son économie. Notre pays qui devrait être un paradis énergétique voit ses artisans s'endetter pour allumer leurs fours. Olivier, comme tant d'autres, a fini par plier. Non parce qu'il a mal géré, mais parce qu'on l'a abandonné, en punissant ceux qui travaillent.

Deux ans plus tard, en mai 2025, il est en liquidation judiciaire. Endetté. Ruiné. Épuisé, et désormais malade. À force d'augmentations perpétuelles, de factures injustifiées, de dettes impossibles à rembourser, son four s'est éteint et sa santé s'est dégradée.

Olivier a tenu à me recevoir de nouveau dans sa boulangerie, quelques heures avant l'arrivée du liquidateur. Ce lieu avait été celui du partage, de l'odeur de la baguette et du croissant chauds, des gâteaux pour les grandes occasions, des premiers mots échangés le matin. Désormais, il allait définitivement mettre la clé sous la porte.

Nous sommes installés dehors, en terrasse, au soleil. Un verre sur la table, deux chaises face à face, et le silence inhabituel d'un commerce qui se tait.

Des heures entières, Olivier a parlé, rejoint par son épouse Jorrianne, qui l'a toujours épaulé. Le visage et les mains fatigués, il a livré ce qu'il gardait en lui depuis trop longtemps. Les mots se sont échappés comme la farine dans ses mains. Avec force, franchise, et une simplicité qui en dit beaucoup. Autour de nous, des habitants passent. Certains s'arrêtent. Tantôt pour nous saluer, tantôt pour lui adresser des mots de soutien auxquels il répond invariablement d'un sourire sincère mêlé de tristesse.

Le simple fait de parler lui a fait du bien.

« Je suis d'une génération où il fallait bosser quand on voulait quelque chose. Je n'ai jamais été un branleur. » Apprenti dès l'âge de 14 ans, le boulanger n'a jamais voulu faire autre chose. Être utile, se lever pour les autres, perpétuer un savoir-faire.

L'envie, aussi, d'épouser une vie rurale en écho aux souvenirs d'une enfance passée dans l'Aisne, éduqué à la dure par un père facteur et une mère au foyer qui réalisait des tâches ménagères à l'extérieur lorsque l'argent manquait. « Quand j'étais gamin, j'attendais le bus pour l'école. Il y avait une odeur dans la rue. L'odeur du pain chaud. La lumière dans le fournil. Je me disais : le gars, il bosse toute la nuit, et il y a des gens, dès l'aube, qui attendent le fruit de son travail. Je trouvais ça magique. Je me suis promis d'en faire mon métier », dit Olivier.

Il obtient l'un de ses premiers emplois dans le quartier des Francs-Moisins, à Saint-Denis. « Ta ville, Jordan », me glisse-t-il avec un clin d'œil. Là-bas, déjà, « c'était chaud ». Une boulangerie industrielle, des nuits de travail, un rythme de forçat. Il apprend vite. Il encaisse et s'endurcit. Mais garde intacte la passion du pain. Après un bref passage dans le Sud de la France sous le soleil de la Méditerranée, l'envie de revenir près de ses cinq enfants se fait sentir.

Un ami lui relaie une annonce passée dans l'un des villages typiques de la France qu'il aime. Niché au milieu des vignes de la Marne, Prouilly, avec ses cinq cents habitants, sera son point de chute. Une boulangerie à reprendre, une vie à reconstruire, et une envie que ce village devienne le sien.

Avant lui, le local situé à deux pas de l'église du village abritait des fours à pain. Un autre boulanger s'était installé, discret et sérieux. Mais il rencontra un fâcheux problème : il était allergique à la farine.

Olivier se souvient de ce 13 mars 2013 comme si c'était hier, le jour de son arrivée. Alors qu'il neige, sa voiture glisse dans un champ. Le mari de la maire l'a sorti de là en tracteur. « Ça commence bien ! » lui lance-t-il avec humour. Ils ne savaient pas encore à quel point Olivier et son épouse s'apprêtaient à devenir le cœur battant du village.

Ce qu'il aime le plus, ce n'est peut-être pas le pain, mais les gens, finis-je par me dire en l'écoutant. Les enfants qu'il a vus grandir. Les anciens qui ne sortaient que pour le saluer et rompre la solitude. Les clients devenus amis et confidents. Les longues minutes de discussions à la caisse. Il me parle de cette cliente qui livrait l'école à sa place quand il manquait de bras. D'Albert, ce veuf loquace, qui venait tous les jours en espérant croiser quelqu'un : « Il restait dans sa voiture et dès qu'il voyait un client approcher, il entrait dans la boulangerie pour venir discuter. Il était bavard mais tellement gentil, c'est pour cela qu'on l'appréciait tous. »

À regret, Olivier a dû faire des choix. Il n'ouvre plus le soir. « Pour quelques clients, je perds de l'argent. Trop d'électricité, trop de charges. Ça me coûte plus cher que ça me rapporte. » Dans la France rurale, tenir un commerce de proximité devient un sacerdoce. À Prouilly, une grande partie des habitants travaillent à Reims, la grande ville qui concentre tout. Ils y partent tôt, et en reviennent tard. Alors ils prennent le pain là-bas. Le cercle vicieux pour nos campagnes est infernal : « L'activité locale se réduit, les commerces se raréfient, les communes rurales deviennent des villages-dortoirs, la vie disparaît », déplore le boulanger.

Dans nos campagnes, la solitude s'installe doucement à mesure que les lieux de convivialité s'éteignent. À Prouilly, la boulangerie est plus qu'un commerce, c'est un repère, une habitude pour ceux que la vie a isolés. Ce sont des voix et des visages. À sa façon, Olivier réunissait chaque jour la France des oubliés.

Il a lancé une association qui organise une fois par an un rallye moto pour recréer des amitiés et faire vivre le village. Pour conjurer un pays qui se défait. « J'aime le contact. J'aime parler, parfois un peu trop, dit-il en souriant. J'ai grandi dans un village où tout le monde se disait bonjour. Aujourd'hui, si une grand-mère tombe, combien s'arrêtent pour l'aider ? » questionne-t-il, nostalgique d'une époque où l'entraide était encore une valeur partagée.

Avec le temps, Olivier a senti les mentalités changer : « Les gens parlent moins qu'avant. Certains entrent dans la boulangerie, restent sur leur téléphone avec leurs écouteurs et disent à peine bonjour. Je trouve cela dommage. Tu sais que, maintenant, même des mamies paient la baguette avec leur appli bancaire ? », s'écrie-t-il.

Les factures sont aussi venues le rattraper. L'électricité multipliée par quatre. La levure, le beurre, les œufs : tout a flambé. « Le prix d'un œuf est passé de 8 à 30 centimes. Entre le prix des matières premières, mon gasoil pour les tournées, les fours à allumer, j'ai vu fondre mes marges comme neige au soleil ! »

Mais Olivier ne cherche ni aide ni pitié.

En 2023, alors que la spirale de l'endettement a commencé, il tente un dernier coup de poker et ouvre un point de vente à Crugny, un village à quelques kilomètres de là, bien situé. Il croit au rebond. Il embauche, puis tout s'effondre : sa vendeuse a un accident. Son propre véhicule part à la casse. Sa jeune ouvrière l'abandonne. « Je ne voulais pas augmenter mes prix. Mes clients avaient déjà du mal à boucler les fins de mois. » Il tient quelques mois encore. Jusqu'à l'épuisement.

« Aujourd'hui je dois 50 000 euros. J'ai trois mois de salaire de retard. Je ne me paie pas. » Olivier ne mange plus à sa faim et doit sauter des repas. « J'ai fait un AVC, j'ai le pancréas qui déconne, j'ai plus de mutuelle, plus rien. Même mes lunettes, je ne peux pas aller les chercher, je ne peux pas les payer. À 178 euros la paire, c'est devenu un luxe que je ne peux plus m'offrir. »

Après mon départ, je sais qu'il rendra les clés et retournera vivre dans un mobile home, dans l'Aisne, non loin de ses enfants, « en attendant ».

Plus cruel encore, l'héritage de ses parents décédés il y a peu a été englouti par les dettes : « Les économies de toute une vie sont parties dans les loyers et les charges. Je n'ai rien pu garder… Rien. »

Il refuse de se plaindre, par pudeur. Humblement et avec douleur, il me livre : « Tu as bossé toute ta vie, tu n'as rien. Tu veux faire les choses bien, tu coules. Quand tu arrives d'un autre pays, tu as tout et tout de suite. J'ai toujours cotisé, avec des heures insensées, mais aujourd'hui je n'ai droit à rien. »

« Heureusement, j'ai ma femme et mes enfants. Ce sont mes piliers », se rassure-t-il. Le boulanger n'a jamais poussé ses enfants à reprendre le flambeau. Pourtant, plusieurs l'ont fait, naturellement, telle une vocation héréditaire. L'un de ses fils travaille non loin du village dans une boulangerie industrielle. Il ne s'y reconnaît pas totalement : « Ce n'est pas le même métier, tu comprends ? Tu appuies sur un bouton, tu sors des dizaines de baguettes à l'heure. Alors oui, ça sort, c'est cuit, c'est bien calibré, mais ce n'est pas pareil… »

Il veut me dire, sans prétention : « Dans une vraie boulangerie, tu sens la pâte. Tu touches, tu ajustes. Tu regardes la pâte lever. Tu peux goûter, rectifier, réessayer. » Une manière de respecter le fruit d'un travail bien fait qu'aucune chaîne automatisée ne pourra jamais reproduire.

Il a tenu à me montrer une dernière fois l'œuvre de sa vie.

Olivier est un Français qui ne se résigne pas. Le travail est constitutif de sa vie. Il va postuler dans des grandes surfaces. Non par choix, mais par nécessité. Il prendra n'importe quoi. « J'ai encore envie de bosser. Je ne sais rien faire d'autre. »

Je lui demande : « Et si Emmanuel Macron était avec nous, à cette table, qu'aurais-tu à lui dire ? » Sans surprise : « Je lui dirais de penser un peu à nous. À ceux qui se lèvent. À ceux qui ferment leur gueule. J'ai l'impression qu'on est juste bon à payer. »

Un autre sujet l'inquiète. Celui de la perte du lien des Français à leur territoire. « Tu sais qu'ici certains ont signé une pétition contre le bruit des cloches de l'église ! » me lance-t-il, agacé. Depuis quelques années, Prouilly voit arriver des habitants venus de la ville, en quête de calme, de nature, d'authenticité. Mais une fois sur place, ils aimeraient que la campagne se taise. Que le coq ne chante plus. Que le chien n'aboie plus. Que les cloches cessent de sonner. « Ils veulent la campagne à condition qu'elle ne ressemble pas à la campagne », s'indigne Olivier, comme une révolte sourde envers la superficialité ambiante qui transforme sa France charnelle en décor aseptisé, sans âme, sans aspérité et pire, sans mémoire. Une histoire immémoriale enterrée, méprisée, broyée.

Quelques mois après notre dernier échange, j'ai souhaité prendre de ses nouvelles.

Sa femme a décroché un CDD dans un supermarché Leclerc, au rayon charcuterie. « Elle aurait préféré travailler en boulangerie, mais le poste était déjà pourvu », ajoute Olivier, soulagé pour celle qui n'a jamais faibli à ses côtés.

La moitié du salaire de son épouse est absorbée par le loyer de l'emplacement sur lequel se situe leur mobile home.

Chaque matin, sa femme se lève à 4 h 30 pour aller travailler. « C'est dur, mais elle est contente, ça lui permet de voir du monde », dit-il. De son côté, il souffre de la solitude et regrette ses journées passées à la boulangerie, quand il pouvait échanger avec les clients. Son épouse, Jorrianne, et lui ne conservent qu'un unique abonnement téléphonique afin de limiter les dépenses.

Olivier n'est pas tombé parce qu'il aurait mal géré son commerce. Il est tombé parce que la France a renoncé à le protéger. Parce que les dogmes européens ont décorrélé les tarifs de l'électricité française de nos coûts de production nationaux, parmi les plus attractifs du continent. Parce que notre souveraineté énergétique a été diluée dans une mécanique européenne qui fait payer aux artisans français les erreurs stratégiques de l'Allemagne. Pendant que les boulangers meurent, l'État regarde ailleurs.

Le bouclier énergétique mis en œuvre par le gouvernement, dont le nom sonnait comme une disposition rassurante pour protéger les Français et les entreprises de la folie des prix de l'électricité, a surtout permis de masquer à coups de milliards d'euros un problème que l'on aurait pu traiter à la source – le carcan européen.

Dans le marché de l'énergie en vigueur au sein de l'Union européenne, le tarif du kilowattheure français – issu du nucléaire ou de l'hydraulique – se voit injustement indexé sur l'ultime centrale de production sollicitée, souvent le prix européen du gaz, essentiellement importé et au cours volatil.

Il aurait suffi de renégocier ces règles absurdes pour libérer la France de cette spirale inflationniste. Mais comme il est de coutume à Bruxelles, on ne renégocie pas ; pour ne jamais dire « non », on consent à payer très cher. Quelle folie !

Alors, plutôt que de contester les règles, Paris a bricolé en inventant ce « bouclier » coûteux : une compensation nationale plus que partielle, financée par l'impôt et la dette, pour amortir artificiellement les factures... Ce tour de passe-passe, revendiqué comme une victoire politique par les macronistes, s'est révélé un gouffre financier.

Olivier n'a pas renoncé à tous ses rêves, il lui en reste un, un vrai. Une petite flamme qu'il garde précieusement au fond du cœur : « Traverser la route 66 à moto. Un jour. Juste une fois. »

Certainement le boulanger rêve-t-il d'ailleurs pour oublier la dureté d'une France si injuste avec ceux qui la font tenir. Cette France, il l'aime profondément, viscéralement.

Le pain est un symbole. Dans les profondeurs de nos racines, « donner du pain » signifie donner la vie. On attribue l'origine de la baguette à des artisans parisiens du XIXe siècle qui recherchaient une cuisson plus rapide. Peu à peu, elle devient une allégorie de la gastronomie française, au même titre que nos vins et nos fromages. Elle est une carte postale, et l'une des multiples facettes de l'imaginaire français à l'étranger.

En 2022, l'Unesco a inscrit les « savoir-faire artisanaux et la culture de la baguette de pain » au patrimoine culturel immatériel de l'humanité.

D'évidence, en France, la boulangerie demeure un symbole, mais dans les villages, elle s'éteint peu à peu. En 2022, près de mille d'entre elles sont entrées en liquidation judiciaire, fragilisées par la flambée des charges, le coût de l'énergie, le manque de repreneurs.

Et puis, il y a aussi l'essor des supermarchés et l'évolution de certaines habitudes de consommation qui expliquent, en partie, la désertification commerciale des campagnes. Les grandes surfaces, même de taille moyenne, se sont implantées à proximité des villages, offrant du pain à des tarifs plus réduits, précuit puis réchauffé sur place, au détriment de celui produit par nos artisans.

Dans les villes et les métropoles, le dynamisme économique, la densité de population et la diversité de l'offre permettent de maintenir l'équilibre ; dans nos territoires ruraux, chaque fermeture de boulangerie est un coup porté à la vie sociale.

Selon la Direction générale des entreprises, seules 16 % des communes de moins de mille habitants disposent encore d'un fournil. Là où jadis le pain rythmait la journée, il faut parfois parcourir plusieurs kilomètres pour en trouver.

À Prouilly comme dans d'innombrables villages de France, la baguette n'est plus seulement un aliment, mais le symbole d'un lien qui se délite.

La disparition d'une boulangerie n'est pas un simple rideau qui se baisse. C'est un effacement, une désertion, un abandon et une faillite collective. Ce sont des visages qu'on ne reverra plus au comptoir ; c'est Albert qui restera seul ; c'est Prouilly qui perd son âme. Quand le pain s'en va, c'est un morceau de France qui disparaît. Alors j'ai écrit l'histoire d'Olivier, pour lui, pour les cloches, pour le pain, et pour ce pays que l'on enterre.

3

La France qui ouvre tôt, celle qui ferme tard

CHEZ LUI, JE NE SUIS PAS UN CLIENT ; je suis à la maison.

Il s'appelle Corrado Iannello. Il est le restaurateur que j'affectionne. Dans ce quartier du 16e arrondissement de Paris, son établissement est bien plus qu'un restaurant.

Iannello est une institution.

Ce jour-là, notre discussion n'est pas celle des autres jours. D'ordinaire, Corrado et moi parlons de plats, de pâtes, et commentons les nouvelles du jour ; nous devisons des souvenirs d'Italie.

Mais cet après-midi, je ne suis pas venu pour déjeuner. Je suis venu pour parler de lui, de l'homme, de son parcours. Je voulais entendre, derrière le fourneau, la voix de celui qui a tout bâti de ses bras. Celle d'un travailleur infatigable, d'un passionné, d'un immigré italien.

Dans son accent, ses gestes accueillants, la façon qu'il a de poser une assiette sur une table comme on tend une offrande, je devine une vie de travail et de partage, d'exil et de fidélité, de joies et de combats. Je songe à l'Italie calabraise, aux odeurs de pain chaud, au soleil sur la pierre et aux *mammas* silencieuses qui parlaient peu et faisaient tout.

Ainsi, je l'aime tant.

Je retrouve chez Corrado quelque chose de mes origines italiennes, celles que je porte dans mon nom et dans mon sang, une culture du geste bien exécuté, un goût simple et noble. Celui des sauces généreuses, de la *pasta all'amatriciana* et de l'huile d'olive abondante.

La cuisine est culture, mémoire et politique.

Corrado est né à Tropea. Une ville du Sud italien posée au bord de la mer, avec ses falaises en surplomb, ses maisons aux volets bleus, ses champs d'oignons rouges et ses étés qui sentent la *dolce vita*. Depuis un rocher, sur les hauteurs, se dresse l'église centenaire de Santa Maria dell'Isola que le temps n'a pas effacée. Elle semble être la gardienne des lieux.

Né d'un père ouvrier à la Ferrovie dello Stato – la SNCF italienne – et d'une mère au foyer, Corrado n'a rien oublié de son enfance passée dans l'immeuble vétuste de six étages. Situé face à la gare, il était réservé aux travailleurs de la compagnie ferroviaire.

« La très grande partie de ma famille travaillait dans l'agriculture. À la maison, tout se faisait avec des produits frais. Rien ne venait de l'extérieur ! On avait la chance de pouvoir manger des fruits et des légumes tous les jours et, à l'époque, on respectait les saisons. »

Son sens du travail vient de là-bas. Non une punition, mais une manière de grandir. À Tropea, l'été était une fête. Le tourisme animait la ville, les terrasses débordaient, l'air sentait l'iode et l'huile d'olive. On y riait, on y vivait. Dans les restaurants, en terrasse ou sur la plage, le travail ne manquait pas et les jeunes hommes étaient volontaires.

« L'été, on travaillait dur mais on s'amusait, on sortait chaque soir, on draguait, on faisait la fête, on profitait de la vie. Mais après l'euphorie de la saison estivale, tout s'éteignait. Les rues se vidaient. Le travail disparaissait avec les derniers vacanciers. »

Il l'aimait, sa terre ; mais il s'ennuyait. En vérité, il étouffait.

Ses frères, le cœur à gauche, tentent de le convaincre de participer aux activités locales du Parti communiste italien, celui d'Enrico Berlinguer, la figure des années 1970. Sur la table de la cuisine traînent régulièrement les pages de *L'Unità*, le célèbre canard du parti fondé par Antonio Gramci. En vain.

Un jour, un ami lui glisse : « Viens en France. Il y a du boulot. Je peux t'aider. » Il n'en fallait pas plus. Le rêve des lumières de Paris s'était déjà formé dans son esprit. En quelques jours, la décision fut prise de partir, dans un mélange d'espoir et de chagrin que seuls les déracinés connaissent.

La *famiglia* restait au village.

Il emporte avec lui l'équivalent en lires de 200 euros, quelques affaires et des *arancini* soigneusement préparés la veille, dans une vieille boîte en métal posée sur ses genoux.

En l'écoutant attentivement, en lisant son émotion sur son visage, je comprends que ces souvenirs sont enfouis. Ils remontent d'une traite, comme s'il revivait chaque étape, chaque odeur, chaque visage aperçu lors du long périple.

Le voyage va durer vingt-quatre heures. Avant de rejoindre la gare de Lyon, il faudra traverser Naples, Rome, Vintimille, ultime étape avant de franchir la frontière.

Corrado est arrivé en France à l'âge de 20 ans. Il ne parlait pas un mot de français mais avait les yeux grands ouverts sur ce pays qui l'impressionnait tant.

C'était le début des années 1980. Il connaissait le film *La Boum* qui passait à la télévision en Italie, et Sophie Marceau était en poster dans toutes les chambres d'ados. C'était son idée de Paris : les soirées, les chemises ouvertes, les grandes avenues, Montmartre et la tour Eiffel. « Je suis allé la voir dès mon arrivée. J'étais comme un enfant. »

Sitôt arrivé, il souhaite travailler et ambitionne de gagner rapidement de l'argent. Il veut conquérir son indépendance et ne pas rester trop longtemps dans le canapé mis à sa disposition chez un ami.

C'est de l'autre côté du périphérique qu'il va dénicher un premier job de serveur, dans un modeste restaurant italien tenu par un Sicilien, Tommaso.

C'est un chef exigeant et impressionnant pour le jeune homme. Il va le prendre sous son aile. Corrado écoute, apprend, retient ses mots et répète ses gestes.

Hommage de l'élève au maître : Tommaso deviendra quelques années plus tard le chef qu'il embauchera en ouvrant son premier restaurant !

« Je voulais faire plus. Pas seulement bosser, je voulais avancer », se souvient Corrado. Gagner un peu plus, trouver un travail plus stable. Empli de gratitude envers Tommaso, il quitte ce premier emploi et rejoint un autre restaurant italien, à Clamart. Le cadre est plus formel, la cuisine est plus exigeante et la clientèle différente. Là, il affine ses gestes et s'affirme.

Parmi les clients, il croise un jour le regard d'Annie. Une Française. Une habituée. Elle remarque ce serveur à l'énergie débordante et à la gouaille méditerranéenne. Très vite, elle entre dans sa vie et deviendra tout. « C'est elle qui m'a appris le français. Elle a contribué à m'ouvrir les portes de ce pays. Sans elle, je n'aurais rien fait. »

La langue n'est pas accessoire. C'est une clé, un devoir : « Tu viens dans un pays, tu dois apprendre à parler la langue. Sinon, tu n'es pas dedans. » Ces mots sont prononcés sans dureté, mais avec la franchise qui le caractérise. « Si tu veux vivre ici, il faut respecter et comprendre. Et pour comprendre, il faut parler. » L'intégration commence par un mot compris et une phrase bien dite.

À Clamart pourtant, le décor se fissure rapidement. Corrado découvre qu'il n'est pas déclaré. « Je faisais tout bien. Et j'avais le sentiment qu'on me trahissait. » C'est un coup dur et une première désillusion. Il pense arrêter… Il a tout donné, et ça ne suffit pas. Alors il doute. Il quitte la restauration et trouve un emploi de commerçant dans une entreprise de livraison de produits italiens.

L'homme n'a jamais conduit dans la capitale, il improvise. « Je roulais avec le plan de Paris sur les genoux. J'apprenais rue par rue », se souvient-il.

Ce sera l'occasion de passer les portes des plus grands restaurants de la capitale pour alimenter les cuisines. Il découvrira le chic et les ors des salles à la clientèle huppée et l'art de vivre que le monde entier nous envie.

Difficile pour Corrado de ne pas songer à ses racines, à son enfance modeste. « À notre époque, les produits transformés, les céréales et les yaourts industriels, on ne connaissait pas. On avait peu, mais on était contents. À Noël, je me souviens que la SNCF italienne offrait une boîte aux familles des salariés. C'était un luxe. Une orange, un petit jouet et un ballon suffisaient à être heureux. » Ce monde-là, celui où le peu avait du sens, Corrado l'a gardé en lui.

Douze ans après son arrivée en France, un projet germe dans son esprit. Il veut ouvrir son propre restaurant. Créer un lieu à lui, ne plus dépendre d'un patron. La chose ne sera pas aisée. Il n'a pas d'investisseur. Pas de prête-nom. Il commence à vendre ses affaires. Tout ce qu'il possède. « J'ai même vendu mon appareil photo. C'était à moi. J'y tenais. Mais je devais économiser le plus petit franc. »

Puis, telle une bénédiction, un ami lui propose de s'associer. L'offre semble honnête. Ils se lancent ensemble. Un petit local à Montrouge en banlieue parisienne. Un quartier difficile, au bord d'une route nationale. Au bout de six mois, l'ami s'en va. L'associé voulait faire du chiffre et remplir à tout prix quand Corrado privilégiait une carte de qualité pour choyer une clientèle d'habitués. « Tu sais, dans un restaurant, tu peux avoir du monde et ne pas gagner d'argent. »

Alors, il devient seul maître à bord et doit apprendre sur le tas : « Avant, je travaillais à 100 % pour gagner ma vie mais à cet instant, je me suis impliqué à 150 %. » Le réel est formateur : « Tu commences à comprendre ce que veut dire être patron. »

Être patron, ce n'est pas jouir d'un pouvoir. C'est tout faire, prévoir, porter, assumer, parfois tout risquer. « Il faut gérer les stocks, les factures, les clients, les fournisseurs. Être là quand ça va, et plus encore quand ça ne va pas », me confie-t-il. Il découvre l'isolement du chef d'entreprise, les appels à 22 heures, les papiers à faire seul. L'épuisement.

C'est à ce moment-là qu'il fait appel à Tommaso. Le chef qui l'avait embauché à son arrivée en France, des années plus tôt. « C'est lui qui m'avait tout appris. Je l'ai pris dans mon restaurant. Il est resté avec moi jusqu'à la retraite. » Un lien qui ne s'est jamais rompu ; une fidélité concrétisée par le travail.

Corrado gagnait-il convenablement sa vie ? « Oui et non. Tu sais, en banlieue, mes prix étaient naturellement moins élevés qu'ici à Paris. Mais avec le franc on gagnait mieux. Le produit coûtait moins cher. J'ai retrouvé des vieilles factures de l'époque, je peux t'assurer que ce n'était pas la même qu'aujourd'hui ! »

À Montrouge, « il y avait de tout. Des habitués. Des gens formidables. Mais aussi des clients durs, pressés, agressifs parfois ». Il essaie de tenir et d'attirer. Il ajuste ses plats, ses prix, ses horaires. Il se bat. Les efforts sont constants, mais les résultats restent fragiles. « C'était bruyant et beaucoup trop vaste. La clientèle passait. Ce n'était franchement pas convivial. Ce n'était pas non plus la vraie restauration italienne, authentique, comme je la voulais. On devait mettre de la crème fraîche et du persil partout. Le midi on bossait. Le soir, il arrivait que je ne fasse que deux couverts… Quand l'offre initiale est construite pour faire du chiffre, tout est précuit, c'est moins qualitatif. » Corrado se retrouve pris au piège d'une offre de restauration qui n'était pas la sienne.

L'enfant de la Calabre commence à façonner son restaurant, comme on ajuste une veste trop grande. Il rogne sur une partie de la salle ; les petites tables de quatre personnes deviennent de grandes tables pour deux. La carte se réduit pour se concentrer sur quelques plats qui ont une histoire et une exigence : « J'évitais de prendre de trop grandes réservations. J'ai commencé à travailler différemment, à gagner de l'argent et à rembourser le découvert que j'avais à la banque », confie-t-il.

Pourtant, le lieu ne sied plus au style de cuisine avec lequel il aime travailler. Et telle cuisine ne suffit plus à l'homme qu'il est devenu : « J'avais besoin de concrétiser mes envies nouvelles et trouver un nouveau départ. »

Nous sommes en 2006. À 42 ans, Corrado a la sensation que tout ce qu'il a appris depuis vingt ans doit s'exprimer autre part. La Calabre est bien loin derrière lui. Ce quelque part sera à Paris, non par vanité, mais par fidélité.

« J'ai toujours rêvé de cette ville. Avec mes années de livraison, je connaissais les quartiers. Je savais où aller. » Il choisit le Sud du 16e arrondissement ; un quartier qu'il affectionne pour son calme, ses habitants et une élégance sans ostentation. Il ajoute : « Je voulais un restaurant plus petit, plus convivial. Un endroit où le patron ne passe pas l'intégralité de son service à la caisse, mais puisse écouter les gens. »

C'est ainsi que naît *Iannello*. Son nom comme enseigne, en vitrine, comme l'aboutissement d'un chemin de vie clamé avec fierté.

Corrado n'oublie rien de Montrouge. « Ça m'a tout appris. J'ai compris que venir au restaurant était devenu un luxe. » Il me regarde et me confie : « Si je suis honnête, quand tu es restaurateur et que tu démarres, tu regardes combien les gens dépensent. Tu es endetté. Tu vois deux petites additions… tu paniques. Tu as peur. Mais avec le temps, tu mûris.

Tu comprends qu'il faut d'abord mettre les gens à l'aise. Travailler avec de bons produits. Avoir une bonne équipe. Et croire en ton projet. C'est la clé du succès. »

Je lui demande de me raconter l'une de ses journées. Il sourit, tire une bouffée de sa cigarette électronique. « Je me lève vers 8 ou 9 heures. Je dors cinq heures par nuit. Pas plus. Sinon, je n'ai pas de vie », constate le restaurateur. Le matin, Annie est là. Ils prennent le café, un ristretto. Ils ouvrent l'ordinateur, plongent dans les mails, les commandes et les factures. « Heureusement qu'elle m'aide. Sinon, je ne sais pas comment je ferais. » Ils parlent des clients, des réservations, de la disposition des tables. Ils anticipent les demandes et les petites habitudes des grands habitués.

Puis vient le moment de sortir Peppino, leur fidèle coton de Tuléar. Corrado s'adoucit en l'évoquant. « Lui, je ne l'oublie jamais. Les animaux, c'est ma deuxième passion ! Quand je prendrai ma retraite, j'aimerais m'en occuper. Peut-être dans une association. »

Tout s'enchaîne. Il faut passer une commande, affiner un plat du jour avec le chef ou vérifier les stocks de vin. Attendre le technicien pour réparer la clim. Le service du midi passe. Quand il le peut, il rentre pour souffler un instant, fermer les yeux. « Ce n'est pas toujours facile. Souvent, il y a encore de la paperasse. »

Il repart à 18 heures, sans savoir à quelle heure le service finira. « Tu sais, dans ce métier, on ne sait jamais quand on rentre. Parfois, c'est 23 heures. Parfois, c'est 1 heure du matin. C'est comme ça. »

« Comment s'est passée l'ouverture ? »

Il rit d'un air gêné. C'était il y a dix-neuf ans déjà. « Au début, je me suis dit : petit restaurant, ça va être facile. J'avais des dettes et ma femme me poussait à ouvrir vite, mais au fond de moi, je savais qu'on n'était pas prêts », admet-il.

Il voulait faire un service à blanc, se roder avec l'équipe et prendre ses marques. L'ouverture se fera donc un samedi. Des amis ont été conviés pour l'occasion. Mais très vite, la queue se forme sur le trottoir. « C'était un bordel pas possible... Les derniers clients ont attendu deux heures. Comme dans *Cauchemar en cuisine* sur M6, j'ai cru que j'avais tout raté. Que je ne tiendrais jamais. J'ai terminé en pleurant. »

Il rentre chez lui vidé, empli de doutes. Il ajuste, se remet au travail et la magie finit par opérer plus vite qu'il ne l'avait imaginé. « Aujourd'hui, je suis très fier de cette affaire. Je suis heureux. Et j'aurais énormément de mal à faire autre chose. »

Il ne peut toutefois s'empêcher de constater combien la ville a changé.

Il ne la reconnaît plus. « Le Paris d'avant avait tellement plus de charme... Aujourd'hui toute la ville ressemble à un chantier. » Il me parle des bistrots populaires qu'il affectionnait, ceux des kirs au comptoir et du flipper autour duquel on s'affairait avec les habitués. Il se souvient aussi de ses premières balades sur les quais de Seine. « Avant, avec ma femme, on allait marcher sur les quais. On rencontrait toujours quelqu'un avec qui sympathiser. Maintenant, le matin, en promenant ton chien, tu es obligé de changer de trottoir. Il y a juste des bouteilles cassées et des gens qui te regardent de travers. Beaucoup de rues sont sales et j'ai l'impression que les gens sont plus agressifs qu'avant. »

Il voit une ville qui s'oublie, où le bon-vivre a cédé la place à l'indifférence. Quelques heures avant notre entretien, le réparateur de climatisation est passé. « Il m'a dit : "J'arrête à la fin de l'année. Je ne veux plus entrer dans Paris. Je peux plus me garer, je peux plus bosser. Tu te prends des tickets de 60 euros de parking à tout va, c'est infernal" », gronde-t-il.

Cette anecdote touche au cœur Corrado : la France devient un enfer pour ceux qui travaillent. Pas pour ceux qui commentent ou profitent. Mais pour ceux qui se lèvent, produisent et paient : « Tu as trop de réglementations, trop de charges. Tu veux embaucher ? Impossible. Tu veux augmenter les salaires ? Impossible. Tu passes ta vie à remplir des papiers. »

Le poids de l'État asphyxie les plus petits, il condamne beaucoup d'entrepreneurs à ne jamais voir plus grand. À tenir, toujours de justesse, sur le fil, sans jamais pouvoir souffler. Pour lui, le pays a basculé dans une forme d'absurdité : trop d'aides pour trop et trop peu d'exigences. La France est devenue injuste envers ceux qui lui permettent de se maintenir à flot.

Derrière cette exaspération largement partagée dans le pays, il y a une vérité redoutée : s'il tombe, il n'y aura personne pour le rattraper. « Le boulot, il ne repose que sur moi. Je suis un patron, donc si je me casse une jambe demain, je perds quarante ans de travail. »

Je lui ai promis que nous ne parlerions pas de politique… Toutefois, je ne peux m'empêcher d'esquisser une question essentielle : que pense-t-il de la réforme d'Emmanuel Macron reportant à 64 ans l'âge de départ à la retraite ? Sans surprise, la colère est vive pour celui qui n'a jamais compté ses heures : « Dans les métiers difficiles comme les nôtres, prolonger encore de deux ans le travail, c'est un peu nous prendre deux ans de vie supplémentaires », dit-il, lucide. Dans ces professions pénibles et exigeantes, la retraite n'est pas un caprice : c'est le seul moment pour vivre enfin pour soi. Et ça aussi, on le leur prend.

Retournera-t-il en Italie l'âge du repos venu ? « Je serais un étranger là-bas. Ici, je suis chez moi. En France, même quand je n'avais rien, on m'a soigné. Mes parents sont morts là-bas dans des hôpitaux sales. Alors je ne crache pas dans la soupe. J'ai de la gratitude. » Il aime la Bretagne, l'art de la table à la française, et ne conçoit pas une journée sans un morceau de camembert. C'est sa manière à lui d'être devenu français. Par la table, par l'accueil, par le respect. Et c'est vrai : Corrado aime la France. Celle qui travaille. Celle qui se serre les coudes.

Avant de le quitter, je lui pose une question simple : « Si le président de la République venait déjeuner chez *Iannello* et que tu pouvais t'asseoir quelques instants avec lui, qu'est-ce que tu lui dirais ? » Il n'hésite pas : « Je lui dirais de penser d'abord aux gens qui se lèvent tôt pour bosser. J'ai l'impression que plus tu travailles, plus tu es oublié. On est des vaches à lait franchement. »

Corrado est le visage de cette patrie qui n'a pas le poing levé et qui ne fait pas de bruit. Fidèle aux valeurs et à l'éducation qu'il a emmenées dans ses bagages, il incarne une certaine idée de l'effort, du travail bien fait, du mérite.

J'ose une ultime question : « Corrado, est-ce que tu as eu la vie que tu voulais ? »

Il ne répond pas tout de suite et tire à nouveau sur sa cigarette électronique : « En fin de compte, je me demande si j'ai profité de ma vie... J'ai quand même passé une grande partie de mon temps à travailler. »

Il marque une pause, laisse durer un silence quelques instants.

« Souvent, je regrette de ne pas avoir eu d'enfants », confesse-t-il. Avant de trancher : « Mais avec le recul, je me pose la question : aurais-je eu le temps de les éduquer ? »

Pudique, Corrado ne se livre pas facilement. Car la plus belle réussite de sa vie a failli ne jamais voir le jour. Quand il a poussé les portes de la banque pour demander un crédit, le hasard a voulu qu'il se trouve nez à nez avec la conseillère bancaire qu'il avait connue à ses débuts, ceux des premiers boulots, des fins de mois difficiles et du compte à découvert. Elle le reconnaît, lui sourit et l'écoute poliment, mais son regard se referme. « Elle ne comprenait pas que je veuille m'installer dans le 16e arrondissement alors que je venais de la banlieue de Montrouge. C'est la première et la seule fois que j'ai ressenti du mépris en France. » Il avait un accent et osait rêver du 16e arrondissement… Cette phrase, dans sa bouche, est douloureuse.

Le crédit est refusé. Il insiste, relance, tente en vain de mobiliser des énergies favorables. Rien n'y fait. Il change d'établissement bancaire, décroche de nouveaux rendez-vous et, après quelques péripéties, il finit par l'obtenir !

Ironie du destin, des années plus tard, Corrado fume une cigarette devant *Iannello*. Il regarde la rue. Sur le trottoir d'en face, il aperçoit la conseillère.

Un instant, leurs regards se croisent, il lui sourit.

Corrado a gagné. L'enfant de Tropea peut être fier. La France qui ne baisse jamais les bras aussi.

4

La terre chevillée au corps

UNE LONGÈRE, DES ÉTABLES, des granges, des remises, des champs à perte de vue, des bois, des chemins creux, des couleurs ocre en automne, des verts éclatants en été, tel est le plan sommaire du domaine de François et de sa famille.

« Ma journée commence à minuit, l'heure à laquelle je m'endors et pense à tout ce que j'ai à faire le lendemain. »

Chaque soir, il anticipe les tâches à accomplir. Elles paraissent incommensurables : vaches, vêlages, papiers, comptabilité, assurance des apprentis à compléter, travail des champs… avec l'œil toujours rivé sur les prévisions météorologiques.

Dans cette vie sans horaires, sans jours fériés ni week-ends, la nature dicte sa loi ; il n'y a d'autre choix que de s'y accommoder.

La journée démarre souvent au clair de lune. François se réveille à 6 heures du matin.

Trois mois par an, alors que les vaches mettent bas, il se lève deux fois par nuit puis tente en vain de se recoucher ; une routine immuable depuis seize ans qui ne lui a jamais permis de dormir d'un sommeil complet. « Quand on fait ce métier, c'est la nature, ce sont les bêtes qui rythment votre vie. »

Pourtant, ce destin, François l'a choisi. Devenir agriculteur était son désir le plus cher.

La délicatesse avec laquelle il parle de son troupeau de vaches charolaises m'émeut.

Son regard ne ment pas, la fierté se lit dans ses yeux. La tâche est ardue. L'affection qu'il porte aux animaux, sa passion pour la terre et le goût du travail bien fait atténuent la rudesse du quotidien.

Il aime sa terre, sa ferme et les trois cents bêtes qui constituent son cheptel depuis quatorze ans.

Chez lui, dans cette maison chaleureuse construite à deux pas de sa ferme du Loiret, François m'a convié pour me parler de ses jours, de son métier et de sa famille.

Nous nous sommes rencontrés quelques mois auparavant ; la campagne des élections législatives battait son plein, nous sortions victorieux du scrutin européen de juin 2024. Ce fut pour moi l'occasion de découvrir une partie des deux cent cinquante hectares de terres dont sa famille a la charge, de comprendre son quotidien et tant de ses difficultés.

Mais l'échange fut trop bref pour nous dire tous les maux qui accablent les exploitants et leurs familles.

J'avais été affligé par l'attitude irrespectueuse de la nuée de journalistes qui m'accompagnait, avide de petites phrases et mue par la seule volonté de me faire parler de politique, oubliant les raisons profondes de la détresse du monde agricole.

François vient des champs, moi de la cité. Toutefois, avec nos bottes couvertes de boue, nous nous sommes compris.

Dans la ferme, rien n'est laissé au hasard. Chaque pierre, chaque clôture, chaque mètre carré de terre raconte une vie de travail et de sacrifices.

Les anecdotes que nous avons partagées, les drames qu'il m'a confiés et l'intimité dans laquelle il m'a fait entrer sont les jours et les nuits des agriculteurs de France, de nos paysans, de ceux dont les souffrances se perdent dans le silence du désespoir ou les cris de révolte.

Notre monde rural se bat. Depuis les profondeurs du pays jusqu'à la lisière des villes, il refuse de s'éteindre. L'agriculture est en crise, abandonnée, sacrifiée sur l'autel d'un commerce international sans foi ni loi, épuisée par une bureaucratie illisible, malmenée par des aléas climatiques de plus en plus féroces.

En près d'une décennie, j'ai rencontré beaucoup d'agriculteurs qui se battent, non pour vivre mais pour survivre.

À 44 ans, François n'est pas un éleveur résigné. « J'ai pris un coup de vieux, je fais des journées doubles », dit-il avec une grande pudeur, conscient que le métier éprouve.

Dès l'enfance, la ferme était là, mais pas pour lui. Un oncle a repris l'exploitation de ses grands-parents ; il lui transmet le goût de la ferme et la passion du métier.

Son père, préparateur en pharmacie, ne voulait pas de ça pour son fils. « Il avait vu mes grands-parents se tuer au travail et son frère galérer. Il avait d'autres projets pour moi… »

Ces mots disent beaucoup. Quels sont les plus grands obstacles au passage de relais et à la transmission des exploitations familiales ? D'un côté, les parents rejettent une perspective jugée malheureuse pour leurs enfants, et de l'autre, plus généralement, les enfants sont marqués par les sacrifices et l'épuisement de leurs parents. Ils ont observé les conséquences de ce labeur quotidien. Dès lors, malgré l'attachement à l'héritage familial, comment ne pas tout faire pour fuir un avenir qui paraît si sombre ?

À cet égard, près d'un agriculteur sur deux franchira le seuil de la retraite dans les dix prochaines années. Le drame de la disparition progressive de l'agriculture française se trouve dans ces statistiques démographiques implacables. En silence, des générations de futurs agriculteurs déposent les armes avant même d'avoir commencé le métier, renonçant à une vocation millénaire pleine de promesses si vitales pour la France.

Nous faisons face à un enjeu civilisationnel.

Il faut alléger et simplifier la fiscalité, notamment les droits de succession, outil indispensable pour favoriser la transmission des exploitations et sauver un patrimoine agricole inestimable.

François, lui, n'a pas hérité de sa terre ; il a fait le choix de la conquérir. Né près de Valenciennes, il aurait sans doute préféré rester là-bas mais « s'installer dans le Nord était impossible. Les terres étaient trop chères, tout était déjà repris en familial. Un jeune qui n'a pas de parents agriculteurs ne peut pas s'installer ».

Alors, avec Caroline, sa femme, titulaire d'un BTS agricole, ils ont vaillamment décidé d'emménager dans le centre de la France.

Dans leurs bagages, ils emmèneront la générosité et la force de travail des gens du Nord, l'effort comme une seconde nature, indissociable de la condition ouvrière. Le Nord de la France fut le royaume des corons, ces habitations de l'Europe industrielle construites en briques rouges pour abriter les « gueules noires », et la patrie des ouvriers de la mine aux visages noircis par la poussière tant chantée par Pierre Bachelet.

Sous terre comme dans les champs, la solidarité et la fierté de la tâche accomplie furent des valeurs que l'on transmettait, génération après génération, tel le refrain de la chanson que les modes du temps n'ont pas effacé.

La chance sourit au couple de Nordistes. Pour le compte d'un propriétaire, sur le tas, il apprend la rigueur et la gestion des hommes. « Je suis arrivé dans le Loiret et j'ai tout de suite été gérant d'une propriété. Mille hectares, du bois, de la chasse, de l'élevage. Et des salariés de 45 ans sous mes ordres alors que j'en avais 21 », dit-il. « Cela arrive parfois, et je crois que c'est formateur ! » osé-je lui répondre.

Les mains dans la terre, le cœur enthousiaste, les yeux rivés sur l'élevage, François n'a jamais oublié son premier patron, un ancien lieutenant-colonel de la Légion, et sa philosophie brutale : « François, tu ne dois jamais faire l'autruche. Si tu veux quelque chose, il faut foncer, prendre des risques. »

À 30 ans, il a pris le sien, suivant les mots de ce premier employeur à la lettre.

Il quitte son poste confortable pour acheter une ferme : le montant de l'investissement approche les 800 000 euros, un pari colossal. « On a travaillé comme des chiens pour que ça marche. On a tout misé. 80 % d'endettement en partant de zéro. Il est préférable de s'endetter sur quinze ou vingt ans, tant qu'on a la capacité physique et l'optimisme pour convaincre la banque », se remémore-t-il.

La route sera longue ; il sait qu'il n'y aura pas d'échappatoire. À chaque fin de mois, lorsqu'il s'agira de faire les comptes, l'ombre du banquier ne sera jamais loin.

En ce début d'année 2025, l'heure de la récompense tant espérée approche : « Après seize années, on vient de finir de rembourser nos emprunts. Maintenant, on va peut-être pouvoir en profiter un peu. »

« Profiter » ? Le mot semble presque employé à la hâte.

Lorsque François entame sa journée, son rituel est immuable. L'agriculteur commence par nourrir et pailler ses bêtes : « Cinq boules de paille tous les matins. Une heure et demie rien que pour ça. Puis je distribue l'alimentation avec la mélangeuse : farine, ensilage, fourrage. C'est sept heures de travail par jour, uniquement consacrées aux vaches. » Sept heures consacrées exclusivement à ses bêtes, donc. « On parle des 35 heures. Mais moi, les 35 heures, c'est mercredi soir. 35 heures, c'est plutôt mon nombre d'heures de sommeil par semaine », confie-t-il.

Lorsque sonne l'heure du déjeuner, s'asseoir à table puis prendre le temps est un luxe que l'agriculteur ne peut se permettre. L'horloge agricole ne tolère aucun écart. « Pas question de traîner. Je prends un encas debout en quelques minutes. Une tartine, un bout de fromage et un café avalés en vitesse. »

L'après-midi est déjà entamé. Il faut s'occuper des cultures, entretenir les machines, traiter les commandes et pallier l'inattendu. « Quand on veut souffler, il y a toujours un imprévu. Samedi dernier, je devais aller chasser. À midi, un vêlage s'est mal passé, la vache a sorti la matrice : trois heures de vétérinaire. Ma journée était foutue mais j'ai sauvé la bête. » Incontestablement, François montre un sens du devoir sans faille. Mais à quel prix ?

Sa journée s'achève aux alentours de 21 heures. Un passage au bureau pour traiter l'administratif qui s'amoncelle, signer les devis, régler les factures d'une vie qui coûte beaucoup et qui peine à rapporter : « Nous faisons un métier de terrain, mais on passe notre temps dans la paperasse. Sans ma femme, je n'y arriverais pas. Le moindre geste représente une charge financière. Avant de démarrer le tracteur, j'anticipe : carburant, engrais, produits. » Et à chaque geste, cette même question qui le taraude : est-ce rentable ?

À l'image d'une écrasante majorité d'éleveurs, et malgré des horaires démesurés, François vit mal de son métier.

Un agriculteur sur cinq se trouve sous le seuil de pauvreté. En 2017, une note de l'Insee indiquait que 19,5 % des agriculteurs n'ont eu aucun revenu ou ont présenté des comptes déficitaires au cours de l'année. Depuis, les conditions de travail se sont encore dégradées. « Pour 98 heures par semaine, sans jours de repos, je dois être à 2 euros de l'heure. Mon rêve est de ne plus avoir besoin des primes pour vivre de mon métier. »

A-t-il déjà songé à arrêter ? « Bien sûr. Mais j'étais endetté. Je n'avais aucune issue. »

Mesurant l'abîme qui le sépare du salariat, j'évite de prononcer le mot « vacances ». À quoi ressemblent ses congés ? « Deux à six jours par an, sous forme de week-ends prolongés » qu'il passe en famille, souvent à la maison ou chez ses parents dans le Nord, le seul lieu où il peut trouver une forme de sommeil réparateur.

Lorsque la conversation glisse vers la crise agricole et les révoltes des derniers mois, le regard de François se durcit. Il ne mâche pas ses mots, lui qui connaît les enjeux et les injustices.

« On ne nous écoute pas. On nous écrase sous des règlements absurdes. On nous surveille comme des criminels », gronde-t-il. Ce discours résonne en moi, tant je l'ai entendu, encore et toujours.

Pourtant, rien ne change, comme une plaie que l'on refuse de soigner.

François évoque sans cesse les normes européennes déconnectées de la réalité, les textes froids que je combats à Bruxelles au nom d'une indispensable pause réglementaire.

Il y a aussi ces factures d'énergie qui se sont envolées ; ces traités de libre-échange injustes, négociés contre l'intérêt de nos agriculteurs ; ces produits importés qui ne respectent aucune des règles pourtant imposées durement aux paysans français ; ce précieux avantage fiscal sur le gasoil non routier (GNR) que certains aimeraient supprimer pour faire des économies ; ces contrôles incessants aux méthodes parfois absurdes. « Les agents de l'Office français de la biodiversité débarquent dans nos champs sans crier gare. On a parfois le sentiment d'être traités comme des dealers. »

Ces mots disent tout.

La simplification reste un combat essentiel pour redonner confiance à ceux qui travaillent. À l'évidence, il y a urgence à museler le monstre normatif qui étouffe chaque initiative.

Entre l'accès chronophage aux aides de la PAC, les normes kafkaïennes venues d'Europe ou alourdies par nos propres surtranspositions, et le zèle tatillon d'agences appliquant une écologie punitive, les agriculteurs se heurtent à de véritables parcours du combattant.

Eux qui ne demandent qu'à produire et à nourrir ne comprennent pas pourquoi tant de leur énergie se perd dans des démarches administratives absurdes !

Par ailleurs, les innombrables contradictions des politiques environnementales mettent François hors de lui : « Tu te rends compte : on me force à mettre en jachère des parcelles. À côté, je cours à vingt-cinq kilomètres pour faire du foin ! On me dit que je pollue. Pourtant, chaque passage de tracteur est calculé à l'euro près. »

Il répond à ces injonctions contradictoires en s'appuyant sur le sens même de sa profession : « Ils veulent des agriculteurs parfaits, mais ils oublient que nous sommes là pour nourrir les gens. On nous interdit de traiter sous nos clôtures, tandis que je dois faire quarante kilomètres à la débroussailleuse. Ils disent qu'on abîme l'environnement. » Ses marges sont si faibles qu'il sait à quel point gaspiller serait une folie…

Pour autant, sensible aux enjeux environnementaux, François n'est pas de ceux qui restent aveugles face aux bouleversements climatiques.

Chaque fois que cela lui est possible, il concilie la nécessité de produire avec le souci de la nature.

Lorsqu'un groupe français, l'un des derniers à fabriquer des panneaux photovoltaïques dans notre pays, vient le démarcher, il écoute attentivement.

L'entreprise lui propose d'équiper le toit de l'une de ses granges afin d'y installer une centrale solaire. « Sur mes terrains, je ne l'aurais jamais fait. Sur mon toit, j'ai accepté », confie-t-il. L'agriculteur se laisse convaincre. La centrale ne lui permettra pas directement de bénéficier de l'énergie produite, mais plutôt de la réinjecter dans le réseau pour la revendre.

Durant dix ans, l'installation s'autofinancera. Dès la onzième année, elle lui permettra de générer environ 35 000 euros de revenus annuels. Une bouffée d'oxygène, à terme, qu'il s'emploie à défendre auprès du banquier : « Financièrement, c'est comme si je reprenais soixante hectares de terres agricoles, sans avoir à donner la moindre garantie sur mon exploitation. »

Le coût des travaux se chiffre à près de 300 000 euros. Mais la banque sait sa fiabilité et sa détermination. Alors, elle accepte.

François tient à me montrer le toit de la grange de la stabulation sur laquelle s'effectuera l'installation. Des agriculteurs du coin sont venus lui prêter main-forte : il faut nettoyer le toit et le mettre en état avant l'arrivée de l'entreprise. « C'est comme ça ici. On s'entraide entre nous et on limite nos coûts au maximum », glisse-t-il, fier de cette solidarité.

Les panneaux sont assemblés en France, mais avec des matériaux venus de Chine ; un symbole de la fragilité de la filière française qui, tout comme l'agriculture, suffoque sous le poids d'une concurrence internationale féroce.

La filière photovoltaïque française était pourtant prometteuse autrefois. Or elle s'est effondrée en près d'une décennie. Sous la pression de la concurrence chinoise d'abord, qui a inondé le marché mondial avec des panneaux à bas coûts, massivement subventionnés.

Des pionniers historiques du secteur comme Systovi, près de Nantes, mais aussi Photowatt ont vacillé. En raison du coût de la main-d'œuvre, des normes et des tarifs exorbitants de l'énergie, produire en France coûte plus cher, d'autant plus lorsque rien ne protège la filière…

Ce constat est accablant : nous avons accru notre dépendance aux produits venus d'Asie, perdu un savoir-faire et sacrifié de précieux emplois. L'absence de tout protectionnisme européen n'a fait qu'aggraver la situation.

Aujourd'hui, autant que nos agriculteurs, les professionnels de la filière photovoltaïque se battent, mais au prix d'un combat inégal.

François s'accommoderait presque des caprices du climat et des nuits blanches. Mais une chose le rend particulièrement amer : l'attitude de la grande distribution.

Les marges des agriculteurs s'évaporent entre les mains des intermédiaires, des centrales d'achat, des grands noms de l'alimentation qui profitent du contexte international pour spéculer.

Le producteur devient alors une variable d'ajustement qui récolte des miettes : « Je vends mon bœuf à un prix qui ne me permet même pas de me payer correctement. En rayon, on le retrouve trois, quatre, cinq fois plus cher. Où va l'argent ? Si je voulais vivre correctement de mon métier, il faudrait que je vende plus cher. Si j'augmente mes prix, la grande distribution prend son bœuf ailleurs, en Pologne, en Amérique du Sud, n'importe où, à des types qui bossent avec des normes que l'on n'imposerait jamais ici. Les consommateurs ne le savent pas et cela me révolte. Quand ils achètent de la viande à 20 euros le kilo, ils pensent que nous touchons cette somme. En réalité, il ne nous reste presque rien », déplore François.

Des lois ont pourtant été votées par l'Assemblée nationale ces dernières années dans le but de répartir plus équitablement les marges, de garantir un revenu décent aux agriculteurs, de sanctionner plus durement les abus. Sur le papier, ces textes semblaient marquer un tournant et une prise de conscience. Mais, faute de volonté politique et en raison d'une perte de foi dans le modèle agricole français, ils sont restés lettre morte. Les contrôles demeurent sporadiques, les sanctions rares, et les géants de la distribution continuent de remporter la totalité de la mise dans les négociations commerciales.

Dans n'importe quelle économie développée, quel que soit le secteur, vendre des produits à perte, à des tarifs inférieurs aux coûts de production, est une hérésie. Excepté pour les agriculteurs...

Pour ceux qui la subissent, la réalité est d'une brutalité implacable.

Cette spirale de concurrence déloyale qui, de toutes parts, abaisse les prix et étouffe les revenus agricoles ne ferait que s'amplifier sans un coup d'arrêt des choix des dirigeants européens.

Nos paysans le savent : l'adhésion future de l'Ukraine à l'Union européenne, si elle devait se concrétiser, ferait voler en éclats la politique agricole commune (PAC), les fonds européens versés à nos agriculteurs. Baptisée le « grenier de l'Europe », l'Ukraine constitue l'un des premiers exportateurs mondiaux de céréales, d'oléagineux et de volaille... Avec une telle superficie, ce pays absorberait, à lui seul, une part gigantesque des aides versées à l'agriculture, réduisant celle dont bénéficient les agriculteurs français !

Dans le même temps, la valse des accords de libre-échange, déjà en vigueur, en cours de négociation ou en projet, donne le tournis : Canada, États-Unis, Nouvelle-Zélande, Chili...

L'accord commercial négocié entre l'Union européenne et les pays du Mercosur (Brésil, Argentine, Paraguay, Uruguay) est de ceux que François redoute. En ouvrant massivement nos marchés à des importations de viande bovine, de volaille, de sucre ou de soja produits à bas coûts et à raison de normes bien moins drastiques que celles imposées aux entrepreneurs européens, l'Union européenne jette en pâture nos filières.

Au-delà des enjeux économiques et sociaux, c'est aussi un choix de société qui se dessine : plutôt que de soutenir nos producteurs et d'encourager la production locale, notamment dans les marchés publics, on choisit d'importer des denrées venues du bout du monde, issues de la déforestation amazonienne et aux antipodes des ambitions climatiques affichées en Europe.

En observant la situation avec lucidité et désarroi, François en vient à un constat amer : « En France, il ne faut surtout pas bosser ! »

Il n'élève pas la voix, mais le ton est tranchant : « Je travaille comme un chien pour ne rien gagner. À côté, tu as des mecs qui ne font rien, qui touchent presque autant que moi. Je ne suis pas contre aider ceux qui sont dans la merde, mais on marche sur la tête. Je connais des types qui passent leur vie au RSA, et nous, on se crève à la tâche pour des clopinettes. Et je n'ai pas le droit de m'arrêter ! » Il m'est impossible de lui donner tort ou d'atténuer son jugement.

À la liste des difficultés s'ajoute désormais un fléau dont peu de communes en France sont à l'abri, y compris désormais dans nos territoires ruraux autrefois préservés : l'insécurité.

Dans bien des campagnes, les agriculteurs vivent avec la peur du vol et l'angoisse des dégradations nocturnes. « Même pour aller manger, on ne laisse plus rien traîner », confie François, désabusé face au laxisme de la société. Il me parle de ce voisin agriculteur qui s'est fait arracher les phares de son tracteur dans le champ quelques jours auparavant, en pleine journée.

Tout y passe : matériel agricole, batteries des véhicules, gasoil, outillage, et parfois même des récoltes stockées dans le hangar. Chaque perte est une plaie qui se chiffre souvent en milliers d'euros.

Cette insécurité d'atmosphère gagne désormais les campagnes. Pour ceux qui y vivent et y travaillent, la sensation d'être abandonnés est d'autant plus forte que les gendarmes, trop peu nombreux, n'ont pas les moyens d'assurer la sécurité d'exploitations vastes, souvent isolées.

À mesure que François énumère les difficultés du métier, je ne peux m'empêcher de songer à une autre forme de détresse, plus lourde encore, plus brutale.

J'hésite un instant, puis ose lancer : « Chez les agriculteurs, on sait que le taux de suicide est plus important qu'ailleurs. »

François comprend de quoi je parle. Il l'a vu. Il l'a vécu. Ces cinq dernières années, dans son entourage, cinq agriculteurs ont commis l'irréparable ; « ils étaient âgés de 24 à 59 ans ».

Il marque un temps d'arrêt, avant de reprendre : « Quand tu as travaillé toute ta vie, que tu vois que tu n'y arrives plus, que tu n'as plus d'espoir... Ce métier peut te bouffer. Te faire sentir que tu es seul. Que tu n'as plus d'issue. » Ces mots sont tristes. Ils sont les plus difficiles de tous.

En France, les chiffres nous apprennent qu'une fois tous les deux jours en moyenne un agriculteur commet l'irréparable, à force d'être pris en étau entre des revenus trop faibles, des charges croissantes, un sentiment d'abandon et, très souvent, des dettes.

En outre, le suicide des paysans n'est pas uniquement une statistique douloureuse ; ce sont des visages, des cris, des noms, des collègues et des absences.

Tout au long de la conversation qui me lie à François, je suis frappé par sa résilience, sa force d'esprit. Parlons-nous toujours d'une passion ou d'une prison ?

François peine à joindre les deux bouts, mais il ne fléchit pas et garde le cap, tel le gardien d'une terre et de la souveraineté du pays.

À François, je veux dire la vérité : sans lui, sans les agriculteurs, rien n'existe.

Par leur courage et leur fidélité à une vocation aussi vitale qu'estimable, ils contribuent à nourrir, à préserver nos paysages, à garantir notre indépendance, au prix de la sueur et souvent de leur santé.

Alors, comment tient-il ? « Grâce à elles. »

Il y a Caroline, sa femme, celle avec qui il a tout partagé depuis ses débuts. Il y a aussi ces « à-côtés », mûrement réfléchis, dans l'espoir de dégager du revenu.

Une fois le rythme de la ferme en place, ils n'ont eu d'autre choix que de se diversifier, ouvrant d'abord un gîte, puis un cabinet de massage thérapeutique. « En plus de m'aider chaque jour à la ferme, Caroline s'occupe du gîte. On fait tout nous-mêmes. Parce que payer quelqu'un est impossible, trop coûteux. »

Âgées de 17 et de 19 ans, leurs deux filles savent les sacrifices de leurs parents.

Elles ne sont plus aussi souvent à la maison, mais ne sont jamais loin.

Dans le tumulte de ces journées interminables, François s'astreint à un rituel auquel il ne déroge jamais : déjeuner une fois par semaine avec ses filles, comme une parenthèse précieuse qu'il s'accorde.

Dans ces doux moments de famille retrouvés, l'agriculteur accablé par le travail redevient le père attentif ; celui qui partage, écoute, rit, transmet et oublie le reste quelques instants. La famille est un lien qui ne doit pas se briser.

« J'ai l'impression de ne pas les avoir vues grandir », confie-t-il, le ton empli de regrets. Chaque fois qu'il en a l'occasion, il les pousse à faire de longues études, une façon de leur permettre de conquérir le droit de choisir la vie qu'elles souhaiteront mener plus tard.

Cette famille est à la fois son refuge et son recours quand la fatigue l'écrase. S'il endure cette vie, c'est d'abord pour elles : son épouse et leurs deux filles.

François le confesse : « Quand je rentre le soir crevé, harassé, et que je les vois, je me dis que tout cela en vaut la peine. »

Avant de le quitter, j'ose une dernière question : a-t-il un rêve ?

Il réfléchit un instant, puis répond : « J'aimerais avoir de quoi acheter une petite maison à mes filles pour les mettre à l'abri du besoin, qu'elles aient quelque chose qui leur appartienne et que je leur léguerai. Afin qu'elles aient le choix. J'y arriverai. »

Son destin et tous ses nobles combats ne sont pas vains. Ils tiennent la France debout.

II

Ceux qui nous protègent

5

Au nom du peuple français

« SI L'ON VEUT CONNAÎTRE LA VIE DES GENS, la vraie, il faut se rendre dans un tribunal. »

Cette phrase est la sienne. Celle de son parcours, de son expérience et de sa vocation. Pascale la prononce comme une évidence. Entre les murs d'une salle d'audience, la société est à nu. Ici, il y a la chair de la condition humaine, la détresse d'un parent, les cris d'enfants arrachés à leur famille, la rage d'un prévenu, les larmes d'une victime, et parfois le silence. Ici, tout est vrai, la société se reflète telle qu'en elle-même.

Entrer ainsi dans l'intimité d'un pays n'est pas vain. « C'est une confiance qu'il faut endosser », reconnaît Pascale, magistrate depuis plus de vingt ans.

Au commencement il y eut une vocation, un sens inné du bien commun.

Pascale est née en 1967 en région parisienne dans une famille de rapatriés d'Algérie, d'un père policier et d'une mère qui a choisi de se consacrer à l'éducation de ses trois enfants. « Par le métier de mon père, la chose publique m'a naturellement inspirée », se souvient celle qui rêvait de devenir astronaute.

Lors du dîner, le père commente les actualités du jour. Il attise la curiosité de ses enfants. La rigueur et le sens du devoir sont des valeurs qu'il leur transmet. « Mon père m'a appris le goût de l'observation, de la curiosité, et celui de la politique. » Pascale se nourrit de ces conversations. C'est son modèle. « Je me suis dit que je suivrais son parcours et que je ferais des études de droit. »

Elle conserve un souvenir ému de son enfance passée en Seine-Saint-Denis. Le département n'a pas la même réputation qu'aujourd'hui ; avec nostalgie, Pascale se rappelle la sérénité de la cité dans laquelle elle a grandi. « C'était paisible, il y avait un parfum de liberté ; on a quitté les lieux avant que les choses ne se dégradent. »

Son appétence pour les matières littéraires et ses mauvais résultats en mathématiques finissent par avoir raison de ses rêves dans l'espace.

Une expérience en classe de quatrième va l'aider à conquérir un nouvel horizon : celui de l'art oratoire. Le procès, organisé par le professeur d'histoire, l'amène à simuler une plaidoirie et à réfléchir à la question : « Faut-il dépasser les barrières du périphérique pour être un aventurier ? »

L'exercice l'amuse et lui plaît. Ludique et sans prétention, c'est pourtant pour elle une véritable révélation qui déclenche un goût pour l'art oratoire qui ne la quittera plus. « J'ai adoré porter la parole des autres. » Ce jour-là naîtra sa vocation.

Au lycée, elle apprend que la faculté parisienne d'Assas détient l'un des meilleurs taux de réussite au concours de la magistrature. Mais entre le métier de juge et celui d'avocat, son cœur balance.

Elle intègre les bancs de la prestigieuse université française, après avoir « fait la queue comme tout le monde », précise-t-elle, pour rappeler les vertus d'un parcours issu de la méritocratie républicaine.

Dès les premiers jours, c'est le choc : à quelques kilomètres de son quartier de Seine-Saint-Denis, elle découvre un milieu bourgeois, un monde qu'elle n'avait jamais fréquenté. « Je me sentais un peu étrangère dans ces amphithéâtres. » Elle s'accroche et se prend de passion pour les faits divers et les grandes affaires criminelles. « J'ai toujours aimé le droit pénal, cette matière où l'on porte la voix de la défense, de l'accusé, des victimes et de la société », confie Pascale.

Sur l'île de la Cité, à Paris, le tribunal devient son terrain d'observation. Des vols, des bagarres et des agressions y sont jugés par dizaines chaque semaine. Elle aime s'y perdre, s'égarer à la chambre des flagrants délits, entre deux cours. Un miroir de la société, pense-t-elle. Elle est fascinée par la liturgie des procès, par la mécanique presque sacrée avec laquelle les décisions sont rendues au nom du peuple français.

Sa vocation s'affirme et fait naître sa conviction de plaider, d'accompagner et de défendre les plus humbles.

Préparant le concours d'entrée à l'école du barreau pour devenir avocate, elle apprend qu'un procès fictif sera organisé dans la salle des assises de Paris. Il a pour enjeu une cause historique : le procès de la Saint-Barthélemy. « Je me suis lancée à corps perdu dans les sélections Je voulais porter la robe et plaider dans un lieu mythique. » Elle remporte le concours sous le regard fier de son père. « Je me suis alors dit : "C'est ce que je veux faire." »

Une fois son diplôme d'avocate obtenu, elle fait ses premières armes dans un cabinet parisien spécialisé en droit de la presse. Elle découvre ce qu'est l'adversité ; son passage sera bref mais « extrêmement formateur ».

Elle apprend vite, enchaîne les heures et tient un rythme infernal. « Je mettais les pieds dans les beaux quartiers parisiens, mais au fond de moi je n'étais pas très à l'aise. Je côtoyais un milieu très favorisé avec des enfants parfois issus de grandes familles d'avocats. »

Ce milieu social provoque un inconfort dans lequel elle a beaucoup de mal à se fondre. Bien éloignée des codes de la Seine-Saint-Denis, elle observe le gouffre qui sépare certaines destinées : « Je me disais que ce n'était pas la vraie vie. » Peu à peu, les expériences en cabinet lui construisent une réputation solide.

Avocate au barreau de Paris, Pascale se fixe un nouveau défi : elle veut réussir le concours de la Conférence du stage, prestigieuse épreuve d'éloquence qui détermine chaque année les douze meilleurs jeunes orateurs de la profession.

Attirée tant par le défi que par la portée symbolique du titre réputé dans le monde entier, elle décide de s'y engager. Avec persévérance, travail et talent, elle l'emporte. Pascale obtient une reconnaissance qui marquera un tournant dans sa carrière.

Son talent oratoire et sa rigueur la propulsent sur le devant de la scène judiciaire. Parfois commise d'office, Pascale est aussi appelée à la barre de grands procès où elle apprend à gérer la pression médiatique. Chacun des dossiers dont elle s'empare est une leçon de vie et d'humanité.

Un jour, un important cabinet américain la recrute.

« À l'époque, je travaillais à ne plus m'arrêter, j'étais payée au minimum syndical. Heureusement, nous avions le droit d'avoir une clientèle personnelle et j'acceptais des dossiers pour gagner un peu plus. Avec mes premières paies, je me suis acheté une Citroën d'occasion à crédit. J'avais le sentiment d'être un pacha. »

Au fur et à mesure que les dossiers s'accumulent, le rythme devient insoutenable.

On la mandate pour défendre des causes économiques, pour appuyer la défense d'entreprises multinationales.

Les journées semblent interminables et les heures de sommeil se font de plus en plus rares. Les week-ends n'existent pas, « c'était quasiment de l'esclavage », admet Pascale. Avec ses confrères devenus amis, ils se donnent un surnom : « les productifs ». Elle ajoute : « Je ne me suis jamais autant sentie éloignée des raisons pour lesquelles j'avais choisi de devenir avocate. Cette expérience interrogeait mon rapport à la loi, et le sens de l'action judiciaire. »

Elle s'interroge sur le décalage entre ses ambitions et la réalité qu'elle observe chaque jour, froide et peu passionnante. « Ce qui m'était donné à voir n'était pas la vie », répète-t-elle encore une fois. La question devient simple : comment toucher des causes plus humaines et plus incarnées ?

L'occasion lui en sera donnée lorsqu'un associé du cabinet où elle travaille pénètre dans son bureau, le ton grave, et l'avertit qu'une personnalité publique de premier plan vient d'être victime d'une agression d'une rare violence. Il veut qu'elle prenne en charge le dossier.

L'affaire est délicate. La victime a été défigurée. Elle est bouleversée au point de ne plus se souvenir de ce qu'il s'est passé. « Elle s'est assise dans mon bureau, en détresse, avouant avoir tout oublié de son viol. Elle m'a demandé : "Racontez-moi tout." »

L'avocate est devant ce qui fera le cœur de sa vocation : « C'est la première fois que j'ai touché du doigt la difficulté humaine du métier. Ce jour-là, j'ai su que c'était ma place : accompagner et défendre. »

Le procès sera long, éreintant. Le prévenu se verra infliger la peine maximale, vingt-deux ans de sûreté… Au fond d'elle, Pascale ne peut s'empêcher de ressasser sa colère : « Je me suis dit, voilà un monstre condamné à vingt-deux ans. Dans quelques années, mes enfants pourront recroiser ce type dans la rue. »

Sa plaidoirie impressionne jusque dans le camp adverse. L'avocat général, vieux routier des assises, la remarque et l'invite à dîner. Il lui prodigue un conseil de sage : celui de quitter le barreau pour rejoindre la magistrature. Il pense qu'elle en a les qualités. Elle écoute et se laisse convaincre.

Elle quitte la robe d'avocate pour endosser celle de juge, par une procédure spécifique qui crée une passerelle entre les deux professions.

Au début des années 2000, ce n'était pas une chose aisée.

Moins d'un avocat sur dix réussissait le processus permettant la bascule. « Ils voulaient des avocats qui gagnaient de l'argent. On devait justifier de faire du chiffre d'affaires. Je trouvais ça injuste. On peut être un excellent avocat et ne pas gagner grand-chose parce que l'on n'a pas le réseau nécessaire », dit-elle, lucide.

Ironie du destin, elle apprend, le même jour, qu'elle est admise et qu'elle est enceinte, à quelques minutes d'intervalle…

Pascale accepte d'assumer cette vie nouvelle qui s'offre à elle : « J'ai divisé mon salaire par dix… C'est dire à quel point je tenais à ce cheminement », se souvient-elle avec le sourire. « Rien n'aurait été possible si mon mari ne l'avait pas accepté. Il m'a dit : "Fais-le, c'est ta place." »

À Bordeaux, l'École nationale de la magistrature est une parenthèse rude par rapport à ses émoluments d'avocat. Durant les trois ans que dure la formation, elle est rémunérée 1 500 euros net par mois et apprend à faire le deuil du passé. « Il m'était impossible de dire que j'avais été avocate. Il fallait oublier la robe pour renaître, pour se défaire de certaines habitudes professionnelles. »

Pascale vit cette transition comme une mue. « Le temps long est indispensable pour appréhender ce métier. C'est la raison pour laquelle je crois qu'il n'est pas bon de former des magistrats en six mois comme c'est parfois le cas aujourd'hui. »

À aucun moment, elle ne regrette.

Pourtant, son premier jour dans l'administration est un choc : elle constate qu'elle est loin des salons feutrés des cabinets d'affaires. Il n'y a pas de matériel, pas de stylos, pas de feuilles ; les locaux sont vétustes et il faut partager un bureau. « Je parle bien du meuble, pas de la pièce », précise-t-elle, encore ahurie.

La justice manque de moyens. Elle se repose sur des serviteurs habités d'une force intérieure, un mélange de détermination et de conviction. Pascale fait partie de ceux-là.

Sa première affectation l'envoie dans les Hauts-de-France. Elle pose ses bagages dans une France provinciale, loin de Paris, de ses codes et de son rythme. Avec ses « magasins fermés entre midi et 2 », résume-t-elle. Elle entame une carrière pénale qui durera près de vingt ans : substitut du procureur, juge d'instruction, présidente d'audiences correctionnelles, juge des libertés et de la détention. Elle voit ainsi la société sous tous ses visages. Et c'est bien ce qu'elle cherchait.

Pascale se sent à sa place : « L'une de mes premières audiences portait sur une affaire de délinquance routière. Je respirais, je me sentais enfin dans la vraie vie. Le parquet est la meilleure école. C'est par là qu'arrivent toutes les affaires. » Depuis son nouveau poste, elle apprend l'importance des relations avec la police et la gendarmerie, « des institutions partenaires, avec qui la confiance est essentielle ».

Elle enchaîne les permanences de nuit à une cadence effrénée. Trois semaines, jour et nuit, parfois sans répit. « Le contact avec cette réalité était grisant. Dans le même temps, mon sens de la décision s'aiguisait peu à peu », confesse Pascale.

Aux assises, elle touche encore davantage à « la dure réalité », à ce qu'elle a de plus sombre.

Les crimes, les viols, les actes de torture : chacune des audiences est un face-à-face avec la cruauté qui s'immisce dans les moindres détails.

Se souvient-elle de la première fois où elle fut confrontée à la mort ? « On n'oublie jamais ce genre de choses. » Le ton grave, elle raconte : « Une jeune femme toxicomane, retrouvée morte dans un appartement en lambeaux. Le sol était souillé, jonché de seringues, l'odeur était âcre, tenace. J'ai eu peur avant d'arriver sur les lieux mais je savais quel était mon rôle. » Après plusieurs heures d'enquête, Pascale conclura à l'overdose.

Un détail restera toutefois gravé dans sa mémoire : sur le mur de l'appartement, il y avait une carte écrite par un enfant avec ce titre : « bonne fête maman ».

Il faut reprendre le fil de la journée, le téléphone continue de sonner et la permanence doit se poursuivre.

Ces images ne s'effacent pas ; elles imprègnent le cerveau et se rappellent à elle lors du coucher. « Je ne connais aucun magistrat qui ne vit pas avec ça. »

Elle tente régulièrement d'en parler à ses proches pour évacuer. Son mari l'écoute, mais finit invariablement par lui dire, précautionneux : « Stop, je ne peux pas. »

Ce métier n'est pas psychiquement neutre. Une carapace se forme mais les images laissent des traces. « On se sent parfois seul, mais très proche des policiers et des gendarmes. Disons que l'on se tient la main moralement », résume-t-elle.

Pascale tient à partager le souvenir le plus douloureux de sa carrière. Son premier enfant à placer. « Arracher un enfant à sa mère et entendre ses cris déchirants m'a traumatisée. »

Toujours émue par son récit, elle s'interroge : un enfant n'est-il pas mieux dans une famille cabossée et aimante que dans un placement anonyme où il sera laissé pour compte ? « Le juge est seul face à ces dilemmes. Le curseur est toujours l'intérêt de l'enfant. » La responsabilité la submerge.

Le poids de cette vie l'habite. Lorsque le silence s'installe et que la pression retombe, une question lancinante demeure : « Ai-je bien fait ? » « C'est la question qui hante un juge avant de s'endormir. Quand on envoie un jeune en prison, on a conscience que l'on percute sa trajectoire. Est-ce nécessaire ? Lorsque l'on condamne un prévenu qui dit être innocent, est-on certain d'avoir pris la bonne décision ? » Rien ne retire jamais cette introspection.

Juger ne consiste pas seulement à appliquer la loi, c'est aussi envoyer un message à la société.

Ce ne sont pas toujours les crimes les plus lourds qui secouent le plus : « Ce sont ceux qui touchent à l'intimité, à la fragilité humaine », avoue Pascale.

A-t-elle déjà pleuré ? « Oui. Ça m'est arrivé une fois. Je m'en souviens comme si c'était hier. » Dans ce dossier, les victimes sont deux petits garçons décédés dans d'atroces conditions lors d'un accident de la route. Au moment de commencer la lecture à l'audience, l'émotion s'empare d'elle.

Ses yeux sont humides, sa voix est fragile. « J'ai dû faire un effort surhumain pour ne pas pleurer », confie-t-elle. Mais elle n'oublie jamais son rôle : « J'étais là pour juger, non pour flancher. »

Ce métier impose un équilibre fragile. « Il faut être en empathie, jamais dans l'affection. » Elle domptait sa sensibilité à force de procès et avec le temps ; trouver la bonne distance, ne jamais se laisser envahir, et juger au nom du peuple français sont un combat quotidien pour tous les magistrats.

L'art de la conduite du procès consiste aussi à s'adresser au prévenu sans le braquer. « L'accusé a le droit éminent de parler, et le procès sert à le faire parler. » Il ne faut ni dominer, ni humilier, mais trouver les mots justes pour dénouer une contradiction et faire éclore la vérité.

S'est-elle déjà trompée ? La magistrate assume les failles inhérentes à toute décision humaine. « Quelle magistrate serais-je si j'avais l'arrogance de dire que je ne me suis jamais trompée ? »

Être magistrat, c'est accepter un rythme de vie qui s'étend parfois au-delà du raisonnable : « En correctionnelle, on arrive le matin à 8 h 30, on prend connaissance des dossiers de comparutions immédiates qui vont s'ajouter aux dossiers prévus à l'audience. Lorsque la cloche retentit, on entame la journée. Ça peut aller jusqu'à 4 heures du matin en fonction de la durée des audiences. » Chaque affaire nécessite une concentration parfaite ; il faut mener les débats, surveiller la salle. La circulaire Lebranchu fixe en principe la durée d'une audience à six heures maximum. « Bien sûr cela n'est jamais respecté. Il m'est arrivé de présider une audience qui débute à 9 heures et de rendre le délibéré à 4 heures le lendemain… C'est tout à fait habituel. Tous les magistrats pénalistes savent cela. »

Sa vie de famille en souffre inéluctablement.

Comment protéger les siens quand on est aux premières loges de la violence et des drames de la société ?

Pascale a conçu un stratagème : « Je ne pouvais pas dire certaines choses devant mes enfants aux enquêteurs qui appelaient au téléphone. Alors, j'avais imaginé une histoire. Je leur disais qu'un monsieur dans la ville, un certain Robert, faisait des bêtises tout le temps. Qu'il parlait mal à une dame, qu'il volait une voiture qui n'était pas à lui. À chaque fois que je raccrochais, pendant des années, mes enfants me demandaient : mais Robert, qu'a-t-il encore fait ? »

Robert était bien sûr un personnage fictif. Il permettait de les protéger, de détourner l'attention, de leur épargner la dureté du monde.

Le rythme envahit aussi les week-ends, car « c'est là que l'on prépare les dossiers de la semaine ».

À cela s'ajoutent les permanences, les nuits de travail au tribunal, en audience ou à la maison. La rémunération est modeste les premières années et plus convenable ensuite. Mais les responsabilités sont si lourdes : « Au bout de vingt ans, on peut monter à

4 500 euros. Dans tous les cas, on ne fait pas ça pour l'argent. »

Pourquoi continuer alors ? Pourquoi ne pas être restée avocate, auprès d'un cabinet américain où les salaires peuvent s'envoler ?

Pascale en sourit : « Un jour, j'ai reçu une lettre de la part d'unc famille dont le fils avait été percuté volontairement sur une route. Il y avait simplement écrit : “Merci”. »

Les ressorts d'une vocation sont plus profonds que le cosmétique d'un train de vie.

Quand je demande à Pascale ce qu'elle pense du « laxisme de la justice », elle soupire entre compréhension et perplexité. Elle a entendu des dizaines de fois cette accusation que partage la majorité de nos compatriotes. Selon un sondage de l'institut CSA publié en juillet 2025, plus de neuf Français sur dix estiment que la justice doit être plus sévère face aux criminels.

Elle sait l'institution traversée par des magistrats frappés du sceau de l'idéologie, et « bêtement pétris de bons sentiments ».

Elle estime excessif et caricatural de réduire l'institution à cela. « La plupart des magistrats que j'ai connus ont vraiment à cœur de faire leur travail, dans des conditions que personne ne peut imaginer. »

Elle se souvient de collègues aux discours très durs et intransigeants, loin des diatribes d'extrême gauche du Syndicat de la magistrature. « Les mêmes se décomposaient lorsqu'il fallait prononcer vingt ans de prison. Être juge exige beaucoup d'abnégation. »

Les juges ne seraient donc pas laxistes ? « Souvent, les gens ne savent pas que la loi est ainsi faite. Si le juge est apte à prononcer une peine qui peut sembler faible, c'est uniquement parce que la loi le prévoit », tempère-t-elle. Elle comprend la perception de l'opinion mais pose une limite : « On ne peut jamais se prononcer sur un dossier tant qu'on ne le connaît pas. Peu de personnes mentionnent que les peines de prison ferme ont augmenté ces deux dernières années. »

Ce discours semblerait presque inaudible tant l'image d'une justice angélique gangrenée par la culture de l'excuse colle à la peau des magistrats.

Pour Pascale, le dysfonctionnement provient d'abord d'un manque de moyens. D'un système à bout de souffle qui frôle parfois l'absurdité. « La justice, c'est une affaire de tuyauterie. Quand une canalisation est bouchée, on invente un nouveau tuyau pour faire passer le flux dans un temps le plus court possible », constate-t-elle entre ironie et lassitude.

Le manque chronique de personnel et l'absence ubuesque de places dans les prisons conduisent à créer une justice dérivée. On multiplie les alternatives à la prison, on généralise les CRPC (comparutions sur reconnaissance préalable de culpabilité, le « plaider-coupable » à la française) ou on requalifie les infractions.

Ainsi, les conséquences sont accablantes : des conduites en état d'ivresse – qui devraient passer devant un tribunal – ne sont même plus audiencées, faute de moyens. « C'est fondamental de faire passer un mauvais moment, pour comprendre que c'est grave. Il faut rencontrer un juge, un médecin, pour prendre conscience du danger encouru », abonde-t-elle. « On est arrivé à un point dans les plaider-coupable, où c'est l'accusé qui sort en nous glissant : "Bon courage"… » Ainsi devient la justice française.

« Bien sûr, le juge peut refuser l'homologation. Mais à 21 heures, quand les escortes sont mobilisées depuis le petit matin, que les parquetiers et les greffiers ont peut-être déjà terminé leur journée, que l'avocat commis d'office trépigne et que son refus implique pour vous-même et votre greffier d'attendre deux heures de plus la nouvelle orientation de la procédure, on contourne. Nous évitons d'embouteiller le système. En banlieue parisienne, nous avons eu une vague d'étrangers en situation irrégulière qui s'installaient dans les habitations vacantes. Les faits étaient simples et souvent reconnus : interpellations, garde à vue, absence de saisine de la préfecture pour placement en centre de rétention administrative et arrivée au tribunal pour la CRPC. Quelle sera la peine prononcée ? Interdiction de paraître dans la commune… Dès lors, vous comprenez que nous ne résolvons rien, lâche-t-elle, dépitée. Comment la population peut-elle comprendre cela ? »

Que dire de cette culture de l'excuse ? Depuis 1945 et la « défense sociale nouvelle », la justice française s'appuie sur le postulat que le délinquant est aussi le fruit de son environnement social. Cette idée a nourri un réflexe idéologique profond.

Il ne s'agit pas de nier qu'un parcours chaotique, un manque d'affection ou des carences éducatives façonnent les parcours individuels. Mais il faut s'inquiéter des dérives de ce prisme idéologique : « On a créé une société où le respect des règles n'est plus de mise. »

La magistrate observe également avec effroi un effondrement du niveau cognitif et de la capacité de verbalisation. « On a affaire à des gens qui ne comprennent pas les questions, sont incapables de discerner l'interdit. La verbalisation est très pauvre et les capacités cognitives sont parfois presque nulles. Certains ne se souviennent même plus de ce qu'ils ont fait la veille. »

Ce vide de pensée et ces réponses absurdes alimentent la violence gratuite autant que la barbarie qui s'installe à petits pas en France.

On retrouve ce que des pédopsychiatres comme Maurice Berger n'ont cessé de constater et d'écrire dans leurs travaux : la violence gratuite et la récidive ne sont pas seulement le produit d'un « environnement social défavorisé », elles trouvent aussi leurs racines dans une incapacité profonde à se représenter les conséquences de ses actes, certains jeunes n'ayant jamais intégré les mécanismes mentaux nécessaires pour comprendre et se représenter la souffrance d'autrui.

Pascale est le témoin impuissant de l'effondrement culturel et éducatif de la société. « Il n'y a pas si longtemps, un prévenu pouvait plaider maladroitement sa cause, essayant de justifier ses actes. Maintenant, beaucoup se murent dans le mutisme ou s'effondrent dans une forme d'amnésie immédiate. »

Désormais, juger devient plus difficile, plus éprouvant aussi. Comment punir celui qui ne comprend pas la portée de la sanction ?

C'est l'autorité qu'il convient de rétablir comme valeur cardinale de la société. C'est l'école qu'il convient de réhabiliter comme un sanctuaire exigeant, chargé de transmettre les savoirs fondamentaux comme un asile inviolable où les querelles des Hommes ne devraient plus avoir droit de cité.

Pascale affronte aussi la délinquance des mineurs. « N'oublions pas les filles dans ce débat. C'est de pire en pire, avec des carences empathiques considérables. » Statuer sur le sort d'un jeune adolescent est sans doute ce qu'il y a de plus difficile : « Quand on connaît les prisons de l'intérieur, on se dit que ça va consolider sa trajectoire… mais en même temps, le choc carcéral est nécessaire. »

Elle plaide pour des prisons spécifiques dédiées aux mineurs.

Les actuels centres éducatifs fermés (CEF) n'en sont pas vraiment : ils ne sont pas étanches et les fugues y sont nombreuses, l'ultraviolence gangrène le quotidien, les éducateurs manquent. « On a un problème d'infrastructures et d'attractivité des carrières. » Trop souvent, la justice arrive quand il est trop tard.

À la lumière de ces observations, je ne peux m'empêcher de songer aux émeutes de l'année 2023, à cette violence en grande partie imputable à des mineurs, motivés par l'hostilité insidieuse qui se diffuse dans les banlieues contre la Nation, déjà déterminés à l'idée de défier la République. L'automaticité de l'excuse de minorité ne devrait pas être. L'instauration de mesures privatives de liberté courtes, immédiates, dès le plus jeune âge devrait être généralisée sur le modèle des pays d'Europe du Nord.

Les Français sont exaspérés par l'écart entre la peine prononcée et la peine effectuée. Ils s'insurgent aussi du manque de places dans les prisons. « Voilà pourquoi tant de décisions paraissent absurdes », conclut-elle.

À l'heure où j'écris ces lignes, près de 85 000 personnes sont détenues pour 62 000 places de prison opérationnelles. Environ 6 000 détenus dorment sur un matelas à même le sol.

Il manque 40 000 places de prison à la France pour atteindre la moyenne européenne… L'échec d'Emmanuel Macron, qui promettait en 2017 la création de 7 000 places supplémentaires, est accablant. Cela révèle le peu de cas qu'il accorde au fléau de l'insécurité.

Comment regarder des familles de victimes dans les yeux et leur dire que notre pays, qui compte parmi les plus grandes entreprises mondiales de BTP, capables d'édifier un village olympique ou de restaurer la cathédrale Notre-Dame en un temps record, serait incapable de construire des lieux de détention en nombre suffisant pour les criminels et les délinquants ?

La justice a besoin de moyens, de magistrats, de greffiers, de personnels pénitentiaires et de places de prison en nombre.

Elle nécessite aussi une vision, conforme à la volonté d'une majorité de Français : la privation de liberté ne doit plus être une exception ou un ultime recours, réservée aux dossiers les plus graves et aux délinquants multirécidivistes. La prison doit être la règle systématique pour les actes violents contre les personnes.

À cet égard, la culture de l'excuse et l'idéologie du « tout sauf la prison » portées depuis l'accession de Christiane Taubira à la Chancellerie – et poursuivies par ses successeurs – ont eu des conséquences catastrophiques sur la sécurité des Français ; il est vital d'en tourner la page. Comment justifier qu'un citoyen agressé puisse vivre l'injustice de recroiser son bourreau dans la même rue quelques semaines plus tard ?

La généralisation des peines de sursis ou de bracelets électroniques ne correspond pas à l'idée que je me fais d'une justice efficace rendue au nom du peuple français.

L'intégrité physique doit retrouver un caractère sacré ; sauf rare exception, aucun aménagement de peine ne devrait être permis pour toute condamnation supérieure à une peine de six mois de prison ferme.

Au regard de la situation du pays, la réforme de la politique pénale doit apparaître comme une véritable révolution politique. Elle doit doter la France d'un arsenal judiciaire visant la délinquance et la criminalité parmi les plus répressifs d'Europe.

Nombre de mesures à prendre relèvent de l'évidence pour beaucoup de Français. Ainsi, de l'instauration de peines minimales : corollaire des peines plafonds, il doit exister des peines planchers incompressibles, sous lesquelles – sauf rare exception – une sanction ne pourrait être prononcée. Une façon d'empêcher la clémence injustifiée de certains magistrats qui choque nombre de victimes.

Pour redresser l'échelle des peines et poser les fondations d'une nouvelle politique pénale, plus juste, plus ferme et plus dissuasive, notre institution judiciaire demande les moyens de sa mise en œuvre car « on ne juge pas seulement un dossier, on délivre un message à la société », aime à rappeler Pascale.

Être juge est un sacerdoce, c'est une voie où l'on endosse une charge. La justice est une mission, un point d'équilibre et une réponse dans une société qui vacille.

Que dirait Pascale à un jeune magistrat ? « Retiens que la justice est rendue au nom du peuple français. Garde ta capacité à douter. Et n'oublie jamais : on est magistrat avec ce qu'on a dans les tripes ! »

Pascale Piera est aujourd'hui députée française au Parlement européen.

6

« Messieurs, préparez-vous à l’assaut »

Le 13 novembre 2015 a l’apparence des jours ordinaires. Les amateurs de football sont impatients de voir les Bleus de Didier Deschamps affronter l’Allemagne, lors d’un match au Stade de France.

Matthieu est installé dans son salon, avec son épouse, Sandra, infirmière dans un hôpital parisien de renom. Le couple profite de sa soirée, moment rare lorsque l’on exerce, comme eux, un métier au service des autres.

Avant la fin de la première mi-temps, le téléphone de Matthieu s’allume, le nom de son supérieur s’affiche. Il décroche : « Incident majeur en cours. Il faut qu’on se rende au service. Ça tire partout dans Paris. »

L’appel est expéditif, il faut faire vite. Tous deux comprennent que ce soir-là ne sera pas reposant comme ils l’espéraient. Sandra pressent qu’elle devra se rendre au chevet des blessés et appelle ses parents pour faire garder les enfants, encore endormis sur le canapé.

Matthieu saute dans son véhicule, enclenche la sirène et se dirige, seul, vers le 36, quai des Orfèvres, le quartier général de la BRI – la brigade de recherche et d'intervention de la préfecture de Police de Paris. Une tension palpable s'empare de la ville. « J'ai croisé des véhicules de secours et de police dans tous les sens, ils fonçaient à toute allure. Cela n'augurait rien de bon. »

Un collègue lui téléphone. Les voix sont graves. « Ne cherche pas, c'est les barbus », lâche son camarade. Il est aux environs de 22 heures. Des explosions ont retenti au Stade de France et des attaques meurtrières sont en cours à Paris, sur des terrasses de cafés et en pleine rue.

Au quartier général, les policiers de la BRI arrivent au compte-goutte, de toute la région.

En l'espace de quelques minutes, tous les effectifs disponibles sont mobilisés, devoir oblige. Une première instruction leur est donnée : s'équiper et se préparer.

« Dans la salle de briefing, les informations tombent presque seconde par seconde », se souvient Matthieu. Combien sont-ils à semer la mort ? Où sont les prochaines cibles ? Une équipe sera envoyée au Stade de France, d'autres dans les 10e et 11e arrondissements de Paris.

Mais une nouvelle alerte vient préciser l'opération : une prise d'otages massive est en cours au Bataclan. La majorité des effectifs sera détournée vers la salle de spectacle qui accueille le concert des Eagles of Death Metal, un groupe américain de hard-rock, et mille cinq cents de leurs fans. À l'extérieur, les lignes téléphoniques d'urgence saturent ; des milliers d'appels affluent vers les numéros 17 et 18. Les véhicules blindés de la BRI arrivent sur place et se garent à cent cinquante mètres du Bataclan.

Un équipage de la Bac – la brigade anticriminalité – est arrivé en premier sur les lieux. Il a échangé les premiers tirs avec les terroristes retranchés dans la salle. À l'intérieur, plusieurs dizaines d'otages implorent la vie au milieu des morts.

« J'ai senti mes collègues traumatisés par ce qu'ils venaient de voir. Dans leur regard, je lisais l'horreur », confie Matthieu la voix grave.

Sur place, tout va très vite. Les policiers d'élite se déploient. Ils vérifient leurs armes et leur matériel de protection. L'ordre est donné : entrer dans le Bataclan.

L'unité s'approche de l'entrée, prudemment. « En passant la porte, j'ai aperçu plusieurs morts à terre, il y avait du sang partout », se souvient Matthieu. L'odeur est effrayante : « C'était un ignoble mélange de poudre et de sang. Je ne l'ai jamais oubliée. Je n'ai même jamais réussi à m'en défaire. » Depuis le fond de la salle plongée dans le noir, un projecteur éblouit l'entrée principale. Matthieu poursuit, ému : « Mon regard oscillait entre les corps qui gisaient au sol et l'environnement qu'il fallait appréhender. »

Puis soudain, il me dit : « Certains, entre la vie et la mort, agrippaient mes chaussures au milieu de dizaines de cadavres pour m'implorer de les aider… »

Comment pourrais-je oublier ces mots terribles ?

Les terroristes sont à l'étage, dans une loge isolée, ils retiennent plusieurs otages. « Une colère froide, déterminée, est montée en moi, je me suis dit que l'on allait les trouver et qu'ils ne sortiraient pas d'ici », confie-t-il.

Matthieu poursuit le récit de l'horreur, seconde par seconde, de cette scène d'apocalypse. Il se souvient des blessés qui faisaient « semblant d'être morts » dans l'espoir de survivre et garde en mémoire le visage d'une femme d'une trentaine d'années : « Elle avait pris une balle dans la bouche et je voyais ses yeux à demi clos, le visage figé. »

Le policier de la BRI éprouve l'étrange impression que chaque regard qu'il croise lui est familier. Il doit rester maître de lui-même, concentré sur le viseur, et continuer à avancer pour couvrir les secours, leur permettre d'évacuer en silence et avec précaution les premiers blessés. Dehors, les soignants improvisent des postes de fortune pour délivrer les premiers soins.

Mais au milieu de la fosse, les policiers de la BRI sont exposés.

Dans une loge à l'étage, deux terroristes islamistes sont barricadés avec les otages derrière une porte, leurs kalachnikovs à la main et leurs gilets explosifs sur la poitrine.

Les négociateurs de la police parviennent à établir un contact. L'objectif est de faire parler les assaillants, de tenter de gagner du temps pour organiser l'assaut dans les conditions les plus optimales. Or, le lieu est un piège.

« Il ne pouvait pas y avoir pire endroit. C'était une sorte de couloir d'à peine 1,30 m de large sur 9 m de long, une porte devant, une porte à l'arrière donnant sur un escalier en colimaçon. » Les terroristes sont mêlés aux otages. « Très honnêtement, à ce moment-là, je me dis qu'il va y avoir de la casse ; c'est mathématique », jauge Matthieu, pessimiste.

« C'est l'un des rares moments de ma carrière où je pressentais que l'on serait abîmés par ce qui allait suivre. Je me souviens d'avoir pensé à mes enfants à plusieurs reprises mais ma concentration sur la mission a pris le dessus. »

À 0 h 18, alors que les terroristes ont rompu toute communication, l'ordre est donné par radio d'entrer : « Messieurs, préparez-vous à l'assaut. »

En tête de colonne, un policier tient l'épais bouclier Ramsès, avec un rôle bien défini : absorber les tirs pour protéger l'unité.

De l'autre côté, les terroristes forcent les otages à repousser la porte avec leurs pieds. On entend des hurlements de toutes parts et des rafales nourries. Les balles éclairent le lieu jusqu'alors plongé dans l'obscurité.

Les hommes de la BRI dégoupillent des grenades assourdissantes, les jettent dans la pièce et tirent de manière calculée dans la direction du premier terroriste. L'opération est risquée, mais nécessaire. « On avait anticipé le fait que les otages seraient au sol. Quand ça tire, les gens se couchent. Chaque seconde était extrêmement délicate, la progression dans la pénombre difficile. »

À quelques mètres de la tête de colonne, le premier terroriste actionne son gilet explosif. Seule la partie arrière explose, ce qui réduit l'onde de choc qui déstabilise malgré tout les premiers policiers. Le second terroriste blessé porte toujours son gilet, il sera neutralisé par deux tirs. « Tous les otages sont sains et saufs », abonde-t-il.

« Dès lors que nous sommes arrivés dans leur planque, il n'y a plus eu de mort au Bataclan. C'était notre obsession. »

Au milieu de la fosse, l'assaut vient de s'achever. Matthieu se remémore les téléphones des victimes qui retentissent, en continu, au milieu des cadavres. « C'était horrible. Et cette odeur dont je me souviens encore… », répète-t-il.

En quelques heures, les attaques revendiquées par l'État islamique ont fait 131 morts, 413 blessés et des milliers de proches endeuillés.

Il songe aux victimes, aux otages, à ses collègues blessés. Sans héroïsme ni désir de gloire, il reconnaît avoir accompli son devoir. Et certainement, le choix de carrière qu'il a fait quelques années auparavant était définitivement le bon.

Contraint au devoir de réserve, Matthieu ne donnera pas sa véritable identité.

Il a grandi dans une commune rurale de l'Ouest de la France. Fils d'un policier et d'une institutrice, servir la France a toujours résonné en lui comme une évidence. Il garde un souvenir fier et admiratif de ses parents : « Mon père partageait ses anecdotes tous les soirs, ma mère me parlait d'histoire et de géographie. Ces heures de discussions ont fait germer mon attachement à cette institution et à tous ceux qui servent notre pays. Si je n'étais pas devenu policier, je serais devenu gendarme », sourit-il.

Se sentir utile, rendre service aux autres, vivre une vie d'aventure ; il choisit sa voie avec ferveur et n'en déviera jamais.

À 18 ans, Matthieu s'inscrit au concours des gardiens de la paix qui l'a tant fait rêver. Ce sera un succès. « J'ai tout de même fait quelques mois à la fac, mais je n'étais pas passionné. Je voyais la société autour de moi évoluer et je souhaitais m'engager. » L'entrée à l'école de police le marque : « Ça fait toujours un choc quand on arrive de province, le rêve devient réalité », confie-t-il.

Il est d'usage pour les jeunes diplômés d'être affectés en région parisienne à l'issue de la formation, et les vicissitudes de la capitale l'attirent ; il sait qu'il vivra des situations intenses. Toutefois, l'excitation pour l'action l'amène à rêver d'unités plus prestigieuses et plus exposées, telles que la brigade anticriminalité.

À son arrivée, des vétérans lui prodiguent un conseil qui ne le quittera pas : « Ici, c'est une maison et une famille. Si tu te bouges, si tu travailles, tu pourras progresser et monter les échelons. »

Matthieu découvre deux types de profil au sein de la maison : « certains parfois occupés à parler bricolage ou retraite mais capables de faire appel à leur grande expérience pour intervenir efficacement » ; et ceux qui, comme lui, ont la fougue. Tous prennent des risques ensemble, partagent le terrain, se confrontent aux joies et aux peines de la société. « La fraternité dans la police est vitale, elle crée un lien qui transcende souvent le manque de moyens. » Il considère cet esprit comme l'âme des commissariats de France.

Aujourd'hui, l'atmosphère n'est plus tout à fait la même. « On est surmenés, sollicités pour tout et n'importe quoi. On n'a plus le temps d'échanger. » Les demandes sont constantes et écrasantes, parfois noyées dans des missions éloignées de leur cœur de métier. « On se retrouve à régler des situations familiales, à faire l'assistante sociale, à traiter des tonnes de paperasse. Quand tout est une priorité et qu'il faut mettre la même énergie sur chaque problème, on perd en efficacité dans la lutte contre la criminalité. »

Au début des années 2000, un policier abattu par un repris de justice lors d'une intervention déclenche des manifestations auxquelles Matthieu participe pour la seule fois de sa carrière. Il était à cette époque un jeune policier de voie publique. C'est le temps des premières revendications d'ampleur pour exiger de meilleurs équipements et des moyens de protection supplémentaires.

Les policiers font face à un refus d'obtempérer toutes les vingt minutes, la violence qui s'exerce sur eux est quotidienne. C'est une révolte contre l'uniforme, contre ceux qui le portent et contre la République qu'il représente. Partage-t-il les moments difficiles avec ses proches ? Oui, à quelques exceptions. « J'ai parfois dissimulé certaines choses pour ne pas les inquiéter », confesse-t-il.

Il effectue sa première intervention délicate à 22 ans, dans un hall d'immeuble de banlieue parisienne : un homme, sous l'emprise de la drogue, tambourine dans une cage d'escalier. Les policiers arrivent sur place. L'individu, agressif, sort un couteau de boucher et se dirige vers eux. Sur instruction du chef d'équipage, ils sortent leur arme de poing. Les sommations l'intimident ; l'homme finit par lâcher son arme. Il sera maîtrisé et interpellé. Matthieu sait sa responsabilité : « Sortir son arme pour la première fois est une chose, en faire usage en est une autre. Je me disais que je n'aurais pas à tirer. »

Un jour, en patrouille à Paris, il intervient sur une terrasse où un groupe de jeunes hommes harcèlent des clientes. Ils sont plus nombreux que les policiers. Fougueux, Matthieu décide de ne pas attendre les renforts et intervient en empoignant deux agresseurs simultanément. Il prend un coup de poing à la figure et se fait rouer de coups. « J'ai été un peu trop gourmand », admet-il en souriant. Il apprendra plus tard que son agresseur était boxeur ; il l'a senti passer…

Souvent, il se remémore un autre traumatisme, plus douloureux, qui hante ses souvenirs de jeune îlotier. Un incendie se déclare dans un immeuble de banlieue parisienne et les sapeurs-pompiers qui luttent contre le feu sollicitent le renfort des policiers. Matthieu et ses camarades font front commun, ils en ont l'habitude. Dans l'urgence, il accueille dans ses bras un enfant brûlé vif et le dépose sur un drap blanc… Il sait qu'il ne survivra pas.

En rentrant chez lui, le jeune policier est soulagé de ne pas avoir à garder ce drame pour lui. Sa compagne de l'époque est un soutien précieux. Elle l'écoute et l'aide à affronter le drame. Aujourd'hui, père de famille, le souvenir est encore plus violent. Matthieu parle pour montrer la réalité d'un métier en première ligne ; pour que chacun comprenne l'éminente responsabilité qui pèse sur les épaules d'un policier, dans une société qui se fracture.

« Les gens qui aiment la police ne le disent pas, regrette-t-il. Beaucoup n'ont rien contre, mais ils sont indifférents, jusqu'au jour où ils ont besoin de composer le 17. »

Le regard sur l'uniforme change selon les quartiers : méfiant – voire hostile – dans certaines banlieues communautarisées, indifférent dans les zones plus aisées. Tantôt perçu comme inutile, tantôt accepté par les commerçants et les voyageurs qui empruntent un RER francilien la nuit tombée.

En région parisienne, Matthieu s'aguerrit et s'endurcit.

Au sein de différents services, il progresse et expérimente les différentes facettes du métier : le flagrant délit, l'enquête, l'îlotage sur la voie publique, l'aide aux victimes.

Il décide finalement de pousser les portes de la prestigieuse brigade de recherche et d'intervention, la BRI.

Cette unité judiciaire du 36, quai des Orfèvres est fondée le 22 septembre 1964 par le commissaire François Le Mouël, en réaction à la montée du grand banditisme. Elle était connue autrefois sous le nom d'« antigang ». Les attentats de 1972 à Munich incitèrent les autorités de l'époque à faire évoluer la BRI-PP en unité spécialisée complète capable de traquer des bandits en flagrant délit et de gérer des situations de forcenés et de prise d'otages.

Ce service s'est illustré par sa participation à la neutralisation de Jacques Mesrine en 1979, à l'arrestation de membres du gang des postiches en 1986 et à de nombreuses interpellations d'équipes de malfaiteurs armés ciblant des fourgons blindés de transport de fonds. « C'est une unité complète unique en France, capable de passer de l'enquête à l'intervention », considère Matthieu.

Dans un premier temps, les grands chefs ne sont pas convaincus par son profil. Déterminé, Matthieu insiste. « Ils ont fait confiance à leur intuition, c'est l'une des qualités premières du policier. »

Il pense avoir la force d'esprit et la stabilité émotionnelle qu'exige cette unité. Les tests sont impitoyables. « On ne peut pas mentir sur ses capacités. » Les candidats sont poussés à bout : efforts physiques, marches de nuit interminables, mise en dette d'oxygène, tirs dans des conditions extrêmes, résistance au vertige, nuits blanches et enchaînement sur un travail d'enquête.

Il faut aussi observer durant des heures une rue déserte et se souvenir du moindre détail, de l'unique voiture passée furtivement au milieu de la nuit.

Matthieu est éprouvé mais il réussit. Sa fierté est immense. Après plusieurs années dans la police, les compteurs sont remis à zéro : « Chaque changement de service ou de grade impose de se remettre en question. »

Progressivement, il habite ses nouvelles fonctions et vit au rythme des enquêtes et des interpellations. L'adrénaline est quotidienne, les missions s'enchaînent : *go fast* à neutraliser, trafics à démanteler, commerçant séquestré à libérer, militant islamiste à interpeller.

En 2012, lorsque Mohamed Merah frappe à Toulouse et à Montauban en abattant de sang-froid des innocents, des enfants et des militaires, Matthieu mesure ce qui est en train de se produire. « Je savais qu'un jour ce serait pour nous et qu'on finirait face à eux. »

Le risque pousse les institutions à évoluer. Le paradigme change : « Je me disais qu'une partie des crises à venir ne pourrait plus se résoudre avec une négociation tactique. Travailler sur du terrorisme n'est pas travailler sur du grand banditisme. Ils veulent surtout tuer des policiers : c'est une cible à haute valeur ajoutée pour eux », analyse Matthieu.

Les opérations de la BRI s'orientent progressivement vers l'interpellation de logisticiens radicalisés ou de fichés S aux dossiers alarmants. « La tactique change aussi. Lors des interventions à domicile, on prend désormais le temps de figer la situation depuis l'extérieur. On avait en mémoire ce policier espagnol tué dans l'explosion d'un étage alors qu'il pénétrait dans l'appartement d'un islamiste. »

Puis vient l'année 2015, la conséquence de la radicalisation que les hommes de terrain sentaient monter et que les politiciens de l'époque n'avaient pas su prévoir.

Au mois de janvier, Matthieu est au 36, quai des Orfèvres. Durant l'entraînement, une alerte tombe : un attentat est en cours au sein de la rédaction de *Charlie Hebdo*. Très vite, les images défilent sur les écrans de télévision.

Les hommes de la BRI voient leur collègue Ahmed Merabet, policier en uniforme, exécuté sauvagement par les frères Kouachi près des locaux du journal. Sur place, la rédaction est décimée. Un policier du service de protection des hautes personnalités – le SPHP –, chargé de veiller sur l'un des journalistes, est également abattu. « D'habitude, je n'ai pas de problème pour visionner des vidéos, mais là, c'est difficile parce que Ahmed Merabet est un homme désarmé, tué lâchement en pleine rue. Il porte l'uniforme. Il y a forcément une solidarité de corps. Une immense colère est montée en nous. Je souhaitais être projeté sur la mission. L'attente a été très longue. »

Les dossiers en cours sont gelés ; le grand banditisme attendra. Il faut neutraliser les terroristes islamistes en fuite dans l'agglomération parisienne.

Matthieu s'équipe, vérifie son matériel, analyse chaque information qui lui parvient en temps réel. « Il y a un esprit guerrier et patriote qui ressort : vous vous en êtes pris à des innocents, nous allons venir vous chercher. »

Il songe à la devise de la BRI : *Per verbum, per gladium* (« Par le verbe, par l'épée »).

Les frères Chérif et Saïd Kouachi sont rapidement identifiés. Ils prétendent agir au nom d'Al-Qaïda au Yémen. La traque commence : trois jours intenses de recherches, sans dormir ou si peu... Toutes les polices d'Europe sont en alerte. Les perquisitions s'enchaînent.

Les Kouachi sont aperçus à quelques kilomètres de Paris. La zone est quadrillée et l'étau se resserre. Certains habitants ouvrent leurs portes au passage des forces de l'ordre, proposent gâteaux et boissons. D'autres se contentent de quelques mots d'encouragement. Pour les policiers et les gendarmes, rien ne compte davantage que ce peuple solidaire et uni derrière ceux qui les protègent.

Les deux barbares se sont retranchés dans une imprimerie à Dammartin-en-Goële, en Seine-et-Marne. Ils retiennent en otage le gérant, un homme d'une cinquantaine d'années. Les gendarmes du GIGN prennent le relais.

Simultanément, un autre front s'ouvre : Amedy Coulibaly retient le personnel et les clients d'une épicerie casher située porte de Vincennes. Il abat plusieurs innocents. La veille, il a tué Clarissa Jean-Philippe, une jeune policière municipale, à Montrouge. L'uniforme est une cible qui expose à tout instant nos policiers à ces barbares.

La BRI est déplacée vers Paris. En chemin, Matthieu prend conscience que le dénouement de l'horreur est entre ses mains et celles de ses camarades. Sur les lieux, il se souvient des applaudissements nourris des passants : « La France est sous pression, et j'ai vraiment senti que le peuple faisait bloc derrière nous. Ça m'a fait plaisir. »

Au côté de leurs collègues du Raid, l'équipe se met en place et l'attente démarre. « Tu vas rire, mais à ce moment-là, on a aussi des besoins d'homme. Parfois la faim, parfois envie de faire une escale aux toilettes… On pense à notre famille, mais on est concentrés comme jamais. »

Sa femme et ses parents sont rongés par l'inquiétude mais renoncent à tenter de le joindre pour ne pas le perturber.

Au sommet de l'État, le président de la République tranche : un assaut simultané sera donné à Dammartin et à l'Hypercacher. Dans l'oreillette, l'instruction tombe : « Messieurs, préparez-vous à l'assaut. »

« À cet instant, tu penses à la mort ? » osé-je lui demander.

« Le jour où on passe les tests pour intégrer ce type d'unité, on accepte de prendre tous les risques », répond Matthieu, conscient qu'aucun scénario n'est jamais écrit d'avance et qu'un rien peut tout faire basculer.

Les rideaux métalliques de l'épicerie sont forcés des deux côtés. L'entrée principale cède, la porte latérale résiste. « On a plein d'informations qui nous sont transmises par la radio dans notre casque. Il faut rester concentré. Il y a un temps de silence qui paraît une éternité. Le feu s'ouvre. »

Un premier policier se jette à l'intérieur, pistolet Glock et bouclier en main, pour attirer le feu du terroriste. Coulibaly se rue, arme au poing, vers les policiers. Il est abattu. À l'intérieur, les seize otages sont libérés, en pleurs, tous en état de choc. Certains ont un enfant dans les bras.

Les hommes de la BRI ont mené à bien leur mission. « Une fatigue nerveuse m'a immédiatement écrasé. Je n'avais jamais ressenti ça auparavant », reconnaît Matthieu. Il s'empresse de prendre son portable pour envoyer un message à ses proches et les rassurer. « Être intervenu à l'Hypercacher m'a aidé psychologiquement à gérer l'intervention du Bataclan. »

Pourtant, tout n'est pas fini. La France vient d'entrer dans une nouvelle ère et ceux qui la protègent savent qu'ils ont rendez-vous avec l'histoire : « Quand je suis entré dans la police, je voulais servir l'État et les honnêtes gens. Je ne savais pas ce qui m'attendait… »

Dix ans ont passé depuis les assauts de l'année 2015, cette année, nous devrons leur rendre hommage. Matthieu est toujours au service de l'État mais son horizon a changé.

Il a quitté la première ligne du front sans couper le lien avec ses frères d'armes. Ces fraternités, forgées dans le feu, le danger et la mort, ne se brisent jamais. Il reste en contact avec certains otages à qui il a sauvé la vie le soir du 13 novembre 2015. Des solidarités secrètes, nées dans la terreur, transformées en amitiés sincères, comme un rappel de sa noble vocation et des sacrifices qui ne seront jamais vains.

Matthieu juge avec une très grande sévérité la faiblesse de la France à l'égard de l'islamisme, « une guerre nécessairement perdue d'avance tant que nous refuserons de la mener ».

Comme une majeure partie des policiers, lorsqu'il n'est pas en service, Matthieu est armé. Il sait que la menace peut surgir de n'importe où et à n'importe quel moment. Cette vigilance permanente engendre, avec le temps, une insidieuse fatigue psychologique : « Ça use. On dort moins bien, on observe tout, on anticipe chaque situation. »

Il n'a jamais songé à se détourner du service public, même s'il est parfois démotivé ou affecté par les débats récurrents sur l'intégrité des policiers : « Lors des émeutes de l'été 2023, j'ai vu la police être traînée dans la boue, lynchée et lâchée face à des criminels dont le seul désir était de porter atteinte à la République et à ce qu'elle représente », s'insurge-t-il. Il dénonce un système où les valeurs s'inversent : « Des policiers font leur boulot et se retrouvent sur le banc des accusés. »

Matthieu voit dans les réseaux sociaux une machine à amplifier chaque incident, à envenimer, à caricaturer.

À ses yeux, les médias sont partisans et adoptent parfois un biais antipolice qui fragilise leur relation avec la population. « On a mis dans la tête des gens que toucher un policier n'est pas si grave. »

Pour autant, l'ancien policier de la BRI refuse d'opposer la police et la justice. Il sait qu'elles sont deux piliers complémentaires de la société, mais constate que la justice est abîmée par une idéologie déconnectée de la réalité, couplée à un manque criant de moyens.

Que dirait-il au président de la République s'il avait l'occasion d'échanger quelques mots avec lui ? « Faites-nous confiance, tout simplement. »

Matthieu est l'incarnation de la bravoure silencieuse qui habite encore la fonction publique d'État. Il se sait privilégié par son statut de fonctionnaire et, à ses collègues parfois découragés, il aime rappeler :

« C'est dur, oui, mais vous avez la sécurité de l'emploi. Pensez à ceux qui ne l'ont pas. »

Servir la France restera à jamais l'honneur de sa vie.

Nous pouvons être fiers et reconnaissants envers ces hommes et ces femmes qui, chaque jour, dans l'ombre, pansent les plaies de nos drames.

En écoutant le parcours admirable de Matthieu, comment ne pas songer à l'urgence d'un sursaut politique face à l'ensauvagement du pays ?

La lutte contre l'insécurité impose des mesures radicales, mais rendues nécessaires, et largement plébiscitées par les Français.

Le temps de l'ordre est venu. Il revêt un enjeu existentiel pour la Nation, pour garantir à chaque Française et à chaque Français, par-delà son origine ou son milieu social, le droit de pouvoir vivre librement et sereinement. Il n'est pas normal d'avoir 20 ans et de s'habituer à vivre avec la menace terroriste. Il n'est pas viable de consentir à modifier son itinéraire, à changer de trottoir ou sa façon de se vêtir pour ne pas être importuné dans une rame de transport en commun.

Il n'est plus tolérable de céder aux pressions médiatiques, d'accepter les discours ambigus et les remises en cause permanentes de l'intégrité et de la légitimité de ceux qui sont chargés d'assurer notre protection.

À la haine viscérale qu'on leur voue dans certains quartiers s'ajoute un mépris entretenu par certains médias et par des discours politiques qui jettent l'opprobre sur l'institution. Le président de la République ne fait pas exception, il dénoncera les « violences policières », faisant sien le vocabulaire de l'extrême gauche. Bien sûr, il existe des erreurs individuelles, elles doivent être sanctionnées et les policiers sont les premiers à les déplorer. Mais comment faire respecter la police quand nos dirigeants politiques ne la sacralisent plus ? C'est la condition première de leur autorité.

Il est vital de réarmer nos forces de l'ordre. Moralement, il faut assumer et dire que l'autorité est une valeur qui ne peut se partager avec ceux qui veulent l'abattre.

À chaque agression d'un représentant de l'État, il est de coutume de marteler : « Toucher à un policier revient à s'en prendre à la République tout entière » ; sans jamais y répondre par les actes, avec des peines de justice exemplaires. Un signal clair est indispensable car on ne touche pas à ceux qui nous protègent. La sanction doit être immédiate, sévère, et aboutir à une mesure privative de liberté.

Si vous touchez à un policier, vous dormirez en prison.

J'affirme sans peur que la justice décrédibilise trop souvent le travail d'enquête des policiers ; par des décisions laxistes et incohérentes qui fragilisent la confiance des Français dans un État censé protéger les honnêtes gens.

En décembre 2024, à Nice, cinq personnes ont été jugées en comparution immédiate pour avoir agressé violemment deux policiers en civil. Elles ont été interpellées, puis déférées. Le parquet a requis un placement en détention provisoire ; elles seront finalement relâchées, sous contrôle judiciaire. Les exemples sont innombrables.

Lorsqu'une intervention dégénère – ce qui arrive quotidiennement –, les fonctionnaires de police sont confrontés à une équation impossible : avancer ou reculer, prendre le risque d'une émeute ou faire profil bas, exercer leur devoir ou protéger leur propre vie – et parfois leur carrière. L'ombre du déchaînement politico-médiatique, ou de la mise en examen pour faute, plane constamment dans leur esprit.

C'est l'intenable paradoxe de la situation : on expose les femmes et les hommes chargés de nous protéger à des situations sans cesse plus violentes, et on les prive dans le même temps de la protection juridique minimale qui leur permettrait d'exercer sereinement leur mission.

Lorsqu'un policier se défend, il est immédiatement jeté sur le banc des accusés, sa décision est jugée à la hâte par le tribunal médiatique ou les réseaux sociaux avant un quelconque travail d'enquête. La présomption d'innocence, principe sacré de notre État de droit, est bafouée, inversée et retournée contre le représentant de la force publique. Le doute semble alors profiter au criminel. Cet engrenage est délétère.

Instaurer une présomption de légitime défense pour les forces de l'ordre serait une innovation juridique symbolique. Elle viendrait acter un principe évident : lorsqu'un policier ou un gendarme est contraint de sortir son arme, parfois d'en faire usage, ce n'est jamais par gaieté de cœur mais parce qu'il n'a d'autre possibilité pour protéger sa vie ou celle d'autrui. Sans instaurer un blanc-seing, ce serait à l'enquête de démontrer sa culpabilité.

Cette disposition serait une marque de confiance de la République envers ses gardiens.

Bien sûr, il faudrait rétablir des effectifs à la hauteur de la menace, moderniser le matériel et renforcer les cycles de formation, autant de chantiers nécessaires à un vaste plan pour un retour de l'ordre et de la sécurité en France. Cela mettrait de la cohérence dans le rapport que la Nation entretient avec ses fonctionnaires. Porter un uniforme est devenu un métier à haut risque, et nous devons en tirer toutes les conséquences juridiques et politiques.

Face à l'islamisme et au grand banditisme, nous devons tourner la page des demi-mesures. Les étrangers condamnés ou radicalisés doivent être expulsés du territoire sans délai, les associations islamistes dissoutes et les mosquées radicales fermées. Les prêches devraient être prononcés en français. Ces mesures relèvent de l'évidence et ne sauraient souffrir de polémique stérile.

Je pense enfin aux débats sur la possibilité accordée aux criminels les plus dangereux, ou aux détenus condamnés pour terrorisme, de retrouver un jour le chemin de la liberté. Combien de fois ai-je entendu les Français en colère : « Ce terroriste sera condamné mais dans quelques années il ressortira et il recommencera » ?

Dans les faits, la perpétuité n'a rien de « réel ». L'écrasante majorité des peines prononcées permet aux condamnés de ressortir dans les vingt à trente ans suivant leur incarcération. Tout est affaire de vision et de responsabilité. Je ne crois pas qu'un djihadiste auteur d'une tuerie de masse ou qu'un prédateur sexuel récidiviste puissent renouer avec une vie honnête et « normale » à l'issue d'une peine de prison. En tout cas pour la société, je refuse d'en prendre le risque !

Les crimes les plus graves doivent exposer à une peine de perpétuité réelle incompressible. Concernant les individus radicalisés, la rétention de sûreté – qui existe dans le droit français – doit être généralisée et permettre, à l'issue de la peine, d'évaluer la dangerosité de l'individu et de le maintenir en détention s'il présente un risque pour la sécurité nationale.

La révolution politique qu'il est nécessaire de conduire pour protéger les Français est une affaire de volonté et de courage.

La volonté de rompre avec trente années de laxisme, de culture de l'excuse, de faiblesses face aux périls qui font peser sur la France le risque de son effacement et de sa dislocation est une urgence vitale. Le courage de réaffirmer, sans pudeur, le soutien indéfectible de l'État envers les femmes et les hommes qui portent l'uniforme, à tous les remparts silencieux qui empêchent la France de sombrer dans le chaos, ne peut plus attendre.

L'heure tourne.

Plus que jamais, nous avons besoin d'eux et de leur dévouement.

En quittant Matthieu, je sais que nous avons une dette à son égard. Agir avant qu'il ne soit trop tard, pour nous incliner devant son sacrifice. Son beau sacrifice. Son héroïsme.

7

Servir

« SERVIR » : CE MOT REVIENDRA à maintes reprises au fil de notre discussion. Servir la France, servir la patrie, sans rien attendre en retour. Voilà ce qui anime les hommes et les femmes de nos armées au moment d'enfiler leurs treillis.

J'ai toujours éprouvé une admiration et une déférence singulières à leur égard. S'engager pour notre pays, à l'histoire deux fois millénaire, n'est pas un acte désuet. La fidélité à une terre et à un drapeau conserve un sens inestimable en dépit de l'air du temps, qui valorise l'individualisme le plus nihiliste.

L'institution militaire n'a rien d'ordinaire.

Gardienne de nos intérêts vitaux et de notre territoire, profondément enracinée dans l'histoire, celle de son peuple et de ses familles, elle porte les cicatrices et les gloires les plus éclatantes de la France.

On pourrait s'attarder de longues heures sur les causes et les traumatismes de Waterloo, de Diên Biên Phù ou de la débâcle de 1940. On pourrait louer l'expérience et la force de l'armée française à Austerlitz, dans les tranchées de la Marne en 1914, à Bir Hakeim en 1942 ou plus récemment au Mali lors des opérations Serval et Barkhane face au péril djihadiste. Ce travail est celui d'observateurs, mais nous pouvons affirmer qu'à chaque grand moment de l'Histoire, l'Armée française a répondu présente à l'appel de la Nation. Elle finira par devenir indissociable de son destin, de sa liberté et de sa grandeur.

Ceux qui la servent n'y entrent pas pour la gloire personnelle.

Lorsqu'il franchit la porte du Cirfa, le centre d'information et de recrutement des forces armées, dans sa ville natale, dans le Centre de la France, Arthur n'a alors que 17 ans. Son père est médecin, sa mère femme au foyer. Vingt ans plus tard, il se remémore avec émotion une enfance au rythme des consultations qui se finissaient parfois tard le soir : « On voyait très peu notre père. Il travaillait énormément. Mais je pense pouvoir dire que servir les autres a toujours été l'une des valeurs de notre famille. »

L'école, il ne l'a jamais vraiment appréciée et croit savoir que c'était réciproque… Diagnostiqué dyslexique à l'âge de 14 ans, exclu de plusieurs établissements scolaires pour ses mauvais résultats et son comportement agité, il se souvient des remarques décourageantes que lui avaient adressées certains de ses enseignants. « Je m'étais convaincu que l'école n'était pas pour moi, et franchement je ne voulais pas faire trop d'efforts. »

Pourtant, depuis sa chambre, dans une enfance bercée des récits de Jeanne d'Arc et de chevalerie, Arthur se prend à rêver. Il ne veut pas d'une vie paisible. Il aime l'action, l'engagement, servir, et l'idée que la vie ne se résume pas à soi-même l'habite déjà. « Petit, j'avais un drapeau français dans ma chambre et à 10 ans, je disais à mes parents que je serais militaire. »

Au Cirfa, l'adjudant-chef qui le reçoit n'est pas emballé. Malgré la motivation visible de l'adolescent, son dossier scolaire joue contre lui. « On m'a fait comprendre que je pourrais éventuellement rentrer, mais qu'il ne fallait pas m'attendre à devenir tireur d'élite… »

De retour à la maison, il ne baisse pas les bras. Il croit tenir sa vocation et retente sa chance quelques jours plus tard. « Cette fois, un capitaine m'accueille. Je n'oublierai jamais son nom, ni son visage. Paternel, il m'a envoyé en préparation militaire pendant quinze jours, en me disant : “Ce sera ton baptême du feu.” J'étais bien déterminé à ne pas le décevoir. »

Arthur est déclaré apte lors des tests médicaux. Il s'apprête à entrer dans l'Armée, par la petite porte : un contrat de volontaire d'un an, renouvelable cinq fois, rémunéré 600 euros par mois contre les 1 300 euros promis aux engagés. « Si je n'étais pas patriote, j'aurais lâché », concède-t-il aujourd'hui. Ses parents le soutiennent et l'encouragent mais l'une de ses tantes est moins compréhensive : « Qu'est-ce que tu vas foutre là-bas ? Tu ferais bien de faire des études. »

Arthur s'affirme et s'engage, convaincu d'être sur le bon chemin.

Alors qu'il n'est pas encore majeur, il intègre l'Armée française au début des années 2000 et, après trois mois de classe, reçoit son uniforme.

Il effectue sa première mission en Afrique de l'Ouest, où la France tient une présence militaire permanente. Il a le sentiment d'être chez lui et se souvient de son premier jour au sein du régiment : « Dès qu'on y met les pieds, on ressent quelque chose. Je revois le gigantesque drapeau tricolore sur le mur du régiment, de la première revue des troupes et de *La Marseillaise*. »

La première fois qu'il chausse ses rangers lui laisse, en revanche, un souvenir moins agréable. « Honnêtement, quand tu n'y es pas habitué, c'est affreux. C'est importable », dit-il en souriant.

Il enchaîne les opérations extérieures – les fameuses « Opex » – de l'Afrique à l'Europe de l'Est, au rythme de deux missions par an, et de plusieurs mois chacune. On l'envoie également en Outre-mer, loin de sa province natale : « Pour quelqu'un qui n'a pas envie de passer du temps loin de chez lui, il est inutile de signer dans l'Armée ! » C'est un sacrifice à consentir mais l'aventure lui plaît, et son exemplarité sur le terrain est remarquée par ses supérieurs qui lui proposent un contrat « d'engagé », pour une durée de cinq ans. « Je me souviens que mon supérieur me l'a fait signer sur un capot de voiture pendant un entraînement. C'était sur une Peugeot P4 », sourit-il. Voilà son rêve qui se réalise.

« Personnel armé. Ordre : "Tirez, détruisez".»

Cette consigne radio ordonnée par son supérieur, Arthur ne peut pas l'effacer de sa mémoire. Ce jour-là, il n'a pas agi pour lui, mais « pour protéger les copains. Je l'ai fait sur ordre. Pas à mon initiative », insiste-t-il.

En me livrant ce souvenir, le ton d'Arthur change, sa voix devient plus lourde. Il se remémore les moindres détails, l'épaisse poussière rouge qui envahissait tout : son matériel, ses vêtements mais aussi ses pauvres poumons.

Devant lui, une scène de guerre se joue. Au nom de la France, Arthur et son unité sont engagés sous la chaleur suffocante de la Centrafrique au milieu de milices armées pour défendre nos intérêts géopolitiques. Les autres soldats français et lui sont sous les feux ennemis, nourris. Dans sa tête, plus rien n'existe en dehors de la mission. Au loin, de jeunes miliciens se ruent vers les Français. L'un tient entre ses mains une grenade dégoupillée, prête à exploser...

Arthur fixe son fusil sur l'épaule, ajuste son viseur et met en joue les forcenés. « J'ai vu qu'il s'agissait d'enfants-soldats et que nos camarades étaient menacés. Ils avaient à peine 16 ans. »

Comme le veut la procédure, le soldat français se prépare à faire feu et patiente quelques secondes.

Dans l'oreillette, l'ordre est sans appel. Il tire. La cible tombe au sol. Elle ne se relèvera pas. Le reste du groupe est neutralisé. La menace est écartée et la vie de ses frères d'armes – situés un peu plus en amont – sera épargnée.

Qu'a-t-il ressenti, à 30 ans, en opérant ce tir ayant conduit à la mort d'un être humain ? « Rien, sur le moment. On est conditionnés, alors on ne réalise pas vraiment. Il faut du temps », confesse-t-il.

Les nuits courtes sont légion ; les soldats font une nuit complète tous les quinze jours. « On est tellement épuisés en rentrant le soir que ça nous permet de rester concentrés. Et d'éviter de ressasser. » Quelques jours plus tard, il téléphone à son grand frère, vide son sac et lui raconte la scène – sans jamais trop en dire pour ne pas inquiéter sa famille. « J'ai fait mon devoir », confie-t-il à son aîné.

Trois ans plus tard, tout ressurgit. Les nuits deviennent irrégulières. L'image de l'enfant-soldat s'écroulant à terre réapparaît. Il a conduit plusieurs autres opérations de ce type, toujours sur ordre, face à des menaces imminentes, au nom de la France. Il ne m'en dira pas plus mais ses cicatrices sont réelles, bien qu'elles soient invisibles.

Ses souvenirs les plus douloureux viennent de la Centrafrique. « Là-bas, j'ai vu des familles entières calcinées, au milieu de pneus de tracteurs. Des gamins de 8 ans coupés en deux. Et le plus terrible, les odeurs pestilentielles de chairs qui pourrissent avec la chaleur. »

Il me confie ce soulagement de ne pas avoir été engagé en Afghanistan dans la guerre contre les talibans, là où quatre-vingt-neuf soldats français ont perdu la vie au combat : « On y a perdu beaucoup, en temps, en moyens et en hommes. Pour quel résultat ? Quel résultat ? »

Il a vu de nombreux camarades d'Opex sombrer dans la solitude, l'alcool et la dépression. Il me parle de cet ami intime, un combattant extrêmement aguerri engagé dans les forces spéciales, que la violence du terrain a fini par briser. « Chez eux, le traumatisme est dix fois plus important. Les surhommes, ça n'existe que dans les films. Quand tu vois certaines choses, tu ne peux pas y être confronté toute une vie. À un certain moment, tu dois arrêter. »

Arthur ne mythifie pas les guerres. Il en sait le prix et les douleurs. A-t-il déjà craint pour sa vie ? « Oui, évidemment. Au Mali, lorsque tu prends des obus à quelques mètres de toi, tu n'en mènes pas large. D'ailleurs, on s'est fait tirer dessus par les Russes de Wagner », se souvient-il.

Ces dernières années, il a senti tous les symptômes d'un stress post-traumatique s'installer en lui.

De retour à la vie civile, il peine à se concentrer ou à prendre le volant trop longtemps. Il redoute les feux d'artifice et leurs bruits d'explosion. Une sorte d'hypervigilance a pris le dessus. « Je ne suis pas le plus à plaindre. Accepter, c'est déjà commencer à guérir », admet-il, sans jamais se départir de sa lucidité.

Lorsque sa compagne d'alors le quitte, Arthur est effondré. Il sombre dans une addiction aux médicaments et à la drogue. Il est envoyé au trou durant vingt jours, la prison militaire qui fait réfléchir. Sobrement, il ajoute : « C'est ce qui m'a sauvé... »

Peu à peu, Arthur remonte la pente. D'abord grâce à sa famille et à l'amour indéfectible qu'elle lui voue. Mais aussi grâce à l'Armée qui « ne vous laisse jamais tomber, même quand c'est difficile. Et c'est sa grande force ». Il loue l'institution, comme un modèle d'exemplarité et de solidarité.

Je crois pouvoir écrire qu'il l'aime viscéralement, autant qu'il admire les valeurs qu'elle incarne. « Dans les moments les plus difficiles, je me suis rendu compte à chaque fois qu'on avait de véritables chefs, et des principes solides. C'est ça, la grandeur de la France. Nous ne sommes pas l'armée américaine : on ne mitraille pas à vue, on n'enfonce pas les portes. Nous, on respecte les populations civiles. »

Lorsque nous abordons la signification profonde de son engagement, Arthur considère que l'institution a pu lui permettre de grandir socialement : « Je lui en serai toujours reconnaissant. Je suis parti de rien, je n'étais pas "scolaire" pour un sou, j'ai eu la chance de vivre l'aventure, de servir mon pays et de bien gagner ma vie grâce aux primes prévues pour les opérations extérieures. Que demander de plus ? »

Dans un monde de plus en plus troublé, il sait qu'une Nation désarmée est une puissance vulnérable.

Il le dit sans détour, on aura toujours besoin d'une armée de métier digne de ce nom.

Arthur déplore les décennies de coupes budgétaires, le manque de moyens auquel lui-même a dû faire face, les rustines mises pour cacher une institution réduite à peau de chagrin à la suite d'orientations politiques irresponsables. « C'est difficile de faire la guerre partout lorsqu'on vous donne de moins en moins de moyens pour la mener », se désespère-t-il.

Par croyance naïve dans les « dividendes de la paix » et sous prétexte de tenir compte de la situation financière de l'État, conséquence de la gestion calamiteuse des deniers publics depuis des décennies, la France a progressivement affaibli son arsenal militaire. Entre 1990 et 2015, le budget de la Défense nationale est passé de 3 % du PIB à moins de 1,8 %.

Les coups de rabot se sont multipliés : cinquante mille postes ont été supprimés dans les forces armées, des bases ont été fermées, des régiments dissous.

Nos soldats étaient surmobilisés, priés d'intervenir « sans broncher » au Kosovo, en Afghanistan, en Centrafrique, au Mali, au Levant ou encore sur le territoire national avec la force Sentinelle.

Le rapport parlementaire du Sénat, paru en 2017, sur l'état matériel des armées, s'est révélé accablant : des soldats français ont été envoyés sur des théâtres de guerre avec des véhicules blindés vieux de quarante ans, des hélicoptères incapables de décoller faute de pièces de rechange, des gilets pare-balles insuffisants.

Aujourd'hui, en cas de conflit de haute intensité, la France tiendrait quelques semaines – trois à peine – faute de munitions en quantité suffisante.

« On est en train de prendre un retard considérable. On subit un excès de normes. On s'interdit par exemple d'armer nos drones. Tu penses que les pays autour de nous s'astreignent aux mêmes règles ? » abonde Arthur, consterné.

C'est dans ce contexte que le général Pierre de Villiers, honorable chef d'état-major des armées de 2014 à 2017, finit par claquer la porte en refusant d'être le visage d'une institution à la fois sursollicitée et humiliée par des coupes budgétaires drastiques. Sa démission, inédite sous la Ve République, a été un cri d'alarme. « C'était un vrai chef, la troupe l'appréciait énormément », dit Arthur, admiratif, qui évoque spontanément son nom et loue sa bravoure.

Si je discute avec des hauts gradés ou des jeunes soldats, un autre nom revient avec un respect unanime : celui de Jean-Yves Le Drian, ministre de la Défense de François Hollande de 2012 à 2017, puis ministre des Affaires étrangères sous Emmanuel Macron (2017-2022). « Il savait parler des sacrifices à l'aune de ce qu'ils représentaient pour nous », complimente Arthur. Cette reconnaissance, primordiale pour motiver les soldats, s'est effritée, et ses successeurs ont rarement su inspirer la même confiance. « Tuer quelqu'un n'est pas anodin. Être décoré par un ministre permet de donner un sens à notre mission. Sans cela, on le vivrait encore plus durement. »

Ce mélange d'autorité calme et de hauteur faisait dire aux soldats de la troupe : « Lui, il ne nous laissera pas tomber. »

Nier le besoin d'une véritable force dissuasive et opérationnelle serait une faute politique.

Autour de nous se dresse un monde en convulsion, chaque jour plus dangereux. L'omniprésence de la menace terroriste, la guerre de haute intensité aux portes de l'Europe, la dégradation de la situation sécuritaire aux Proche et Moyen-Orient, la course à l'armement et à la technologie par les grandes puissances, les pressions économiques, les intérêts contestés par des puissances rivales et les convoitises sur nos territoires d'Outre-mer : notre réarmement est une urgence vitale.

Dans cet environnement complexe et hétérogène, les coupes budgétaires imposées à notre Armée mettent dangereusement en cause notre souveraineté nationale.

Porter le budget de la Défense nationale française à 3 % du PIB est un impératif stratégique. C'est l'assurance d'équiper dignement nos soldats en matériel, en munitions, en capacité d'entraînement et en moyens opérationnels. C'est aussi permettre de moderniser nos blindés, de renouveler les flottes vieillissantes, de disposer de frégates et de sous-marins fonctionnels capables de protéger les intérêts de la France sur toutes les mers et les océans.

À l'Ouest, les États-Unis consacrent près de 3,5 % de leur PIB à leurs dépenses militaires. À l'Est, la

Russie y consacre plus de 4 %. La France, pays doté de l'arme nucléaire, d'un siège permanent au Conseil de sécurité de l'ONU et d'une base industrielle et technologique de défense (BITD) exceptionnelle, ne peut se contenter d'une défense au rabais.

L'argument souvent invoqué est l'endettement de la France, mais il faut rappeler qu'il n'y a pas plus rentable que 1 euro intelligemment investi dans la défense. De nos TPE-PME de pointe jusqu'à nos grands groupes industriels et nos chantiers navals, la France est dotée d'un écosystème de défense parmi les plus prestigieux au monde.

Cet investissement revient à soutenir des milliers d'emplois directs et permet de susciter un effet d'entraînement pour des secteurs entiers, de l'aéronautique à la métallurgie en passant par la recherche ou l'intelligence artificielle.

Contrairement à ce qu'affirment certains esprits technocrates, la défense du pays n'est pas un gadget du passé, mais un investissement à haut rendement dont les dividendes se mesurent en crédibilité et en influence pour la France.

Je crois profondément que cet engagement budgétaire est un contrat moral. Nous le devons à ceux qui s'engagent au sacrifice de leur vie pour protéger les intérêts du pays ; un soldat correctement formé et équipé, bien rémunéré, est un homme qui a le sentiment que le pays lui accorde sa confiance. C'est un citoyen qui sait que le soutien aux familles des engagés, la prise en charge des blessés ou l'accompagnement des anciens combattants sont des principes qui ne se négocient pas.

Enfin, cette ambition est un message adressé à nos partenaires et à nos adversaires : la France ne tergiverse jamais lorsqu'il s'agit de se défendre et de protéger ses intérêts. Qu'il s'agisse de notre rang à tenir dans le concert des Nations ou de la stricte nécessité de conserver notre indépendance, l'effort budgétaire pour notre outil militaire est le socle sur lequel doit reposer notre puissance. C'est la garantie que la France puisse décider seule de son destin.

Au-delà des seuls enjeux budgétaires, c'est le lien entre la Nation et ses institutions qu'il nous faut rebâtir. Sacrifier sa vie pour la patrie : ces mots ont guidé nos ancêtres durant des siècles. En portant l'habit militaire quand la France était menacée, on servait à la fois un territoire, une patrie, une mémoire et notre liberté.

Aujourd'hui, dans une société où l'uniforme est dénigré, le sens de cet engagement est abîmé. Faire don de soi, risquer sa vie pour la mettre au service des autres, est devenu incompréhensible à une partie des jeunes générations. Que serions-nous sans cet engagement et ces sacrifices consentis ? Comment réhabiliter la fierté de la France sans poser les bases d'un sens commun dans notre pays ?

Combien de fois ai-je entendu que le service militaire jouait un rôle primordial dans la cohésion de la Nation ? Sa suppression par le président Chirac en 1997 était une mauvaise décision. « Une erreur dont nous faisons aujourd'hui les frais », considère Arthur, sans détour.

Durant plusieurs décennies, cette obligation a permis à des générations entières de faire corps avec l'uniforme et la vie en société, avec des valeurs – jugées désuètes aujourd'hui – de discipline et de patriotisme. Elle garantissait un formidable brassage social, apte à réparer des lacunes, à gommer un temps les inégalités sociales par le mélange des enfants d'ouvriers avec ceux de familles bourgeoises, capable de transmettre le respect par-delà toute forme d'altérité.

Pour pallier la suppression du service militaire, Lionel Jospin a décidé en 1999 l'instauration obligatoire d'une journée de défense et citoyenneté, dans le but affiché de sensibiliser tous les jeunes aux enjeux de la Défense et de l'engagement. Ce concept était « révolutionnaire » puisqu'il s'agit de s'asseoir plusieurs heures sur une chaise pour regarder des PowerPoint… Cette mesure est une farce coûteuse à l'heure où le monde devient de plus en plus brutal.

Arthur, lui, n'appelle pas à reproduire un service militaire à l'identique, conscient des faiblesses logistiques de l'institution : « Dans l'idéal, il faudrait recréer le service militaire. Mais je ne suis pas certain qu'on en ait les moyens, ni la patience, au vu de l'état de la jeunesse aujourd'hui… »

Cette restauration dans les meilleures conditions possibles est pourtant une nécessité politique qu'il nous faudra envisager.

Inquiet pour l'avenir de la France à laquelle il a consacré sa vie, Arthur peine à décrocher. Chaque matin, il s'informe, regarde les journaux télévisés, observe l'évolution des conflits à nos portes, s'alarme de la perte de repères et de l'insécurité qui explose. Comme s'il devait rester en alerte, prêt à partir. « C'est difficile de couper totalement. Ma compagne aimerait que je décroche davantage, mais ce n'est pas si simple », admet-il.

Que pense-t-il des débats de société dans lesquels certains proposent de déployer l'armée dans les quartiers les plus criminogènes du pays, face aux dealers et aux fauteurs de troubles ? « Surtout pas. L'Armée n'est pas formée pour faire du social, ni pour intervenir dans les banlieues. Si quelqu'un nous vise au mortier, on répliquera au fusil d'assaut. On est là pour faire la guerre, la vraie. » La guerre, la vraie, celle qui conduit à la défense d'une patrie, d'une frontière, du peuple et de ses intérêts.

Depuis vingt ans, il sert le drapeau et porte le fusil. Pour combien de temps encore ? « Je sais qu'un jour il faudra raccrocher : 20 kilos pour le gilet pare-balles, 15 kilos pour l'armement, et 60 kilos au total sur le dos… C'est un sport de jeune, et le corps dicte sa loi. » Une chose est certaine : il ne regrette rien. « Je ne suis pas un héros. Je suis un homme qui a tout donné pour la France. S'il fallait recommencer, je le referais sans hésiter. »

Au milieu d'une époque aux passions éphémères, une phrase résume sa vie : servir son pays.

En laissant Arthur reprendre le chemin de son régiment, je songe au sens inestimable du devoir qui l'anime. Dans une société où les valeurs s'inversent et où l'engagement semble être devenu une quête en voie d'extinction, il reste des hommes comme Arthur, prêts à se sacrifier, non par désillusion, mais par amour d'une grande et belle idée : la France.

III
Ceux qui nous soignent

8

Debout pour les autres

À 5 HEURES DU MATIN, alors que Pointe-à-Pitre s'éveille dans la chaleur des Antilles, Samantha, 36 ans, est déjà sur la route en direction de ses premiers patients de la journée. « Ses » dialysés et « ses » diabétiques l'attendent.

Elle quitte sa fille de 11 ans et son petit garçon de 3 ans encore endormis, un baiser sur le front, pour entrer dans la vie des autres. Un café au saut du lit et un petit-déjeuner pris hâtivement dans la voiture pour gagner quelques minutes de sommeil, voilà le début de journée de cette infirmière libérale. Une fois les premiers rendez-vous honorés, elle retourne chez elle pour préparer et coiffer les petites têtes, vérifier leurs cartables. Samantha les dépose à l'école, lance un ultime regard dans le rétroviseur et reprend sa tournée.

Ce métier est une vocation. Elle le fait avec son cœur et avec ses tripes. « Je n'ai pas choisi ma profession pour avoir des horaires confortables, mais je n'avais pas mesuré à quel point ça allait empiéter sur tout le reste », admet-elle. Une double vie qu'elle mène sans relâche, entre les soins administrés aux autres et l'amour qu'elle donne aux siens ; elle est soignante dès que vient l'aube, et mère entre deux tournées.

« Être soignante, pour moi, ça coulait de source », confie-t-elle. Elle a grandi dans une famille où prendre soin des autres allait de soi : un proche cousin médecin, des cousines infirmières et Magguy, sa tante et modèle. Droite et respectée de tous, elle partait chaque matin en blouse blanche. Samantha imitait ses gestes en cachette lorsqu'elle fréquentait les bancs du lycée de Sainte-Rose, rêvant de devenir comme elle. « Elle m'a transmis l'amour de ce métier et m'a encouragée : "Toi aussi, tu peux." Sans elle, je ne serais peut-être jamais allée jusqu'au bout. » Magguy a payé ses études, l'a soutenue dans chaque étape de son parcours jusqu'à sa remise de diplôme, le regard fier et les larmes au bord des yeux.

Le flambeau est transmis, la voie est tracée. Elle a travaillé ardemment, chaque jour, chaque soir, pour préparer le concours d'infirmière avec l'envie d'être utile aux autres. Stagiaire pendant deux mois au sein du prestigieux hôpital Necker, à Paris, Samantha a pris la mesure de ce que pouvait être la médecine à son plus haut degré d'exigence.

Dans ce temple de la pédiatrie, réputé pour ses spécialités rares et ses équipes médicales de pointe, elle découvre un autre monde. Elle y effectue un stage de deux mois, lors de ses études, loin de son île et de ses repères. Le contraste est saisissant : les plateaux techniques sont ultra équipés, les murs sont fraîchement repeints, les services s'enchaînent dans une organisation millimétrée. « J'ai été frappée par l'efficacité, les moyens, la rigueur », raconte-t-elle. En Guadeloupe, elle voit parfois les soignants bricoler avec les moyens du bord, mais ici, rien ne manque. Du moins en apparence...

Samantha assistera dans cet hôpital à son premier drame, à l'ultime déclic pour un métier qu'elle décrit comme un « choix de cœur ». Malgré les soins et l'énergie dépensée par les équipes, un bébé de 6 mois, atteint d'un cancer fulgurant du pancréas, succombera devant ses yeux. Elle se souvient du regard de la mère, du silence dans la chambre quand le cœur s'est arrêté. « J'ai compris que je voulais vraiment faire ce métier. Ce jour-là, j'ai su que c'était ma place. »

Elle comprend aussi que tous les Français ne sont pas égaux face aux soins. Ce qu'elle a vu à Necker, elle ne le retrouvera jamais dans les hôpitaux de Guadeloupe. Ce stage la rend lucide sur ce qui l'attend, car la réalité ne ment pas. À l'issue de sa formation, elle se promet de rentrer sur l'île pour soigner, avec le secret espoir de pouvoir pallier le manque de moyens.

Après des années au service des urgences de l'hôpital public, Samantha choisit l'aventure libérale sur sa terre antillaise. Par goût de l'indépendance, « je voulais être maître de mes horaires, pouvoir organiser ma journée comme je l'entendais, m'occuper de mes enfants, à mon rythme ». Elle commence par faire des remplacements ici et là, partout où l'on a besoin d'elle.

Samantha imprime des cartes de visite qu'elle dépose dans les cabinets médicaux de l'île, échange quelques mots avec les généralistes et se constitue peu à peu sa propre patientèle. Cela prendra au moins deux ans. Elle avance à tâtons, avec ténacité. En 2014, elle ouvre enfin son propre cabinet. Les appels arrivent au compte-goutte, un lien de confiance s'installe. Samantha y prend goût. C'est elle qui décide, fixe ses journées, choisit ses temps de repos et ses rares congés bien mérités.

Lorsque nous nous rencontrons, Samantha est infirmière libérale depuis plus de dix ans. Arpentant jour après jour les routes abîmées de l'île, elle connaît la Guadeloupe comme sa poche, ses chemins sinueux, ses ronds-points encombrés et ses quartiers reculés où le GPS s'égare.

Elle reconnaît les volets entrouverts d'une maison, les noms sur les boîtes aux lettres, les voix familières dans les halls d'immeuble. Elle connaît aussi les habitants, leurs silences, leurs peines et leurs sourires. Elle a soigné des enfants devenus adolescents et accompagné des anciens jusqu'à leur repos éternel.

Samantha connaît aussi la dure réalité du quotidien : une vie chère qui inquiète les familles, une inflation qui amenuise chaque panier de courses et une fatigue sociale présente sur toutes les lèvres. En Guadeloupe, tout coûte plus cher qu'en métropole. Parfois 30 à 40 % de plus, pour les mêmes produits. Un litre de lait, un paquet de pâtes, une boîte de conserve, tout est importé et tout est surtaxé. « Tu vas acheter trois choses, tu en as pour 80 euros », souffle Samantha. Le prix du kilo de viande ou de poisson explose. Même les produits de première nécessité comme les couches, les serviettes hygiéniques ou les médicaments ne sont pas épargnés. « Tout augmente, sauf nos salaires. »

Derrière le soleil des cartes postales, il y a la face plus sombre d'une île en souffrance. L'eau manque parfois des semaines durant. Les hôpitaux tombent en ruine et les services publics sont fragiles, dysfonctionnels, souvent à genoux : « Quand j'arrive chez une patiente dialysée et qu'elle me dit : "Y a pas eu d'eau aujourd'hui encore", je fais quoi ? Comment je peux faire un soin d'hygiène sans eau ? Ça me révolte ! »

Alors l'infirmière s'adapte, comme tous ceux qui n'ont pas le luxe de pouvoir faire autrement. Dans le coffre de sa petite voiture, elle garde quelques bouteilles d'eau pour nettoyer une plaie, laver un visage. « Je fais ce que je peux, mais c'est invraisemblable d'avoir à improviser de la sorte », gronde-t-elle. Parfois, l'infirmière arrive chez des patients privés d'eau depuis deux jours… Il faudrait presque le voir pour le croire.

Samantha raconte : « J'ai une patiente, chez qui il n'y a pas d'eau du robinet. Mais quand il pleut, le toit fuit et ça coule dans son salon. » L'ironie est cruelle…

En Guadeloupe, dans ce département français, les pénuries d'eau sont devenues une routine. Des coupures quotidiennes, parfois pendant plusieurs jours ; des réseaux vétustes ; une gestion calamiteuse ; des familles entières, des personnes âgées ou des malades laissés sans solution. Pourtant, insiste-t-elle, « on est en France ! On paie les mêmes impôts, on a les mêmes droits, en théorie… »

Elle ne cherche pas à dramatiser. Elle livre sa vérité, celle d'une population qui se sent délaissée et abandonnée, loin des cœurs et des regards de l'Hexagone. « Quand il s'agit de voter, tous les politiciens viennent en Outre-mer, mais quand c'est pour régler les problèmes, il n'y a plus personne. Il faut qu'ils viennent, qu'ils écoutent, qu'ils fassent. Et pas seulement lorsqu'il y a un cyclone », remarque-t-elle avec amertume.

À ce moment de notre échange, au gré des anecdotes et des souvenirs qu'elle confesse, je ressens une colère froide. Comment, dans les conditions terribles qu'elle décrit, parler de justice et de fraternité ? Mon indignation est immense alors que l'État français continue de verser des milliards d'euros d'aide publique au développement à des régimes étrangers parfois corrompus, instables, ou hostiles à nos valeurs, quand nos concitoyens, sur notre sol, vivent dans des conditions indignes. Comment peut-on justifier que des habitants de Guadeloupe, de Martinique ou de Mayotte, citoyens français à part entière, soient privés d'eau potable pendant des jours entiers, tandis que des millions d'euros financent – *via* l'Union européenne ou l'Agence française de développement – la réhabilitation du réseau d'eau à Gaza, sous l'autorité du Hamas ? Comment comprendre que des fonds publics européens soient mobilisés pour soutenir des programmes de coopération culturelle en Algérie, où l'on insulte régulièrement la France, alors qu'à Basse-Terre ou à Capesterre-Belle-Eau, des infirmières en sont réduites à laver des patients avec de l'eau minérale stockée dans leurs coffres ?

Cette inversion des priorités n'est plus acceptable.

Il ne s'agit pas de nier les drames ni les situations de détresse qui existent autour de nous, mais de rappeler que le courage politique ne consiste pas à signer des chèques à l'autre bout du monde. Par un plan stratégique s'étalant sur plusieurs années et une loi-programme ambitieuse, nous devons agir pour qu'aucun Français d'Outre-mer ne vive sans eau, sans soins, sans sécurité.

En Guadeloupe comme ailleurs, l'urgence ultramarine est criante. Le cyclone Chido, survenu en décembre 2024 à Mayotte, terre française de l'océan Indien, est devenu le révélateur d'un territoire laissé à l'abandon par l'État.

Lorsque le cyclone a frappé l'archipel, les vents violents et les pluies torrentielles ont tout dévasté, provoquant des dégâts considérables, détruisant une partie des réseaux – déjà fragiles –, et privant des milliers de familles d'un accès à l'eau potable.

Tandis que Mayotte est livrée à une pression migratoire insoutenable en provenance des Comores, au point que l'on ignore le nombre exact d'habitants de l'île, l'État a laissé se constituer des habitations insalubres faites de tôles et de matériaux de fortune. Cet abandon est indigne de la République française, comme l'est notre faiblesse diplomatique face à Moroni qui ne cesse de revendiquer la souveraineté territoriale de ce département français avec l'appui de puissances étrangères hostiles.

À la suite du cyclone, les habitants ont été livrés à eux-mêmes, sans vivres ni eau potable, attendant désespérément des secours qui tardaient à arriver, faute dc personnel, de matériel adapté et de coordination au plus haut sommet de l'État. Dans un département où les hôpitaux peinent déjà à assurer les soins quotidiens et où les écoles ferment par manque d'eau, la tempête a révélé plusieurs décennies d'oubli et de mépris.

Cette réalité de l'abandon, de la fracture entre la République et ses territoires ultramarins, ne date pas d'hier. Je l'ai maintes fois entendue lors de mes déplacements en Outre-mer : le sentiment d'être un Français de seconde zone, de devoir mendier ce qui devrait être garanti, de n'être écouté que lorsque les caméras filment est terrible. Aussi bien l'eau que les routes, les écoles ou les hôpitaux : rien n'est à la hauteur de ce que la République promet.

Alors l'exaspération monte et explose, parfois. Elle s'est cristallisée à travers des mouvements sociaux d'ampleur, souvent violents, qui ont secoué l'île et révélé l'étendue du malaise. Le blocage des routes, les grèves générales, les barrages en feu et les tensions avec les forces de l'ordre font hélas partie du quotidien.

Ces derniers mois, tout a recommencé avec l'enjeu de l'eau potable. Les employés du SMGEAG – le syndicat mixte de gestion des eaux – sont entrés en grève, dénonçant une mauvaise gestion de la ressource, des réseaux percés de fuites.

Puis ce fut au tour de l'énergie. À la centrale d'EDF PEI – la filiale insulaire –, les salariés ont cessé le travail, en raison d'un protocole interne non appliqué et de conditions de travail précaires. Alors, lorsque les machines se sont arrêtées, l'île s'est retrouvée plongée dans un black-out, entraînant la fermeture des écoles et l'allumage de groupes électrogènes pour faire fonctionner les services de santé.

Il y a aussi eu ces bureaux de poste, comme à Baie-Mahault, en proie à une grève de longue durée ; les habitants ont dû patienter, pour obtenir leur courrier.

Les enseignants se sont, eux aussi, mobilisés pour dénoncer la suppression de la prime « vie chère » pour les fonctionnaires tombant malades.

Dans ce tumulte, dans cet océan de désordre et d'injustice, il y a encore des femmes et des hommes qui tiennent et qui réparent. Samantha est de ceux-là. Elle fait partie d'une armée invisible et silencieuse de soignants de terrain qui, chaque jour, en dépit du manque de moyens, des violences et de la fatigue, font tenir la société. Ce sont des héros du quotidien.

Lorsque Samantha entame sa tournée, elle a en tête le cheminement de la journée : les personnes âgées à voir avant le déjeuner, les pansements à changer, les injections d'anticoagulants à effectuer. Et le sourire à conserver qui fait partie, pour beaucoup, de la thérapie…

Sa voiture est un cabinet ambulant. Elle y transporte du matériel et un peu d'elle-même. Car Samantha n'est pas seulement infirmière, elle est aussi psychologue de fortune ou confidente désignée. C'est une assistante sociale de terrain : « En soin libéral, à la différencc peut-être de l'hôpital, on est tout. On entre dans l'intimité des gens dans la durée. On partage leur quotidien, on fait partie intégrante de leur vie. » Malgré elle, elle s'attache : « Souvent j'entends cette phrase : "Je te considère comme ma fille." »

Parfois, le téléphone sonne encore à 21 heures, lorsqu'elle s'apprête à aller se coucher : « Ma mère ne va pas bien, vous êtes passée ce matin, je ne sais pas quoi faire… J'ai besoin de votre aide. » Comme des milliers de soignants ou d'aidants, elle est devenue un rempart contre la solitude, un lien avec la vie quand tout semble se déliter. Elle tente parfois de mettre une barrière pour se préserver un peu, mais c'est impossible. Quand on soigne le même patient tous les jours et quand on est sa seule visite de la semaine, il y a toujours ces regards reconnaissants et ces voix de patients délaissés qui lâchent : « Si tu ne passais pas, comment ferais-je sans toi ? »

Elle se souvient de Roger, un homme isolé de 97 ans qu'elle appelait « papy ». Il avait le même nom de famille qu'elle. Un lien lointain devenu réel s'était noué. Elle l'a accompagné jusqu'à ses derniers jours avec tendresse et bienveillance. Avant de mourir, il lui avait soufflé : « Samantha, n'abandonne pas ma femme. » Sa perte l'a bouleversée. C'est cela, la médecine du lien.

Lorsqu'un diagnostic de cancer tombe, elle rentre en voiture les larmes aux yeux. Il n'y a pas de cellule psychologique pour les infirmiers libéraux. « Mon psy, c'est ma famille », avoue la soignante. Ce fardeau moral est le fil invisible entre les soignants et la société.

Songe-t-elle à revenir exercer à l'hôpital ? Elle y pense, parfois. Pour souffler un peu, ne plus avoir à porter seule cette charge. Mais l'autonomie qu'elle a acquise et la relation de proximité qu'on ne construit qu'à domicile n'ont pas de prix. « En libéral, je dirais qu'on gagne un peu plus qu'à l'hôpital. Mais vu ce qu'on doit retirer et payer en charges, je me demande si cela ne revient pas au même. »

Samantha doute souvent. « Est-ce que j'ai bien fait ? Est-ce que j'aurais pu mieux faire ? » La charge physique du métier n'est pas la seule raison de son épuisement. Il y a aussi la charge émotionnelle qui ne la quitte pas. Elle culpabilise de ne pas passer assez de temps avec ses enfants. « Je m'en veux de rentrer si fatiguée. De ne pas avoir assez d'énergie à leur consacrer », confie l'infirmière.

Elle est fière de savoir qu'elle peut compter sur sa fille de 11 ans, déjà pleine de maturité, qui l'aide dans les gestes du quotidien. Elle cuisine avec elle et ne manque jamais de lui dire avec bienveillance : « Maman, je comprends. » Cette phrase, si simple et si puissante, vaut toutes les heures de sommeil perdues. Cette complicité, ces petits gestes partagés et ces repas improvisés, entre deux tournées, sont ses trésors.

« Et après l'Urssaf et les impôts, il me reste quoi ? » On l'oublie trop souvent : une infirmière libérale, c'est aussi une cheffe d'entreprise. Et là encore, la charge est prenante. Une fois la journée de soins achevée, commencent alors la paperasse, les télétransmissions pour la Sécu, les devis et les comptes. Il faut veiller à ce que toutes les prescriptions soient à jour, que les dates correspondent, que les actes soient justifiés. Des tâches administratives qui l'occupent parfois jusqu'à minuit passé.

Samantha enrage de voir la moitié de son chiffre d'affaires s'envoler, alors que le coût de la vie en Guadeloupe explose : « Ici, même les fruits et légumes coûtent un bras ! »

Elle ne remet pas en cause les mesures sociales, et en comprend l'importance. Mais elle pointe les abus. « Moi, je n'ai jamais touché la Caf. Ni les allocs. Rien. » Elle le dit sans colère, avec une forme de lassitude. Elle a l'impression d'un système à deux vitesses, où ceux qui travaillent doivent endosser toutes les contraintes et tous les coûts de la société.

Lors d'une de ses tournées, Samantha a vécu un drame. Une violente agression, alors qu'elle était enceinte, par une femme sous suivi psychiatrique qui refusait de la laisser entrer à son domicile. Un moment fou qu'elle n'oubliera jamais. « Tu te dis : "Pourquoi je fais ça ?" La solitude des gens crée parfois ce genre de trouble... », glisse-t-elle.

Derrière le décor de carte postale, les Antilles ne sont pas épargnées par l'explosion de la violence, de l'insécurité – qu'il s'agisse des atteintes aux personnes, des vols, des cambriolages ou des trafics de drogue. En Guadeloupe, le taux de criminalité est supérieur à la moyenne nationale : en 2024, plus de 23 000 crimes et délits ont été recensés pour une population de près de 380 000 habitants... Le rajeunissement spectaculaire des auteurs de ces violences a même poussé l'État à imposer un couvre-feu pour mineurs ! À Pointe-à-Pitre comme en métropole, la situation sécuritaire appelle, à force de chiffres alarmants, l'urgence d'une réponse ferme.

À n'en pas douter, Samantha aime profondément son métier. Sans elle, certains de ses patients ne se soigneraient pas. « C'est le plus beau métier du monde, je le pense sincèrement. Mais il faut des tripes, du courage. Et il faut aimer », observe-t-elle lucide.

Elle se souvient des applaudissements aux balcons, des « Merci les soignants » écrits sur les réseaux sociaux durant le Covid. « C'était beau, c'était fort. Mais aujourd'hui ? On est retombés dans l'oubli. » Les difficultés perdurent. Les salaires stagnent, les conditions de travail ne s'améliorent pas, et l'usure continue son chemin. « Heureusement qu'on est là pour faire tenir la France », dit-elle dans un souffle. « Les soignants, les pompiers, les médecins, les infirmiers… Si on lâche, qui tiendra ? »

Pour oublier les drames, elle s'est trouvé une passion, une respiration, un moment à elle : la décoration. Quand elle le peut, elle organise des anniversaires ou des mariages. Une façon de rêver, de créer et de se détacher quelques instants de la fatigue et de la dureté du métier. En riant avec entrain, elle conclut : « J'aime rendre les gens heureux. »

Samantha est l'un de ces liens précieux entre les Français. Dans ses gestes, dans son courage et dans sa discrétion, elle est à l'image de cette France qui tient toujours bon. Pour les autres. Sans faire de bruit.

9

Jusqu'au dernier souffle

Les rayons du soleil éclairent les rangs de vignes à travers les vitres du restaurant. Nous nous trouvons à quelques kilomètres de Narbonne, dans un domaine viticole où règne le silence.

Le tumulte de l'hôpital, ses longs couloirs, ses portes battantes et ses alertes de dernière minute semblent si loin.

Je l'attendais. Sarah est médecin en soins palliatifs. Elle a accepté de livrer le récit de sa spécialité particulière et nous sommes, à quelques mois près, de la même génération.

Je savais que ses mots seraient forts.

Mais je n'avais pas mesuré à quel point la profondeur de son témoignage et la pudeur de ses sentiments me bouleverseraient. Elle est sereine. Sa façon de répondre à l'inconfort que suscitent mes questions est admirable.

Dans les couloirs de l'hôpital de l'Aude où elle exerce, son service est le lieu d'une médecine à part. Une aile discrète que beaucoup redoutent de devoir traverser un jour.

Un endroit où la médecine ne peut plus rien promettre, mais où elle s'est juré de ne pas abandonner. Une médecine qui permet, alors que la mort se dessine, de continuer à rêver en célébrant chaque matin comme une victoire que l'on nous offre.

Le visage de Sarah est celui d'une société fraternelle. Celui d'un soin qui soulage l'incertitude et l'angoisse de l'avenir. Dans ce monde-là, vivre est une exigence et la fatalité est interdite.

« Mon rêve d'enfant ? Être météorologue », dit-elle en souriant, déjà tournée vers le ciel…

La planète, le changement climatique et les épisodes de catastrophes naturelles l'inquiètent et la fascinent. En banlieue parisienne, elle grandit dans une famille où les médecins sont nombreux ; son père est tunisien et sa mère est corse.

Elle fréquente le lycée de la Légion d'honneur à Saint-Denis, et baigne dans la discipline et l'excellence républicaine.

« J'étais bonne élève, mais pas obsessionnelle. » Elle admire le dévouement de sa famille pour la médecine, qui s'impose comme un horizon indépassable. Après un baccalauréat scientifique, elle rejoint la prestigieuse université Paris-Descartes.

La jeune étudiante ne se contente pas de cours théoriques. Elle veut être utile. « L'associatif me passionnait. J'y consacrais énormément de temps, peut-être un peu trop. Au détriment de mes révisions... », avoue-t-elle.

Les études de médecine sont sélectives et éreintantes ; elles exigent un dépassement constant. « C'est fabuleux. On a cours de neurologie, on a envie d'être neurologue ; on a cours de gastro-entérologie, on a envie d'être gastro-entérologue. Ça m'a vite rassurée. »

Empruntant les pas d'un cousin qu'elle admire, Sarah envisage de devenir chirurgienne ; mais l'expérience des stages va la convaincre de choisir une autre discipline.

À l'issue de sa quatrième année, elle doit valider un stage de trois mois. Une annonce retient son attention. Il s'agit d'exercer au sein d'un cabinet de médecine générale à Arpajon, aux confins de la campagne francilienne. Elle saute sur l'occasion.

Le premier jour, son enthousiasme est conforté. « Un monsieur arrive en boitant, tombé de son tracteur deux jours avant. Il avait la jambe cassée. » Elle n'oubliera jamais le visage de cet agriculteur. Son deuxième patient est une femme, avec un bébé de quelques semaines dans les bras qu'il faut examiner. « Très vite, je me suis rendu compte de la diversité des consultations, de la richesse humaine que ça représentait. On faisait une consultation d'hypnose, puis de la gynéco, puis de la pathologie chronique habituelle...

Avec le temps, je me suis dit que je serais médecin généraliste », se remémore Sarah.

Le médecin généraliste de tutelle qui l'a accueillie l'inspire. « C'était un personnage. Il était très humain, ouvert et sportif. Le matin, il allait faire du vélo plusieurs heures. Le soir, il allait nager. Ses patients le savaient. Il était présent tous les jours, sur des créneaux particuliers. Il avait trouvé un équilibre entre sa vie et son métier, il était rayonnant. » Une leçon pour Sarah, dans un métier souvent perçu comme un don de soi.

Elle considère qu'« il faut inciter les stages de médecine à se faire à la campagne, dans les déserts médicaux. S'ils vont là-bas, peut-être pourront-ils se projeter, faire des rencontres et acheter une maison. Si vous mettez quelqu'un au centre de Montpellier ou de Paris, il va y faire sa vie et il ne voudra pas en partir ».

Et ajoute : « Il faut, dès l'externat, commencer à faire des stages en médecine libérale, en médecine de campagne. »

Au cours de ses études, un autre souvenir reste gravé dans sa mémoire. Celui de son stage de troisième année à l'hôpital Necker qu'elle effectue en réanimation pédiatrique. « J'avais eu en cours un spécialiste en la matière, un professeur incroyable, hélas décédé depuis... On analysait ensemble des situations lourdes d'enfants intubés ou dans le coma, on réfléchissait jusqu'où l'on pouvait aller dans les soins. C'est l'un des plus beaux cours que j'ai eus, j'ai pleuré et ri dans la même heure. » Elle s'arrête un instant : « Mais de là à penser à me tourner vers les soins palliatifs... », tempère-t-elle.

Que ressent l'étudiante en médecine au contact de ses très jeunes patients ? « C'était lourd. Je ne parlerais pas de peur, mais plutôt d'émotion. Ça m'a transpercée de voir ce qu'on pouvait ressentir, le rôle que l'on nous attribuait. Travailler avec une personne fragile est une responsabilité énorme. »

Rien ne l'avait préparée à ce qu'elle allait vivre à l'hôpital Necker : voir de jeunes enfants branchés à des machines, des familles en larmes dans les couloirs qui tentent de dissimuler un profond chagrin à celui ou celle qu'elles sont censées consoler. Elle va être au cœur de ce que la médecine a de plus rude, un quotidien auquel les cours théoriques ne peuvent pas préparer.

Les souvenirs de cette immersion pesante ont des noms et des visages.

Sarah se souvient de la petite Coraline, quatre ans et demi, admise en réanimation pour une pathologie lourde que le secret médical l'oblige à taire.

Elle va la suivre tous les jours durant plusieurs semaines. « Les internes tournaient, les chefs aussi. Moi, j'étais là chaque matin », raconte-t-elle. Elle apprend à décoder chaque geste de la fillette, elle anticipe ses besoins et repère les signes de vie encourageants. « Ce petit mouvement de doigt, une légère oscillation de l'œil, le pied qui bouge... Je savais quelle musique pourrait lui donner le sourire. *La Reine des neiges* venait de sortir. J'y croyais tellement. »

Sarah s'attache à la jeune enfant. Mais un soir, tout bascule. « On nous dit : "C'est fini. On arrête." J'étais pourtant persuadée qu'on allait parvenir à la sauver. »

Coraline s'éteint quelques jours plus tard. « Dans ma tête, elle est encore dans ce lit. C'est mon déni à moi », confesse-t-elle, bouleversée.

Elle se souvient également de Liam, un nourrisson d'un mois souffrant d'une fistule entre la trachée et l'œsophage. Ses parents ne viennent presque jamais le voir, alors Sarah devient son repère, sa source d'affection. « Quand je rentrais dans la chambre, il arrêtait de pleurer. Je n'étais pas sa mère, mais il y avait un lien. S'il est aujourd'hui vivant, il doit avoir bien grandi. Je l'espère. »

Cette expérience submerge la jeune étudiante : « Je pouvais rester quarante-huit heures d'affilée dans le service pour ne pas rater un moment. » Jusqu'au jour où Sarah s'effondre après avoir fait mal à une petite fille en soins. La culpabilité la ronge. « Je me suis dit : "Je n'ai pas le droit de leur faire mal." »

Une fois son diplôme obtenu, la jeune médecin hésite entre s'installer à Paris ou tenter l'aventure ailleurs. Par amour, par amitié mais aussi pour changer d'air et s'éloigner des rues de la capitale, elle choisit la lumière de Narbonne, dans le Sud de la France.

Après un bref passage en cabinet, elle rejoint le rythme effréné des urgences de Perpignan.

À son arrivée, elle embarque dans le véhicule du Samu. Elle garde le souvenir intact de sa première intervention sous un violent orage. « On est intervenu sur un malaise cardiaque. Un homme était au sol, sans que l'on sache depuis combien de temps. Sa femme était dans le déni et ne comprenait pas ce qui était en train de se jouer. » L'équipe de secouristes prodigue les premiers soins, installe l'homme à l'arrière du véhicule et tente une réanimation. Mais il est trop tard. « On savait tous. Je voyais cette femme incapable de comprendre que son mari était mort. » Qui va le lui dire ? Sarah redoute d'être désignée. « Je vais être honnête : je craignais sa réaction, je ne me sentais pas prête. »

C'est finalement le chef d'équipe qui s'en charge.

Les urgences fonctionnent à flux tendus. Très souvent, les effectifs sont réduits et les couloirs saturés. Un jour sur deux, Sarah effectue une garde de vingt-quatre heures. « Ce n'est pas humainement possible. Au bout de douze heures, on n'a plus les mêmes neurones. »

À l'époque, Sarah vit en colocation avec l'une de ses meilleures amies, interne aux urgences pédiatriques. Un soir, l'amie pousse la porte du salon, effondrée après qu'un enfant est décédé au cours d'une garde. « Elle m'en a parlé le soir et le lendemain. Je l'ai à peine écoutée, j'avais l'esprit ailleurs. Elle me l'a reproché. On ne s'est pas parlé pendant des semaines », regrette Sarah. Elle s'en veut. L'incident brouille les deux amies. Peut-être avait-elle le sentiment d'être impuissante…

Vient le Covid-19. « On n'avait rien. Des sacs-poubelle en guise de blouses, et aucun masque. On improvisait des protections », se souvient la jeune médecin, obligée de faire du tri en fonction des urgences, faute de places et de moyens. Elle est scandalisée et se sent piégée : « C'était une médecine de guerre. » Elle en sort lessivée.

Un soir elle croise un homme âgé sur un brancard. Il patiente depuis plusieurs heures dans le couloir. « Je courais dans tous les sens. Soudain, il m'attrape la main et me dit : "Docteur, je vais mourir ce soir." »

Entre deux urgences vitales, elle le rassure, augmente l'oxygène, apaise son anxiété, lui porte toute son attention. Mais le vieil homme répète cette phrase, sans trembler : « Docteur, ce soir, je vais mourir. »

Elle le déplace près du poste infirmier « pour qu'on le voie, pour qu'il ne soit pas seul ». Une équipe prend le relais, mais rien n'y fait. Quand elle repasse, il est décédé. « Là, au milieu de la zone tampon, l'oxygène tournait encore et les autres patients regardaient. » Puis le silence. « J'ai appelé son fils, boulanger. Il m'a dit qu'il ne pouvait pas venir. J'ai dû lui annoncer au téléphone que son père était mort », se remémore-t-elle.

Ce soir-là, Sarah comprend : « Il n'avait pas seulement besoin d'un scanner, mais besoin qu'on lui tienne la main… »

C'est un déclic. Elle se fait la promesse de ne plus jamais laisser un patient s'éteindre dans la solitude, sans un regard, sans une main à tenir. Ce serment l'emmène à Narbonne vers un nouveau combat : celui des soins palliatifs.

Comment affronter l'inéluctable au quotidien ? « On va boire des coups le soir, on essaie d'oublier. Parfois, on a besoin de parler, alors on se confie à ses proches », dit-elle, presque légère, sans relativiser.

La mort est entrée dans sa vie par choix. « En soins palliatifs depuis cinq ans, j'ai accompagné un peu plus d'un millier de personnes en fin de vie. En vérité, je ne sais pas exactement… Chaque visage compte. »

« La mort ne m'angoisse pas, peut-être parce que je suis croyante. Je m'estime chanceuse d'être en bonne santé », confie-t-elle.

Ses journées commencent aux alentours de 6 heures du matin par la promenade de Roby, son fidèle berger australien. Là, elle « respire avant de plonger ». À 8 h 30, elle franchit la porte du service puis consulte la liste des patients avant la réunion préparatoire. « Certains sont parfois décédés dans la nuit. Je dois tenir la liste constamment à jour. »

Dans cette unité de soins palliatifs, elle n'effectue pas de gardes mais des astreintes : « Hier, on m'a téléphoné toutes les heures. »

Souvent, les besoins se ressemblent : doit-on ajuster les doses ? Doit-on augmenter ou non la morphine ? Lorsque le patient est décédé, il faut joindre la famille. Elle sait le poids et l'importance de chacun de ses mots, elle apprend sur le tas à affronter les larmes ou le déni. « La paix des vivants est importante. Au fond, c'est eux aussi que l'on accompagne. Je leur dis que nous sommes là, aujourd'hui, demain et après-demain. Nous sommes là pour les accompagner », dit-elle comme un serment.

Elle évoque avec chaque nouveau patient son « dossier ». Les mots sont lourds, chacun d'entre eux doit être soupesé. « Un patient se souviendra, même dix ans après, de la façon dont le cancer lui a été annoncé. Ce que dit le médecin à ce moment-là détermine beaucoup de choses pour la suite. »

Sarah détaille le rôle qui sera le sien et fait comprendre au patient qu'il n'est pas seul. Pour décrire son métier, elle utilise une métaphore. « Le malade est descendu de deux marches. Avec un antibiotique, il remonte d'une marche. Notre boulot, c'est de tout faire afin qu'il ne dégringole pas », résume la médecin.

Chaque situation est unique. Il faut savoir faire preuve de discernement. L'état du patient varie en fonction des jours, des humeurs et de l'intensité des douleurs.

Sarah se souvient d'un patient qui souffrait et dont le corps s'agitait en pleine nuit. Le protocole est engagé : sédation légère. Il réussit à s'endormir mais le lendemain, la famille l'exige : « Il ne doit pas se réveiller. » Sarah refuse d'aller plus loin : « Le patient a été très clair avant-hier, lorsqu'il ne souffrait pas. Il nous avait interdit d'aller au-delà. »

La tension est alors considérable. « La famille rappelait toutes les heures, insistait pour que l'on augmente la dose. » La situation s'apparente à un dialogue de sourds : « Eux voulaient provoquer la mort. Moi, je voulais éviter la souffrance », rapporte Sarah. La nuit suivante, spontanément, le patient s'éteint. « J'ai été soulagée. Pour lui, d'abord. Pour mes infirmières, sous pression, et pour la famille. J'ai conscience que c'est horrible de dire cela », dit-elle avec tristesse.

La réaction des proches est souvent imprévisible. « Avec la nouvelle loi sur la fin de vie, c'est un véritable point d'inquiétude, pour nous, sur le terrain. Comment gérer les familles ? »

Lorsqu'un inconnu, frère d'un malade installé dans une chambre, fait irruption dans le bureau, Sarah et son équipe prennent peur.

Le malade était installé dans une chambre mitoyenne, endormi, paisible. « Un patient qu'on aimait tant, avec qui un lien s'était créé. Sa situation physique s'était dégradée, mais il résistait mentalement et gardait le sourire. » L'homme prend à partie l'équipe de soignants : « Vous faites n'importe quoi, moi je prends mon frère, je l'emmène ailleurs. Soit vous le guérissez, soit vous faites l'euthanasie, mais on ne peut pas le laisser comme ça, ce n'est pas digne ! »

Comment définir alors la dignité ? Qui en décide ? « Pas lui, pas moi ; seul le patient. Et le patient voulait vivre encore un peu », se remémore Sarah, encore blessée.

Comment garder espoir quand la mort semble si proche ? « Dès le début, on fixe des objectifs. Le premier, c'est soulager. Le deuxième, c'est trouver un projet. Je parle beaucoup de projets avec mes patients. Notre travail n'est pas juste de soigner une douleur ; il s'agit de redonner une perspective. En se battant pour vivre, on doit conserver des rêves. »

Sur son portable, Sarah est fière de me montrer les animations, les moments de rire et de partage qu'elle organise au service. Pour rendre la vie plus douce, plus légère.

Roby, son berger australien de 5 ans, est devenu une véritable mascotte. « Une patiente m'a dit un jour : "Jamais un chien ne m'approchera." » Plus tard, alors que je passais avec Roby, je l'ai croisée. Il lui a sauté dessus, lui a fait un câlin et l'a recouverte de léchouilles. On a pris une photo. C'est devenu le fond d'écran de son téléphone. »

Dans un carnet qu'elle tient depuis ses études, Sarah collectionne ces souvenirs. « Les dessins de mes plus jeunes patients me font pleurer à chaque fois que je les regarde », confesse-t-elle.

Le service attire, c'est « le seul où il y a une liste d'attente », les jeunes soignants sont nombreux à être volontaires. « La moyenne d'âge de nos infirmières est de 25 ans. Ici, elles peuvent effectuer correctement leur travail. Il y a une infirmière pour six patients. Elles ont le temps de parler et de faire une vraie toilette avec l'aide-soignante. Dans d'autres services, on oublie que la toilette est un acte infirmier. »

Le quotidien est épuisant et la charge psychologique lourde. « Il y a des semaines avec des vagues, et onze décès d'un coup, puis le service se vide un peu. » Entre eux, les soignants se soutiennent moralement.

Dans ce quotidien, Sarah a trouvé un moyen de décompresser : « Le CrossFit, tous les soirs, sans exception. Sans ça, je ne tiendrais pas. »

Lui arrive-t-il de pleurer souvent ? « Oui, chez moi généralement. Quand un jeune perd sa mère, quand une patiente a l'âge de ma tante… On fait des transferts, on reste humains. » Il y a trois ans, Sarah et sa famille découvrent qu'une tante souffre d'un cancer du pancréas. La maladie se propage rapidement et son état devient critique. La médecin se tient à ses côtés, sur un matelas à son domicile. Elle l'accompagnera, chaque seconde, jusqu'à son dernier souffle.

En prêtant le serment d'Hippocrate, Sarah a consenti à soigner, à porter un œil attentif aux plus vulnérables. « Il y a des médecins qui n'aiment pas garder leur casquette dans la vie privée. Moi, si. Dans le train, une crise d'épilepsie, un malaise, une côte cassée, je suis là. »

Ses plus beaux souvenirs sont des regards et de simples remerciements de malades ou de leurs proches. La dignité est le sens véritable de son engagement, parce qu'une société civilisée se jauge à l'attention qu'elle porte aux plus fragiles.

Chaque jour, Sarah se bat pour une certaine idée de la médecine : proche, fraternelle et profondément humaine. La vie est son unique boussole.

Au moment où nous nous rencontrons, l'Assemblée nationale s'apprête à voter un texte qui engage la conscience de la Nation, à bousculer le code juridique qui encadre la fin de vie et le travail de ceux qui œuvrent dans les structures palliatives. Ce débat touche à l'intime. Il exige de la pudeur, du respect et une certaine hauteur de vue.

Le premier volet de cette loi vise à renforcer l'accès aux soins palliatifs. C'est une nécessité. Seuls 50 % des patients qui en auraient besoin accèdent effectivement à ces soins palliatifs et vingt départements n'ont toujours aucune unité dédiée.

Depuis 2005, la loi Leonetti traçait un chemin d'humanité qui refusait l'obstination déraisonnable, sans franchir la limite qui ferait de la mort une solution. Mais parce que l'État a failli à ses engagements, cette voie a été compromise.

Le deuxième volet de cette loi suscite l'inquiétude de nombreux acteurs du monde médical à l'image de Sarah. Il s'apprête à légaliser ce que l'on nomme pudiquement « l'aide à mourir », en d'autres termes : le suicide assisté et l'euthanasie.

Je l'ai affirmé à plusieurs reprises, il s'agit d'un basculement historique de notre droit et d'un tournant anthropologique majeur.

Il nous faut mesurer les raisons qui poussent nombre de nos compatriotes à voir dans la mort provoquée une forme d'avancée. Face à des souffrances extrêmes, à la solitude et à la peur, la tentation d'abréger la vie peut sembler une solution. Certains y voient une ultime liberté, un dernier acte de souveraineté sur leur corps.

Nous devons comprendre cette douleur et respecter ce désespoir.

Mais je refuse d'en faire un fondement juridique.

Une société ne se définit pas seulement par ce qu'elle autorise, mais par ce qu'elle protège. Notre devoir collectif est de protéger la vie, même si elle est devenue fragile. Seule une société qui n'a plus les moyens de soigner et qui refuse de se doter de structures palliatives suffisantes choisit de légaliser la mort comme solution. Un « délit d'entrave à l'aide à mourir » a été adopté – avec l'avis favorable du gouvernement ; la notion de « pronostic vital engagé à court ou moyen terme » a été supprimée. Peu à peu, l'exception devient la norme. Le droit devient incitation et le regard porté sur les plus vulnérables s'altère.

Je songe aux expériences étrangères : elles doivent nous alerter. Aux Pays-Bas, l'euthanasie a été légalisée pour les cas extrêmes. Elle concerne désormais des personnes âgées lassées de vivre, des patients déments ou dépressifs, des couples ou des proches qui demandent à mourir ensemble. En 2024, près de dix mille euthanasies y ont été pratiquées, cela représente 5,4 % des décès. Ceux qui furent à l'origine de cette dérive en dénoncent aujourd'hui les conséquences. Le professeur Theo Boer, ancien membre des commissions de contrôle néerlandaises, confie aujourd'hui son désarroi : « J'ai cru qu'un cadre rigoureux pouvait prévenir les dérives. Je n'en suis plus si sûr. »

Une fois la boîte de Pandore ouverte, il devient impossible de la refermer. Ce que nous normalisons aujourd'hui au nom de la liberté risque de se retourner demain contre les plus vulnérables.

Le parcours de Sarah nous rappelle que les soins palliatifs ne sont pas une médecine de l'abandon, mais une médecine du lien, de l'accompagnement et de la dignité.

Grâce à des protocoles éprouvés, il est possible de soulager la douleur et d'apaiser l'angoisse, d'accompagner les derniers instants sans souffrance, sans solitude, sans attendre passivement l'inéluctable.

Les soignants réclament des moyens pour prendre soin de leurs patients. Ils veulent des unités renforcées, des équipes formées, une reconnaissance à la hauteur de leur engagement. Ils attendent des rémunérations dignes, une santé débureaucratisée et à l'écoute des réalités du pays.

En outre, la République se fonde sur des principes selon lesquels une vie humaine mérite d'être vécue jusqu'à son terme. Elle se doit d'être entourée et honorée. Elle nécessite un soutien lorsqu'elle devient fragile. Faisons des soins palliatifs une grande cause nationale. L'honneur d'un pays ne se mesure pas à sa capacité à écourter la vie. Il se mesure à la dignité avec laquelle il en accompagne la fin.

« J'ai promis que je ferais tout pour qu'ils ne souffrent pas. » Ces mots de Sarah disent la force, le parcours et l'engagement qui sont les siens.

Elle sait que la médecine ne peut pas tout. La France légifère sur la mort et Sarah se bat pour améliorer la vie, par-delà la fatigue et les angoisses.

Pour définir sa spécialité, la médecin a fait sienne la devise du professeur Jean Bernard : « Ajouter de la vie aux jours, quand on ne peut plus ajouter de jours à la vie. »

IV

Ceux qui bâtissent le pays

10

L'acier, la dignité et la souveraineté

IL S'EN SOUVIENT COMME SI C'ÉTAIT HIER.
Ce 26 octobre 1982, Florange n'est pas encore devenue un symbole, mais la ville est déjà un *pilier de la sidérurgie française*.

Dans ces vallées de l'Est de la France, l'acier est bien plus qu'un alliage : c'est une identité ancrée au sein de chaque famille, un patrimoine vivant. C'est la mémoire de générations de travailleurs qui ont lié leur existence à celle des hauts fourneaux, destinés à produire de la fonte à partir du minerai de fer.

Florange est située à côté de l'emblématique cité industrielle d'Hayange, berceau de l'une des dynasties sidérurgiques les plus importantes d'Europe : la famille Wendel. Elle accueille durant l'après-guerre la Société lorraine de laminage continu – Sollac –, qui sera rattachée à Usinor en 1987, à Arcelor en 2002 puis à ArcelorMittal en 2006. Son histoire est intimement liée à celle de notre pays, et c'est dans cette usine que Pascal, 62 ans, a passé quarante-trois années de sa vie. Sa vie est aussi celle d'une France qui a abandonné ses hauts fourneaux et affaibli une part inestimable de notre puissance nationale.

Il n'a pas encore 20 ans lorsqu'il en franchit les portes. « Je venais d'obtenir mon CAP Électronique... Je n'ai rien trouvé dans ma branche, alors j'ai pris ce qu'il y avait. »

Ce qu'il y avait, c'était le fer. Et cette insoutenable chaleur qui assaille ceux qui n'y sont pas habitués : « C'était impressionnant. On bossait parfois avec une chaleur de plus de 60 °C. On suait comme pas possible », se remémore-t-il, avec son accent lorrain.

Le rythme de travail chamboulera son quotidien. La première « journée » s'effectuera de nuit, et se prolongera jusqu'au petit matin.

Alors, à 20 heures, il saute dans un bus et s'en va retrouver son binôme chargé de lui transmettre les premiers gestes, sur le tas. « Je devais transférer les bobines qui viennent du laminoir pour un recuit qui permettra de donner ses caractéristiques mécaniques au métal. »

À la pause, il découvre un rituel. « Le premier jour, je tombe sur des gars qui sortent un litre de rouge. Tout le monde avait sa bouteille de pinard, sauf moi », dit-il en riant.

Il n'a entre ses mains qu'un sandwich soigneusement préparé par sa mère et une bouteille de soda. Un ancien lui glisse : « Bois, sinon tu ne tiendras jamais le coup. »

En rentrant chez lui, il tombe de fatigue. « Je n'avais jamais dormi aussi longtemps de toute ma vie. J'ai vite compris que ce n'était pas qu'un métier, c'était une vocation », observe-t-il. Mais il est fier. Fier d'avoir prouvé à son « paternel », cheminot, qu'il était capable de « se lever tôt et de bosser dur ».

Il ne le savait pas encore, mais ce métier qu'il découvrait allait devenir sa vie : « Je ne pensais pas rester quarante-trois ans. Mais voilà, on s'attache à l'usine… »

La vie de Pascal commence dans la banlieue de Thionville, à Yutz, au début des années 1960. Irène et Jean, ses parents, vivent modestement. Lui est syndiqué, il travaille à la SNCF. Elle, mère au foyer, élève Pascal et ses trois sœurs cadettes. La richesse se trouve dans l'affection et les sentiments que les membres de la famille se vouent. « On n'avait pas grand-chose, mais on était heureux. Ma mère, c'était la Sainte Vierge. Elle me couvait et me protégeait, elle débordait d'amour », confie Pascal, ému.

Sa mère très croyante lui demande d'intégrer les enfants de chœur. Un jour, la paroisse de la ville lui propose de participer à un voyage à Lyon pour rencontrer le Pape. « Difficile de dire non à ma mère. Franchement, ça ne me disait rien, mais elle y tenait tellement. »

Depuis l'évêché de Metz, Pascal prend la route. Il rencontre Clarisse. « Elle m'a tapé dans l'œil. » Timide, il n'ose pas l'aborder. À l'issue du voyage, il apprend qu'elle réside au foyer des jeunes travailleurs de Montigny. Ce n'est pas la route qu'il doit emprunter pour rentrer chez lui, mais il se lance et lui propose de la ramener. Ils partageront vingt ans de vie commune.

Dans le salon, jusqu'à ses 12 ans, il n'y a pas de télévision. La vie est simple. Le jeune Pascal passe les moments de vacances chez ses grands-parents, près de Sarreguemines. « Leur maison était à quelques mètres du canal. Avec mon père, on allait nager, pêcher ou se promener. C'étaient les meilleures vacances de ma vie », se remémore-t-il.

À la maison, il existait une règle à laquelle personne ne devait déroger : « Travailler, travailler, travailler, et dès que possible. Chez nous, ça comptait. J'ai été élevé là-dedans. »

À l'adolescence, son père le pousse vers un centre d'apprentissage. Il s'initie aux métiers de la main et découvre plusieurs spécialités : électricien, ajusteur-tourneur-fraiseur, chaudronnier. La menuiserie le fascine, mais son classement à l'issue du cycle lui donne accès à un CAP Électronique. « J'étais très investi, je savais que je jouais mon avenir. »

Il obtient son diplôme à l'été 1982 et se dirige vers le bureau d'embauche, mais l'offre ne vient pas. Les places sont rares. On lui propose alors de travailler dans la production, mais le jeune adulte est réticent.

« Avec mon paternel, ça s'est vite corsé. Il m'a dit : "Tu prends ce qu'on te donne, tu vas travailler ou tu dégages." » Sa décision sera rapidement prise. Il espère alors que ce sera temporaire et qu'il pourra encore changer de voie, mais la solution provisoire a finalement duré quarante-trois ans.

« Le premier salaire, c'est quelque chose. » Pascal vit encore chez ses parents lorsqu'il reçoit son virement de 4 500 francs. À l'usine, les journées se répètent. L'année de césure du service militaire arrive. Il intégrera la 11e compagnie et terminera au grade de sergent. Il en est fier tant « il y avait une bonne entente, et beaucoup de sport. Ça me plaisait ». Il apprécie l'esprit de camaraderie, le patriotisme et la fraternité entre soldats, les longues marches et le dépassement que cela exige. « J'ai failli signer pour de bon », se remémore-t-il.

À ses yeux, l'Armée est une bonne école de la vie : « Ça t'aide à grandir. Ça t'apprend à obéir et à faire. Aujourd'hui, les jeunes glandent un peu trop. » Il regrette que le service obligatoire ait disparu : « Avec mes enfants, j'ai serré la vis. Mais pour ceux qui partent en vrille, l'Armée aurait été bien utile. »

Le week-end, il obtient régulièrement une permission pour aller jouer au volley, sa passion.

À Florange, Pascal apprend vite.

Il s'aguerrit. Dans le bruit et la chaleur, au milieu des bobines, il apprend le fonctionnement des machines et chacune des étapes de la chaîne de production. « Au début, on était onze par équipe. Ça travaillait vingt-quatre heures sur vingt-quatre. »

Il observe le métier évoluer. « J'ai vu la ligne s'automatiser. Avant, il fallait tirer à la main, puis sont apparus les écrans et les capteurs. J'ai appris l'informatique sur le tas. »

À mesure que la modernisation simplifie les conditions de travail, elle pousse vers la sortie de nombreux ouvriers de l'usine. Pour la direction, ils sont désormais trop nombreux. « De onze par équipe en 1985, on est passés à quatre en 2014. C'est colossal, mais on le sentait venir », souligne Pascal.

« D'un travail totalement physique, c'est presque devenu un métier intellectuel. Au début, la moindre tâche était manuelle. Aujourd'hui, on pilote tout depuis le poste de commandement centralisé. »

Alors il a connu la cohorte des licenciements et des départs volontaires. Mais Pascal a foi en l'avenir, il a l'usine dans le sang et s'adaptera aux plans de « restructuration ».

« Je me suis renseigné sur mes droits et mes devoirs, sur mes congés et sur mes obligations. Ça m'a toujours intéressé. » Très tôt, il prend sa carte à Force ouvrière. On lui promet de faire respecter ses droits, de ne jamais laisser quiconque lui marcher dessus. Ce discours le réconforte.

Le délégué local de Force ouvrière a su trouver les mots justes. « En 1982, les autres étaient franchement caricaturaux. Celui de la CGT considérait que les patrons étaient tous des cons et qu'il fallait les flinguer. Celui de la CFDT, on ne comprenait jamais rien quand il parlait. »

En 1999, on lui propose de prendre des responsabilités syndicales, mais il décline.

Quelques années plus tard, en 2006, son secrétaire le prend à part : « Je vais partir. Je veux que tu reprennes le flambeau. » On venait de refuser à Pascal une augmentation de salaire qu'on lui avait pourtant promise, « on m'a pris pour un con », se remémore-t-il.

Alors, il accepte de reprendre la suite, au nom de sa dignité et de celle de ses collègues.

Il devient donc délégué syndical mais « le contexte était difficile. On avait beaucoup perdu en influence. Les adhérents n'y croyaient plus ». Le défi est de taille, mais Pascal ouvre chaque dossier et partage son temps entre l'usine et la permanence. Il est en première ligne sur les litiges à régler et l'épargne salariale à surveiller. Il veut se sentir utile et obtenir des résultats.

Aux élections syndicales, FO passe de 4 à 15 %. C'est la récompense de l'engagement acharné de Pascal qui, modeste, se refuse au triomphalisme : « J'étais satisfait de pouvoir aider à mon niveau. Parfois ça a marché, parfois non. » Le national lui confie le suivi de l'épargne salariale, la santé, la prévoyance.

Il découvre un monde où il faut être polyvalent : « Je suis devenu une assistante sociale. Les mecs venaient me voir pour tout : des prêts, des divorces, des coups durs. » Parfois, la caisse d'assurance omet de payer les indemnités journalières, alors il faut se déplacer à Thionville ou à Metz pour réclamer ce dû. Obtenir gain de cause pour un collègue est un motif de fierté.

Une autre fois, Pascal repère un détail que personne n'a vu sur une convention collective qui instaurait un nouveau mode de calcul de la prévoyance. Il juge le dispositif défavorable aux salariés et refuse de signer… « Aujourd'hui encore, alors que j'ai pris ma retraite, on m'appelle pour me demander de l'aide et des renseignements », sourit-il fièrement.

Un jour, la sentence tombe : « Tu es viré… »

« Quand le pays se modernise, des choses du passé disparaissent. J'ai senti que ça finirait par arriver. »

Les vallées de Moselle et de Meurthe-et-Moselle comptaient 25 000 salariés de la sidérurgie dans les années 1970. C'était 15 000 dans les années 1980. Aujourd'hui, c'est environ 3 000…

Ses premières inquiétudes remontent à l'année 2003. La société de sidérurgie annonce la fermeture progressive de la phase liquide de l'usine. En 2007, l'homme d'affaires indien Lakshmi Mittal met la main sur Arcelor avec l'ambition d'accélérer la production : l'usine enregistre un record de chiffre d'affaires et d'importantes primes sont versées aux salariés.

Mais en 2008, la crise mondiale des subprimes stoppe la chaîne de production. Des licenciements et des départs volontaires sont signés. L'activité du groupe finit par redémarrer, mais les chiffres sont en demi-teinte.

En 2011, la phase liquide de l'usine d'ArcelorMittal est supprimée et les importations d'acier chinois, à moindre coût, s'accélèrent. Ces dernières ont profité de la soumission européenne au dogme du libre-échange et du refus strict de la Commission d'instaurer des mesures de protectionnisme. « J'ai une dent contre l'Europe. Ils ont laissé les autres tuer la filière française », gronde Pascal. Et il ajoute : « Je me rappelle avoir voté non au référendum de 2005. Pour moi, l'Europe est financière et contre l'intérêt des citoyens alors qu'elle devrait être sociale et nous protéger. »

En novembre 2012, après 20 heures, la sentence tombe : ArcelorMittal annonce la mise à l'arrêt des hauts fourneaux. Près de six cents salariés s'apprêtent à rester sur le carreau. « Je n'y croyais pas. J'étais persuadé qu'on allait se battre et trouver une solution, comme à chaque fois. »

Les syndicats s'unissent et lancent une mobilisation. La direction de l'usine ne rentre plus dans ses bureaux. Pascal est désabusé : « On a tout donné. On s'est battus pendant deux ans. La résistance des salariés m'a impressionné autant qu'elle m'a touché. On voulait sauver notre boulot et notre vie ! » Il se souvient aussi de ceux qui étaient séduits par les déclarations du groupe et étaient prêts à trahir « car le directeur parlait bien ».

Il se rappelle les promesses, les lueurs d'espoir dans un cauchemar. « Arnaud Montebourg est venu.

Il a promis qu'il allait se battre, il a promis la nationalisation, et on y a tous cru », confie Pascal, amer.

En janvier 2013, l'ultime explication se profile. Il fait partie de la délégation Force ouvrière pour se rendre à l'Élysée au côté d'employés et rencontrer le conseiller de François Hollande. Il prend la parole : « Pourquoi nous avoir fait miroiter une nationalisation temporaire du site et finalement décider de ne pas la faire ? » Le conseiller du président balaie : « C'était l'idée de Montebourg. Jamais une seule seconde François Hollande n'a pensé que c'était une solution. »

Les ouvriers se sentent humiliés : « On a eu le sentiment de s'être fait enfumer. Pourquoi ne pas simplement avoir été honnête avec nous ? »

« Avec le recul, je pense que la nationalisation n'aurait rien changé. On aurait gagné un peu de temps, mais le résultat aurait été identique. On n'aurait jamais pu se mettre à produire et à vendre massivement pour contrer la concurrence des importations chinoises. La nationalisation aurait fonctionné si l'Europe avait mis des droits de douane pour soutenir la France », raconte Pascal. Il ajoute tristement : « On cherche partout à produire plus pour moins cher, c'est la course au moins-disant. »

Après les promesses non tenues et l'abandon des salariés d'ArcelorMittal vient le temps de l'amertume et de la résignation.

La bataille est perdue, mais l'idée qu'elle puisse être oubliée est une blessure. Avec ses collègues, Norbert,

Jean et Frédéric notamment, ils décident d'installer une stèle devant l'usine. « Nous voulions que les gens voient ce que nous avions sur le cœur. » Il est écrit : « TRAHISON : ici reposent les promesses de changement de François Hollande faites aux ouvriers et à leur famille ».

Le jour de l'inauguration, les salariés sont main dans la main, émus. Perdre une bataille, oui. Abandonner sa dignité, jamais.

« Depuis, les effectifs ont continué à baisser », gronde Pascal, qui a subitement pris sa retraite pour raison de santé.

Comme le souvenir de son premier jour à Florange, ce 31 mars 2025 est un moment qui restera lui aussi gravé. « Je l'attendais ce jour de la retraite avec énormément d'impatience. J'ai aimé travailler, mais je veux désormais profiter de ma famille et des plaisirs de la vie. »

À l'heure du bilan, de la chaleur des hauts fourneaux et de l'ardeur des luttes syndicales, il ne regrette rien. « Je suis fier de ce que j'ai accompli pour mon usine. Je l'ai toujours fait sérieusement. »

Il sait combien le travail à l'usine forge le caractère. « Ce métier m'a changé. Il m'a enseigné la force, l'humilité et les responsabilités. J'ai beaucoup appris des autres. À l'usine, tu vois la véritable nature humaine, ses bons côtés et ses travers. »

Autrefois, les mains valaient de l'or. « Avant, l'ouvrier ramenait ses bras. Aujourd'hui, il ramène son cerveau. Avec l'évolution des techniques, c'est désormais le plus futé qui s'en sort le mieux, pas nécessairement le plus habile », conclut Pascal.

Il déplore le manque d'envie pour le travail des jeunes générations : « Quand j'ai commencé, il n'y avait ni portable ni Internet. Il n'y avait pas non plus tous ces divertissements. Le goût du travail n'était pas le même. »

Et les patrons ? « Les politiques sont chargés de réguler l'économie. S'ils font mal leur job, les patrons iront chercher moins cher. C'est un peu logique... Mais si tout le monde fait ça, la France devient un pays de chômeurs », observe-t-il.

À l'endroit de la politique, son verbe est plus dur, fataliste : « Le monde de la finance nous gouverne et nous gouvernera. Peu importe le parti au pouvoir. »

« Je n'écoute plus les dirigeants politiques. Je n'y arrive plus. Ils parlent trop et ne font pas assez. Certains ont de bonnes idées et sont sincères. J'aimerais bien voir un politique qui défend les Français. » Et il ajoute : « C'est comme les syndicalistes. Ceux qui défendent réellement les gens, c'est 5 %. »

Puisque la conversation glisse sur la politique, je l'interroge sur ce qu'il pense de la réforme des retraites à 64 ans instaurée par Emmanuel Macron.

Il réfléchit, puis tempère : « Je dis aux politiques : moi, j'essaie de me mettre à votre place. Je vous demande de vous mettre à la mienne. Je peux comprendre qu'avant on travaillait moins longtemps parce qu'on vivait moins longtemps. Aujourd'hui, on vit plus longtemps et il manque de l'argent. Mais où passe cet argent ? À chaque fois qu'on fait une réforme, c'est insuffisant et on nous dit qu'il faut en faire une autre. On nous prend vraiment pour des cons. »

C'est assurément le sentiment de beaucoup de Français.

Le parcours de Pascal sonne comme le récit d'une vie française et d'une industrie sacrifiée. La fermeture des hauts fourneaux de Florange et la perte d'un million d'emplois industriels ces vingt dernières années n'ont rien d'accidentel. Elles sont le résultat d'une politique délibérée de désindustrialisation, de soumission à des dogmes européens et de démantèlement de notre souveraineté. En trente ans, la part de l'industrie dans le PIB est passée de 17 à 9 %.

En acceptant de brader nos usines, en refusant toute forme de patriotisme économique, en faisant de la France l'enfer fiscal et normatif de l'Europe, et en reléguant l'apprentissage à une voie subalterne, on a créé un affaissement de l'industrie française. Ces choix délétères ont laissé des milliers de travailleurs sur le carreau, sacrifié des familles et des territoires entiers.

Quand nous avons ouvert grand nos frontières aux importations, moins chères et subventionnées par des puissances étrangères, les grands noms de l'économie mondiale protégeaient dans le même temps leur marché derrière des murs tarifaires. Si la Chine ferme le robinet, que restera-t-il en France ?

En 2024, alors que les États-Unis ont érigé des droits de douane à hauteur de 100 % sur l'acier chinois, l'Union européenne, à la traîne, a rehaussé à grand-peine son tarif extérieur de 12 %.

La sidérurgie n'est pas la seule concernée. L'industrie automobile est elle aussi victime de normes environnementales excessives et intenables, d'une concurrence déloyale organisée par Bruxelles, des coûts de production trop élevés et d'une absence de vision stratégique de l'État. Là aussi, les promesses d'emplois étaient assurées : les annonces de plans sociaux sont pourtant tombées en cascade.

La France produisait environ quatre millions de véhicules par an à la fin des années 1980 ; elle en produit aujourd'hui à peine plus d'un million. Ce sont des vallées industrielles entières qui subissent les conséquences du chômage et du déclassement, quand l'Italie de Fiat et l'Allemagne de BMW maintiennent leur dynamisme industriel.

Le jour où les États-Unis consacraient plusieurs centaines de milliards de dollars pour soutenir leurs entreprises dans le cadre de l'*Inflation Reduction Act* (IRA), nos dirigeants professaient les dogmes archaïques d'un commerce libre et non faussé.

Il est temps que cesse le défaitisme ! La France doit recouvrer ses usines, une industrie forte et des entreprises conquérantes.

Notre pays ne peut être libre en se maintenant dans la dépendance de puissances étrangères, lorsque nos besoins vitaux sont en jeu.

Une industrie forte est possible ailleurs en Europe, alors elle est aussi également possible en France. L'industrie représente 10 % de notre PIB, contre 20 % en Allemagne. La Suisse abrite une industrie représentant 25 % de sa richesse produite. Nous pourrions également citer le dynamisme industriel de l'Italie du Nord et la politique économique attractive impulsée par Giorgia Meloni. Elle permet à l'Italie d'afficher un excédent commercial industriel de 54 milliards d'euros, tandis que la France accuse un déficit commercial de 81 milliards par an.

Je ne crois pas en la réussite d'un modèle postindustriel.

Une Nation qui ne produit plus, qui ne fabrique plus et qui ne crée pas d'emplois à forte valeur ajoutée n'a aucun avenir. Privé de croissance, le modèle social français est condamné. La France ne pourra pas continuer indéfiniment à financer ses dépenses sociales par la dette.

Nous devons rompre avec la naïveté commerciale, protéger nos emplois et nos secteurs stratégiques d'importations étrangères qui exercent une concurrence déloyale.

Il faut conditionner l'accès aux marchés publics à des critères de production locale. C'est le principe d'une ambition simple : produire en France.

En contrepartie, une entreprise qui bénéficie du soutien de l'État parce que son secteur d'activité est essentiel ou prometteur doit s'engager à maintenir ses emplois sur le territoire. C'est une condition *sine qua non* du versement de l'argent public.

Notre pays doit rompre avec les règles injustes du marché européen de l'électricité, qui prive notre tissu économique des tarifs avantageux offerts par l'énergie nucléaire. L'électricité est un facteur stratégique pour la croissance mais son coût est devenu un handicap majeur. Michelin a fermé deux usines ces derniers mois et 1 200 emplois sont menacés. Devant le Sénat, Florent Menegaux, PDG du leader mondial des pneumatiques, abonde : « La France a la chance d'avoir une électricité décarbonée. Mais son coût est encore à 108 euros le mégawattheure », contre 68 euros aux États-Unis. Produire des pneus en France est donc quasiment deux fois plus cher qu'en Asie…

Il est urgent de réduire ce différentiel de compétitivité, d'établir une fiscalité de croissance pour la production, de créer les conditions favorables au maintien de l'emploi en France. Ce sont des objectifs atteignables pour tout État stratège.

Cette révolution doit s'accompagner d'une rupture avec certaines idées reçues. L'ensemble d'une classe d'âge n'est pas destiné à poursuivre des études généralistes qui déboucheront sur un master à l'université. L'instauration d'un collège modulaire – et non unique – est nécessaire. L'apprentissage doit redevenir une voie d'excellence, permettre d'orienter mieux et plus tôt dans le cycle scolaire les jeunes Français.

L'ouvrier ne doit pas être perçu comme celui qui a « échoué », mais comme celui qui bâtit la France de demain pour assurer les conditions de sa puissance et de sa grandeur.

À l'heure où j'écris ces lignes, la sidérurgie française suffoque. Entre baisse de production, plans de licenciements et concurrence agressive, le sursaut est désormais vital. La France risque de perdre ce qu'il reste de son autonomie et de sa puissance dans un secteur hautement stratégique. Le temps presse.

Réindustrialiser n'est pas un slogan. C'est un enjeu de survie pour le pays. Nous avons tous les atouts pour réussir. À commencer par les meilleurs talents. Pascal le sait mieux que quiconque : un pays sans usines est un pays condamné.

Toute sa vie, il s'est battu à la force de ses bras, sans faiblir. Pour l'acier, pour sa dignité, pour notre souveraineté.

11

Le chantier du siècle

CE 15 AVRIL 2019, le cœur de Paris est touché. Celui de la France aussi. Peu avant 19 heures, un immense brasier s'est déclaré dans la cathédrale Notre-Dame. Les premières flammes, et rapidement une vaste fumée noire, s'élèvent dans le ciel de la capitale. Devant les regards dévastés des passants et bientôt du monde entier, la forêt – comme on surnomme la charpente de la cathédrale – s'embrase.

Dans son chef-d'œuvre éponyme paru en 1831, Victor Hugo écrit : « Tous les yeux s'étaient levés vers le haut de l'église. Ce qu'ils voyaient était extraordinaire. Sur le sommet de la galerie la plus élevée, plus haut que la rosace centrale, il y avait une grande flamme qui montait entre les deux clochers avec des tourbillons d'étincelles, une grande flamme désordonnée et furieuse dont le vent emportait par moments un lambeau dans la fumée. Au-dessous de cette flamme, au-dessous de la sombre balustrade à trèfles de braise, deux gouttières en gueules de monstres vomissaient sans relâche cette pluie ardente qui détachait son ruissellement argenté sur les ténèbres de la façade inférieure. »

Dans le roman de l'illustre écrivain français, la cathédrale tient bon. Et à travers les siècles, témoins de guerres, de révolutions et de profanations, Notre-Dame-de-Paris a toujours tenu bon. Alors, au moment de s'engager, c'est l'âme de la France et avec elle, tout un peuple, qui portent la brigade des sapeurs-pompiers de Paris emmenée par le général Gallet. « Le feu voulait tout prendre. Nous nous sommes employés à ce qu'il reparte les mains vides », confiera-t-il plus tard.

Le temps s'est arrêté. À l'intérieur, une course contre la montre s'engage.

Une heure après le début de l'incendie, les flammes viennent arracher, au cœur de la cathédrale, la flèche du clocher que l'architecte Eugène Viollet-le-Duc avait fait reconstruire au XIXe siècle, avec la virtuosité dont est capable le génie français.

Au milieu du chaos, le grand squelette de près de trois cents tonnes d'acier ne cède pas. C'est l'échafaudage, installé deux ans auparavant pour la restauration de la flèche. Telle une armure indestructible, il tient et permet à Notre-Dame-de-Paris de rester debout.

Didier, 60 ans, est le directeur de l'entreprise d'échafaudage. Il est l'un de ceux grâce auxquels la cathédrale n'a pas fléchi. Pourtant, avec l'admirable modestie qui se dégage de ses paroles, il vous dira qu'il n'a fait « que son travail ». Comme tant d'autres désormais, son nom est indissociablement lié à la cathédrale de Paris.

Son parcours a débuté dans les années 1960 à Metz, dans une famille de cinq enfants, avec une mère au foyer et un père charpentier puis métreur-vérificateur. « Il avait été missionné sur le grand chantier de la Plagne 1800 », se souvient Didier avec fierté, à propos de la célèbre station de ski installée à 1 800 mètres d'altitude dans les Alpes françaises.

Il a 13 ans lorsque sa mère décède des suites d'une longue maladie. Son père est accaparé par les chantiers, alors Didier va trouver refuge auprès de ses grands-parents en Moselle pendant ses vacances.

« C'est avec eux que j'ai presque tout appris », admet-il nostalgique, par-delà sa peine, à l'évocation de ses premières vacances d'été au cœur des forêts. Didier s'initie au travail manuel. « Il fallait travailler le bois, le préparer, l'entreposer dans la grange. » C'est ici, auprès des siens, que naît sa vocation.

Le réconfort était quotidien, avec la tarte aux brimbelles, une spécialité régionale à base de myrtilles locales que lui préparait avec soin sa grand-mère. Ce mélange d'efforts et d'amour, il ne l'a jamais oublié.

En empruntant le chemin de l'école sans véritable enthousiasme, il se forge une ambition : « J'étais mauvais en dictée. Les maths, ça allait. Mais je savais que je voulais travailler. » À 16 ans, il quitte les bancs de l'école et entre en apprentissage à Moûtiers, en Savoie, pour être électricien. Il alterne les cours à l'atelier et les innombrables stations de ski de la région, où il parfait sa technique. Elles seront ses premiers chantiers ; et il en est fier : « On traversait la région en Estafette. On tirait des câbles, on alimentait les postes de transformation. On m'envoyait ramper dans les vides sanitaires pour faire passer les lignes. On me surnommait le tire-fils ! »

Sur le tas, il apprend à manier l'aluminium ainsi que le cuivre. « À l'époque, apprenti, c'était pour les bons à rien. C'était mal vu. Je trouvais ça injuste ! » se remémore-t-il. Didier n'en a pas honte, bien au contraire, il travaille dur et découvre un monde où chaque geste a du sens.

Sa deuxième année d'apprentissage le ramène à Metz, dans sa Moselle natale. Sa discipline favorite est le dessin technique, il y excelle comme son père avant lui : « Mon père dessinait à l'encre de Chine. C'était magnifique. Il avait ça dans le sang. Moi aussi, je m'en sortais bien. Ça m'a d'ailleurs sauvé à plusieurs reprises aux examens. »

Toutefois, son esprit vagabonde et la lassitude le guette. À la veille de l'examen, il décroche et ne terminera jamais son CAP. Sans savoir pourquoi ni comment, il se met en quête d'autre chose, il a besoin d'une coupure.

Il songe à l'Armée, demande un volontariat service long, vise l'Outre-mer mais les places sont déjà prises. Il atterrit finalement à Mourmelon, dans la Marne, en prépa militaire parachutiste. Viendra ensuite Montauban, dans le 17e régiment du génie parachutiste. Il se prépare et travaille dur. L'Opex se profile, mais à l'occasion de l'examen médical à l'hôpital de Toulouse, il découvre que son tympan est percé... Il est réformé : « À nouveau, c'était le grand vide. »

Alors son frère l'héberge sommairement. Didier dort parfois sur une dalle, dans une tente rudimentaire à deux pas d'une caravane. « Là, j'ai vraiment galéré, je me débrouillais comme je pouvais. » Sur les marchés, il gagne un peu d'argent en vendant des toiles cirées aux passants. Les temps sont durs mais il tient bon, dans l'espoir de trouver mieux.

Son père travaille à CDF Chimie, à Carling, toujours en Moselle, où le charbon est à la fois une identité et un patrimoine, le marqueur de générations de travailleurs. Il connaît le patron d'une société d'échafaudage qui recherche des bras : « Mon fils, tu dois être à Carling dès lundi », lui glisse son père.

C'est une chance pour Didier.

Il n'a pas de voiture, alors il marche et parcourt six kilomètres à pied chaque matin, souvent dans le froid. Durant près d'une heure, il longe les routes et les quartiers du coin.

Quand il rentre, ses mains sont noircies par le travail. Aujourd'hui, Didier s'en amuse : « Ce n'était pas facile de faire du stop dans cet état-là. »

Il fera corps avec le métier et va tout apprendre sur le tas. On lui montre les gestes. Il regarde attentivement puis les exécute à son tour.

Jadis, sur l'échafaudage, les méthodes de travail étaient bien plus rudes : on montait sans ascenseur, on fixait chaque barre à la main, on grimpait en équilibre sur les hauteurs et on apprenait à faire confiance aux autres. Sans treuils électriques ni harnais automatiques, il fallait être solide et peu sujet au vertige.

« Je peux vous dire que j'ai eu de la ferraille sur le dos », confie Didier en plongeant dans ses souvenirs. « L'intelligence des mains » lui plaît. Il devient vite indispensable.

De plus vastes chantiers lui sont confiés. Didier s'apprête à sillonner la France. « La première fois que je me rends à Paris, c'est pour travailler sur le chantier du Louvre. » Il s'en souvient comme si c'était hier.

Il fallait rénover la couverture des ailes du palais. Les quatre façades à échafauder ont été confiées à quatre entreprises différentes. Paris est alors plongée dans des températures glaciales ; Didier et ses collègues mosellans se démarquent des confrères des autres entreprises, moins endurcis, qui peinent à avancer.

Il sera plus tard envoyé sur les sites sensibles des centrales nucléaires : Flamanville, Nogent-sur-Seine ou Belleville-sur-Loire. « J'avoue que c'était quand même impressionnant… », glisse-t-il. Tout est encadré, réglementé très strictement, et des dizaines d'ouvriers anonymes s'activent pour faire rayonner le savoir-faire français.

À la fin des années 1980, les défis techniques s'enchaînent. L'arche de La Défense émerge d'abord, aux portes de Paris, au cœur du quartier des affaires, avec pour ambition de propulser la capitale dans une nouvelle modernité. Il travaillera aussi sur le dôme de Saint-Augustin, à l'intersection des grands boulevards parisiens, autour des années 1990. Viendra ensuite la cathédrale de Royan et sa façade atlantique. « On voit le patrimoine de notre pays avec des vues incomparables, que personne ne contemple. J'ai toujours le sentiment d'être au sommet d'une montagne », confie Didier avec fierté.

Il découvre à cette époque une nouvelle façon de travailler. Ou plutôt d'habiller l'échafaudage. D'immenses toiles blanches font leur apparition. Tendues autour du monument, elles sont destinées à masquer la structure métallique installée par Didier et ses hommes. « On appelait ça le voile de la mariée », dit-il, pour permettre aux lieux en rénovation de ne jamais se départir d'une certaine élégance.

Ensuite est venue la publicité, avec de grands visuels commerciaux. Certains s'en sont offusqués, mais pas lui. « Je trouve ça intelligent. Non seulement ça rend le chantier plus esthétique, mais surtout ça ramène de l'argent pour la rénovation du monument. » Chaque chantier devient unique et à chaque étape, pour immortaliser chacune de ses œuvres, Didier a un rituel. Il envoie une carte postale à sa grand-mère, Anne, comme une façon de lui dire merci depuis les cimes desquelles il contemple la France, loin de la Moselle. Cette grand-mère, née sous annexion allemande, devenue française au gré des guerres et des frontières, lit ses cartes avec affection et le sentiment, sans doute, qu'une nouvelle génération hérite fièrement du flambeau familial.

« Je suis plein de ferraille », s'amuse-t-il, en évoquant ses blessures telles les cicatrices d'un combattant.

Un jour, lors d'une chute d'échafaudage, il se rompt les ligaments. Une autre fois, sur un chantier au Luxembourg, l'un de ses doigts est sectionné. Il devra lever le pied, malgré lui, le temps que durera sa convalescence.

S'il aime tant son travail, c'est peut-être parce qu'il a le sentiment d'accomplir quelque chose de grand et de pérenne. « Ce qui me plaît, c'est de construire des choses, de bâtir, de pouvoir tout faire avec mes mains », résume Didier.

Ces phrases simples disent beaucoup du peuple de bâtisseurs que sont les Français, dont les œuvres sont enviées dans le monde entier.

Au tournant des années 2000, Didier estime qu'il est temps pour lui de passer un cap. Après avoir œuvré de longues années sur les plus grands chantiers, il en connaît les étapes, les manœuvres et toutes les techniques. Il souhaite devenir indépendant. Pour être libre, transmettre et entrer dans une nouvelle phase de sa vie professionnelle. Alors il cherche des contacts et de potentiels fournisseurs pour acquérir du matériel, mais un grand groupe vient à lui. Son expérience et son savoir-faire sont reconnus, il a maintes fois prouvé sa fiabilité au cours des nombreux chantiers dont il s'est occupé.

Nous sommes en 2001 et on lui propose de prendre la tête de la section échafaudage. Il ne s'agira pas de sa société, comme il l'avait espéré, mais ce seront son équipe, ses chantiers et ses réalisations. Le défi est immense : il l'accepte.

Didier doit constituer son équipe. « Les diplômes sur le CV ne m'intéressent pas tant que ça. Je voulais des jeunes qui aient du courage, un savoir-faire, de la rigueur et, surtout, l'envie de bosser. Sur un chantier, les valeurs humaines priment par-dessus tout. »

Le premier chantier de sa nouvelle vie est un clin d'œil du destin puisqu'il s'agit du Louvre, là où tout avait commencé. Mais ce sont cette fois les grandes cheminées à rénover. Viennent rapidement d'autres œuvres issues de notre roman national avec le château de Versailles, puis la colonne Vendôme. Le rituel est immuable, il faut échafauder, couvrir et protéger, en prenant soin des façades qui racontent plusieurs siècles d'histoire.

Le 15 avril 2019, Didier est à son bureau en Meurthe-et-Moselle, affairé à dessiner des plans pour un chantier. Depuis plusieurs mois, son échafaudage entoure Notre-Dame-de-Paris pour préparer les travaux de restauration de la flèche, usée par le temps. L'architecte en chef de la cathédrale lui téléphone : « Départ de feu à la cathédrale. Il faut qu'on se rende sur place tout de suite. » Il prend son sac, s'engouffre dans sa voiture et allume la radio pour recevoir les dernières informations.

Son portable chauffe. « Tout le monde était sur le pont. De toute part, mes gars se préparaient à intervenir. » Au milieu d'une ville en état de sidération, il est immédiatement convoqué.

Très vite, il craint que la flèche ne s'écroule – ce qui arrivera. La stupeur est immense.

Toute la nuit, il tient sa place, pour fournir des informations et répondre aux sollicitations.

Au petit matin, en présence des pompiers et de l'architecte en chef, il entre dans la cathédrale. « J'ai été bluffé par leur professionnalisme et par l'architecte qui a pris les opérations en main. » En entrant, le petit groupe de quinze personnes découvre la voûte effondrée. « Je me suis demandé comment nous allions pouvoir redresser tout cela. » Il songe aux risques, pour lui, pour ses hommes.

Dans un volcan de chaleur de près de 1 000 °C, l'échafaudage a tenu. À grand renfort de croquis, de plans et de moyens humains, un branle-bas de combat s'engage pour permettre à Notre-Dame-de-Paris de rester debout.

Au petit matin, Didier n'a toujours pas dormi. Sans batterie et accaparé par l'urgence du chantier, il a omis de rassurer ses proches.

Pour lui et ses hommes, un défi de plusieurs mois s'annonce. Il va falloir démonter les 316 tonnes d'acier qui constituent l'échafaudage et prévenir le danger à chaque seconde. « Ce n'était pas un chantier comme les autres. Il fallait renforcer la structure à coups de vérins hydrauliques puis placer des capteurs », raconte-t-il. La présence de plomb et la crise du Covid rendront la tâche interminable.

Comme chaque fois, Didier va jusqu'au bout. « Je disais à mes gars de ne jamais regarder ce qu'il y avait à faire, mais toujours ce qui avait été accompli. C'était une galère mais on a réussi. »

Il y aura dans cette épreuve un avant et un après. Didier s'est engagé dans ce chantier comme dans aucun autre auparavant. Avec le sentiment qu'une partie de notre destin collectif se jouait à cet instant, dans cette cathédrale. Il refuse d'en parler comme d'un accomplissement personnel. « On a fait notre boulot, c'est tout. » L'humilité, toujours.

En remerciement de son action et de son engagement sans faille pour sauver Notre-Dame, on lui annonce qu'il recevra la Légion d'honneur des mains du chef de l'État. Il accueille la nouvelle avec pudeur, hésite puis accepte, sans forfanterie. Il songe à ses « gars », à leur mérite, à ce qu'ils ont accompli ensemble. « Si je pouvais en couper un bout, je la couperais en quarante morceaux, pour chacun d'eux. Je le ferais tout de suite. »

Il pense aussi à ses parents : « J'aurais aimé qu'ils soient encore vivants pour le voir. »

Ils ne sont plus là, mais ses enfants et son épouse ont fait le déplacement. Au côté du président de la République, ils sont debout, émus. C'est la distinction et la reconnaissance d'une vie de travail passée sur des chantiers, pour conserver ce que la France a de plus beau. « Servir le patrimoine français est un honneur. Mais c'est aussi une responsabilité. Le contempler est une chose. Mais le préserver et le réparer en est une autre… C'est un devoir. On le soigne pour le rendre à nouveau visible pour les futures générations. »

Sur son téléphone, Didier me montre des photos de vues et d'échafaudages installés. Ce sont ses plus grandes fiertés : « Tous les chantiers sont beaux. Mais Notre-Dame était le plus exigeant et on a réussi », dit-il fièrement.

Le 8 décembre 2024, le chantier du siècle s'achève. Les cloches de Notre-Dame meurtries par les flammes retentissent de nouveau. La cérémonie rassemble des chefs d'États du monde entier ; c'est un moment d'histoire qui nous rappelle que la France, fidèle à ses racines et à son génie, est capable des plus grandes prouesses. Ce miracle a été accompli en un temps record, faisant fi du fatalisme, des lenteurs et des normes bureaucratiques absurdes. Nous devons cette résurrection aux femmes et aux hommes qui ont donné le meilleur d'eux-mêmes pour que l'âme de la France continue de vivre.

À l'hiver qui a suivi la réouverture de Notre-Dame-de-Paris, je suis venu visiter la cathédrale. Les lourdes portes médiévales venaient d'ouvrir. En cette belle journée hivernale, froide et venteuse, je contemplais la lumière qui irradiait la nef. La pierre si blanche m'avait frappé. Toutes les chapelles latérales semblaient neuves. Les rosaces des transepts ne montraient plus la moindre trace d'usure.

Dans le majestueux déambulatoire, j'avais croisé un jeune prêtre qui récitait son chapelet ; il m'adressa un grand sourire bienveillant. Je devinais qu'il était heureux de me voir seul dans l'église mère du diocèse de Paris.

Je trouvais le reliquaire moderne qui accueillait désormais la sainte couronne d'épines du Christ plus contestable. À l'arrière de la piéta de marbre blanc travaillée par Nicolas Couston pour honorer le vœu de Louis XIII, il faisait pâle figure.

Enfin, je m'étais assis longuement près du fameux pilier de Claudel.

Puis j'avais rejoint le vaste parvis que les visiteurs encapuchonnés rejoignaient peu à peu. Finalement, Eugène Viollet-le-Duc avait encore réussi son pari. Les hommes affluaient pieusement vers son grand œuvre.

Notre-Dame transporte le cœur. Elle élève l'âme. Là, le ciel descend sur la terre.

L'agnostique que je reste était touché. Sans bruit. Avec délicatesse.

L'épopée de Notre-Dame-de-Paris, commencée des siècles plus tôt, a uni dans un même élan des concepteurs de génie et des façonneurs de talent.

Elle prouve que rien de grand ne peut être accompli sans le goût du travail bien fait, sans la modestie de ceux qui ont conscience de participer à un projet plus grand qu'eux, sans l'orgueil de bâtir une œuvre destinée à traverser le temps.

Didier déplore le manque de main-d'œuvre et la désaffection pour les métiers manuels. « Il faut qu'une partie de la jeunesse lâche les tablettes, qu'ils reviennent dans le monde réel. Le savoir-faire, c'est notre fierté. Il ne faut pas le laisser filer », clame-t-il dans un appel à ne pas suivre les modes du moment. Il le mesure tous les jours sur le terrain : les bras manquent et les délais s'allongent car les savoir-faire sont dévalorisés.

Ce résultat est le fruit de choix politiques et d'un système scolaire qui pousse des générations sur le chemin étroit du collège unique, du lycée général et des études longues. Ce réflexe engendre des pénuries de main-d'œuvre et des employeurs contraints de recruter à l'étranger, des vocations découragées et des ateliers qui ne trouvent pas de repreneur.

Les cursus qui préparent aux métiers de la main et de l'industrie ne doivent pas simplement être envisagés comme une voie d'avenir, ils doivent être appréhendés comme l'une des conditions de puissance de la Nation. En Allemagne, l'apprentissage est une fierté nationale et un fondement de l'économie ; en Suisse, le système dual permet de former des générations qui maîtrisent le travail du métal, de la mécanique ou du bois. Ces pays limitrophes ne considèrent pas leurs jeunes artisans comme des laissés-pour-compte, ils sont au contraire, et à raison, les piliers de leur prospérité économique et de leur souveraineté industrielle.

Si nous ne réapprenons pas à former et à valoriser nos électriciens, nos plombiers, nos couvreurs, nos charpentiers, nos soudeurs ou nos maçons, alors nous renonçons à voir demain la France accomplir des exploits comme la résurrection de Notre-Dame.

« Je suis impatient d'arrêter. Pas pour moi, mais pour eux. Pour profiter avant que la vie ne vienne en décider autrement. »

La retraite approche pour Didier. Il ne compte plus les chantiers ni les kilomètres parcourus sur les routes de France. Il a du temps à rattraper, auprès de sa femme, de ses enfants, mais aussi de ses amis. Parfois, il travaillait les week-ends pour tenir les délais. Par devoir, il s'est toujours adapté.

Désormais, Didier bricolera pour les siens. C'est aussi ça, au fond, les plus beaux chantiers de sa vie.

À travers son parcours, il porte l'idée d'un pays debout grâce aux mains et aux bras de ses ouvriers. À l'heure où certains détruisent, déboulonnent et effacent, d'autres continuent à préserver, à protéger et à bâtir, dans la fidélité au passé, avec l'envie de transmettre une part de ce que nous sommes.

Didier est de ceux-là.

Concluant notre entretien, taquin, il me lance : « Le plus beau parti politique, c'est celui des travailleurs. » Et, à nouveau, je songe à Victor Hugo : « Sans doute, c'est encore aujourd'hui un majestueux et sublime édifice que l'église de Notre-Dame de Paris. Mais si belle qu'elle se soit conservée en vieillissant, il est difficile de ne pas soupirer, de ne pas s'indigner devant les dégradations, les mutilations sans nombre que simultanément le temps et les hommes ont fait subir au vénérable monument [...]. » (*Notre-Dame de Paris*, 1831.)

12

Ce qu'entreprendre veut dire

« MON RÊVE N'ÉTAIT PAS de devenir entrepreneuse. Aujourd'hui, je ne voudrais pas revenir en arrière. »

Anaëlle n'a pas encore 40 ans. Celle qui se fait appeler par son diminutif, Ana, a des racines bretonnes qu'elle aime par-dessus tout et qu'elle revendique. C'est à la fois une cheffe d'entreprise, une restauratrice, une épouse, une mère de trois enfants et une femme de caractère.

Elle est le visage d'une France qui, partie de peu, a bâti beaucoup. Un pays qui sait combien entreprendre est un chemin de croix. Fait de risques, d'efforts, de solitude, parfois d'échecs, souvent de taxes et de « paperasse ».

Issue d'un milieu modeste, Ana est la seule entrepreneuse de la famille. « Chez nous, tout le monde était salarié ou fonctionnaire. Ce choix avait le mérite de la stabilité. L'entrepreneuriat n'avait rien d'une évidence », sourit-elle, consciente du contraste avec la vie qu'elle a choisi d'embrasser.

« Être salarié a quelque chose de rassurant. Quand on entreprend, on n'a jamais de parachute », observe-t-elle. Ses parents travaillaient ardemment mais recherchaient la sécurité de l'emploi, l'assurance de pouvoir élever leurs deux filles dans la sérénité.

« Petite, je voulais être religieuse. Lorsqu'on partait en vacances, visiter toutes les églises du coin était un rituel », se souvient Ana, évoquant une foi transmise par sa grand-mère et consolidée par le catéchisme.

Le sport nourrit aussi ses rêves d'enfant. Elle se passionne pour le patinage artistique, le football, et encense son idole Zinédine Zidane, l'athlète Tony Estanguet ou le skieur acrobatique Edgar Grospiron. « La capacité du sport à rassembler les gens me fascinait. »

Après son baccalauréat, Ana prépare le concours d'entrée à Sciences Po mais perd ses moyens lors de l'épreuve orale, incapable d'argumenter et paralysée par l'anxiété. « Je ne savais plus ce que je faisais là. »

Elle se dirige à contrecœur vers l'université, puis intègre une école de commerce.

Le cursus lui plaît et la stimule. L'année Erasmus passée à Madrid est le plus beau souvenir de ses années estudiantines. « Ça m'a ouvert l'esprit. C'était un véritable enrichissement intellectuel et personnel tout en étant un peu le Club Med ! »

Elle se crée une bande de copains espagnols.

« Je me rends compte que j'ai bien plus appris au cours de mes expériences de terrain que pendant ces cours théoriques. » Elle termine major de promotion.

Durant ses études, ses parents, exigeants, la poussent à se dépasser. « Ils m'ont inculqué la valeur travail et le sens de l'effort. J'ai commencé à faire mes premiers CV à l'âge de 16 ans. » La saison estivale venue, elle travaille comme serveuse, avec sa meilleure amie, dans un restaurant du Sud de la France.

Régulièrement, elle y croise un entraîneur de rugby réputé. À l'occasion de son stage de fin d'études, elle décide de passer un entretien d'embauche dans son club, et tombe nez à nez avec lui. Il la reconnaît, et lui propose de l'embaucher à l'issue de son cursus.

Ce hasard sera pour elle un tremplin.

Elle enchaîne les journées à un rythme effréné et découvre la vie d'entreprise : il fallait organiser, réserver et gérer. Après un certain temps, « j'étouffais, je voulais autre chose », confesse-t-elle, tout en étant reconnaissante de cette première expérience formatrice.

Elle cumule les contrats courts dans le milieu de l'événementiel sportif ; une trentaine en quelques années. Elle sera souvent prestataire de restauration haut de gamme dans le football, le cyclisme, le golf, la course automobile ou l'équitation. Elle croise les sportifs de haut niveau et découvre un monde codifié, exigeant : « À Paris, les codes n'étaient pas ceux de ma Bretagne. Je me suis accrochée. » Un jour, alors qu'elle travaille chez un traiteur, une cliente se plaint auprès de son patron parce qu'Ana porte une jupe à paillettes et des couleurs jugées trop voyantes ; à Paris, ville lumière, on peut être mis au pilori pour une petite audace vestimentaire.

Quelques jours après les attentats de Paris en 2015, on lui propose un CDI. Le contexte troublé la fait hésiter, mais elle s'engage.

Dans cette nouvelle agence, Ana rencontre le gérant, qui deviendra son mari.

Mais en 2020, le couperet du Covid-19 tombe. Le chômage partiel et la solitude du télétravail s'installent pour des millions de Français. Pour les chefs d'entreprise, la réalité est rude ; sans visibilité, il faut arrêter l'activité et baisser le rideau. Dans l'événementiel, la sidération est encore plus grande ; un silence assourdissant s'installe dans la profession. Avec trois enfants à la maison, l'incertitude gagne Ana et son mari. Le couple de trentenaires garde espoir, convaincu que de nouvelles opportunités restent possibles.

Entrepreneur dans l'âme, son mari a des rêves qu'il aimerait concrétiser. Il souhaiterait ouvrir un restaurant et s'expatrier pour vivre une aventure à l'étranger. Dans la vie d'un entrepreneur, l'idée et l'opportunité doivent se rencontrer.

Un ami du couple lui propose la direction d'un restaurant à Doha, la capitale du Qatar. L'homme réussit l'entretien d'embauche, mais quelque chose le taraude. Il sait la culture locale restrictive pour les femmes occidentales et les pesanteurs qu'elles peuvent représenter au quotidien. Alors il décline.

« Tu passeras avant tout le reste », lui promet-il. Par amour, par sens du sacrifice, elle insiste et le pousse à accepter, mais la décision de son mari est prise.

Le couple de Bretons va mûrir un deuxième rêve, celui d'ouvrir son propre restaurant en France. « Je voulais l'aider à assouvir sa passion, comme toute femme amoureuse », dit Ana avec affection.

Sa mère tombe sur une annonce en feuilletant le journal local. C'est une offre pour reprendre un restaurant en concession en plein centre-ville du bord de mer breton, à quelques pas de la maison familiale battue par les vents.

C'est une aubaine et un pari fou pour le jeune couple devenu parisien d'adoption. « On n'y croyait pas vraiment. » Les dés sont pipés, pensent-ils, car la commune privilégiera nécessairement quelqu'un déjà « bien vu » par le maire.

Mais Ana et son mari décident de tenter.

Une course contre la montre s'engage : il faut durant plusieurs jours peaufiner le dossier, tracer les contours d'un projet solide et d'un concept séduisant, avoir une identité claire alliant racines bretonnes et modernité. Ils décident d'apporter un maximum d'informations à leur dossier de candidature : la décoration de la salle, la devanture, le menu et un budget prévisionnel. Chaque détail a son importance. « On s'est pris à l'idée, et on s'est mis à y croire », se remémore Ana.

Au-delà d'un projet crédible, il y a d'abord une énergie, une ambition et une détermination qui ne se chiffrent pas.

Un souci subsiste, celui du financement.

Les travaux nécessaires pour rénover le lieu sont lourds : près de 200 000 euros. « Sur notre compte bancaire, on n'avait pas plus de 25 000 euros d'économies chacun. La montagne nous paraissait infranchissable. »

Ils partent à l'assaut des banques pour convaincre de la pertinence de leur projet et obtenir un crédit auprès des banques de la région. Le risque est grand et les garanties sont faibles, ils essuient beaucoup de refus. Le couple s'obstine et, à force d'acharnement, obtient le prêt tant désiré.

La concession permet de bénéficier d'un loyer fixe, auquel s'ajoute une part variable qui dépendra du chiffre d'affaires. Le risque est grand, certes, mais ce rêve vaut tous les sacrifices.

Par un beau matin de printemps, ils apprennent qu'ils sont finalement désignés pour reprendre l'affaire.

Ana et son mari ont à peine le temps de savourer cette victoire ; ils doivent être prêts pour ouvrir en été.

Un nouveau compte à rebours démarre. « On a tout donné. On n'avait pas de sous, alors il a fallu limiter nos dépenses », résume Ana. Ils n'engagent pas de frais dans le recrutement d'un architecte ou d'un décorateur d'intérieur ; le couple s'apprête à tout superviser lui-même.

Ana s'est mise au chômage, après avoir tout quitté pour mener à bien cette aventure entrepreneuriale.

La future cheffe d'entreprise refuse de considérer ses indemnités comme un privilège ou un moyen de tirer profit du système, au contraire : « Grâce au chômage, j'ai pu être protégée, nourrir mes enfants et préparer la suite. Dans un autre pays, je ne suis pas certaine que j'aurais réussi facilement la transition. Les gens doivent se rendre compte de la chance qu'ils ont et des avantages inestimables qu'offre la France. » Et elle ajoute : « Bien sûr que c'est difficile, qu'il y a des contraintes et une part de risque, mais nous accomplissions notre rêve. »

Ana revendique cette mentalité forgée grâce à sa passion pour le sport. Dans la compétition comme dans la vie professionnelle, elle sait que rien n'est jamais acquis et que le succès se construit dans la discipline, la régularité et la capacité à rebondir.

Il faut accepter les remises en question, franchir un à un les obstacles pour transformer la peur du risque en moteur.

À deux et seuls face à eux-mêmes, ils vont tenir les délais et apprendre sur le tas, avec leur étiquette de Parisiens sur le front. « Le Breton est taiseux, j'en sais quelque chose. Tout le monde nous regardait bizarrement. Même pour commander une véranda, il fallait convaincre les fournisseurs locaux de nous faire confiance, que l'on était des gens fiables, et que l'on paierait. » Elle doit rompre avec la mentalité parisienne et renouer avec les habitudes de sa région natale.

Lors de l'ouverture, Ana se trouve à Paris pour régler quelques affaires avant le déménagement. Ils envisagent des débuts timides et espèrent qu'ils progresseront avec le temps.

Durant plusieurs heures, elle tente de joindre son mari, sans succès. Elle insiste, personne ne répond. Son mari la rappelle enfin : le restaurant est bondé et l'équipe est submergée. Il l'appelle à la rescousse, le déménagement attendra…

Le démarrage est douloureux. Malgré le succès précoce de l'établissement, elle pleure en silence au moment de quitter le restaurant : elle, la femme indépendante, vit mal les premiers jours. « Dans les yeux des clients, je n'existais que comme la femme du patron. » Elle se sent invisibilisée mais la sensation s'estompe, tandis qu'elle travaille d'arrache-pied : « La première année, je frottais le sol. La deuxième, je tenais la caisse. La troisième, je gérais l'optimisation et le développement de la structure », résume-t-elle, combative.

Les débuts de cette nouvelle vie de cheffe d'entreprise sont rudes : sept jours sur sept, dix-sept heures par jour, sans salaire ni dividende durant près de trois ans ; leurs économies fondent comme neige au soleil. Le restaurant affirme sa réputation et finit par trouver son rythme sans désemplir. « Je suis très fière », glisse-t-elle aujourd'hui.

Maintenir une prestation de qualité et augmenter son chiffre d'affaires sont des combats de chaque instant.

Même avec l'euphorie des premiers mois, Ana sait qu'il ne faut jamais omettre les valeurs humaines. « Un restaurant c'est d'abord un lieu de vie. »

Il ne faut rien négliger : la qualité de la carte, l'atmosphère que crée le fond musical, la chaleur de l'accueil, l'énergie humaine et la stabilité de l'équipe. Elle mise sur la jeunesse : « En France, certains jeunes ne veulent pas se lever le matin, mais d'autres se bougent et ont envie d'apprendre. Ceux-là, j'essaie à mon niveau de les valoriser. »

Ana est fière de montrer le message reçu d'un saisonnier : « J'ai passé la meilleure saison de ma vie à vos côtés. Merci ! » Sans doute se revoit-elle plus jeune, enchaînant les jobs d'été avec sa meilleure amie dans les restaurants du Sud de la France, suant en apprenant les rudiments du contact humain et de l'intelligence relationnelle.

Ana a compris que « la réputation d'un patron fait toute la différence » dans le secteur de la restauration, où la main-d'œuvre se fait rare et volatile. Attirer des jeunes est une chose, les fidéliser en est une autre. Être un bon patron, ce n'est pas seulement payer les salaires en temps et en heure ; c'est savoir reconnaître les efforts, valoriser les heures supplémentaires et offrir des conditions de travail dignes. « Un salarié doit sentir que son travail est respecté, que son engagement a du sens. »

C'est le secret de la méthode d'Ana. Beaucoup de jeunes saisonniers reviennent, été après été. « Il m'arrive d'offrir des dîners à mes employés ainsi qu'à leurs proches » en guise de respect et de gratitude. « Quand une employée vient me voir en me demandant son après-midi car c'est l'anniversaire de sa grand-mère, je le lui accorde. » Sens du commerce peut rimer avec humanité.

Cette vie d'entrepreneuse est toutefois loin d'être un long fleuve tranquille.

Le coût du travail, la hausse des factures d'énergie ou les taxes étouffent la motivation dans un pays devenu un enfer fiscal. L'administration guette la moindre faute, le moindre écart : « Parfois, on se trompe par méconnaissance, et on nous le fait payer », alerte Ana, en admettant la nécessité de contrôles pour limiter les abus. « Il faut être honnête : un certain nombre de patrons abusent, ne paient pas, et ne considèrent pas le personnel. »

Le coût du travail est devenu l'un des fardeaux les plus lourds pour les entrepreneurs. Ana constate avec amertume que les cotisations sociales, les charges et les taxes diverses, amputent chaque euro gagné d'une part considérable, avant même de pouvoir être redistribué ou réinvesti.

Ce niveau de pesanteur rend difficiles les augmentations de salaire que beaucoup de chefs d'entreprise aimeraient accorder à leurs employés méritants. « Quand on regarde nos marges et que l'on additionne tout ce qui part en charges, il devient difficile de récompenser les efforts à leur juste mesure », analyse la restauratrice. Lorsqu'une revalorisation salariale est possible, elle se traduit par une explosion du coût global, sans rapport avec ce que l'employé perçoit dans sa poche.

Comment exiger que les patrons fassent preuve de responsabilité sociale alors que le système fiscal français semble conçu pour les en empêcher ? Tel est le dilemme de milliers de petites et moyennes entreprises françaises, de sociétés de taille intermédiaire tiraillées entre l'envie de bien faire et la machine bureaucratique qui asphyxie les volontés.

Cet enjeu des salaires trop faibles est devenu central pour la France du travail, quand il alimente la spirale mortifère du déclassement, du découragement et de l'urgence sociale de la fin du mois. Comment parler de valeur travail, d'efforts et de mérite, quand un salarié peine à régler ses besoins les plus élémentaires, alors qu'une partie conséquente de sa vie est dévolue à son emploi ?

« Cet été, j'ai vu deux France dans le restaurant. Celle qui commande langoustes et grands crus, et celle qui prend simplement une entrée avec une carafe d'eau. Les gens se privent de plus en plus », constate-t-elle. Un restaurant est le miroir de la société et de ses fractures.

La Bretonne n'oublie jamais ses origines modestes ; elle met un point d'honneur à servir avec une grande attention la France qui se prive. « Pour eux, j'essaie d'être à la hauteur. Dans la mesure du possible, on tente de limiter la répercussion des hausses. Ce n'est pas toujours facile. La viande et le poisson ont flambé ces dernières années », observe-t-elle.

La période que traverse le pays ne la laisse pas indifférente.

À son niveau, elle met son énergie à la disposition de sa commune.

Il y a quelques semaines, Ana et son mari ont décidé de se diversifier en ouvrant une boulangerie à quelques pas du restaurant, « un commerce de première nécessité », insiste-t-elle.

Le service se mêle à la passion : « Quand on goûte à l'entreprise, c'est une drogue. Donner naissance à une idée, porter un projet, a quelque chose d'addictif. »

Elle le répétera à plusieurs reprises au cours de nos échanges : être un bon chef d'entreprise est une question de valeurs et d'humanité.

C'est conjuguer goût du risque et perpétuation de principes. Tenir la barre du navire et insuffler l'énergie qui entraînera le reste de l'équipage.

« Il ne suffit pas d'avoir la bonne idée. Il faut être bien entouré, s'appuyer sur de bons conseils, sur un comptable solide et des avocats compétents. Le réseau est souvent ce qui fait la différence entre un échec et un succès », estime-t-elle.

Ana sait les sacrifices de cette réussite : « C'est le vrai point négatif. On est des drogués du travail. »

Son réveil sonne à 7 heures du matin ; elle prépare ses trois enfants et s'autorise une heure de sport, pour évacuer la pression et se conditionner pour la journée.

Elle enchaîne avec le restaurant, les papiers, un passage à la boulangerie en travaux, puis un dîner sur le pouce au côté de son mari avant de s'engager dans le service du soir. C'est un marathon qui s'étend du petit matin jusqu'à minuit. « Lorsque nous dînons, nous avons l'ordinateur sur la table. J'essaie d'optimiser chaque heure de la journée », souffle-t-elle.

Il lui arrive de sentir l'injustice d'une économie à deux vitesses : « J'ai parfois le sentiment de payer pour ceux qui ne se lèvent pas. Que l'on aide ceux qui cherchent du travail, c'est normal. Mais être ponctionné pour des gens qui profitent du système, je ne suis pas d'accord. »

Où imagine-t-elle sa vie dans dix ans ?

Ana répond sans hésiter : « Je me vois porter des projets plus nombreux avec de nouvelles entreprises. Je trouve ça chouette de réussir en France. J'aimerais qu'on soit fier des gens qui réussissent. Je suis heureuse de participer à la vie de ma Bretagne. »

Son parcours démontre que l'entrepreneuriat n'est pas réservé aux héritiers ou à une élite ; c'est l'horizon atteignable de ceux qui osent persévérer et veulent croire en leurs ambitions en acceptant de payer le prix de leur engagement.

Elle s'est donné les moyens de réaliser ce rêve pour construire l'avenir de ses enfants, et leur léguer un héritage matériel en sus des valeurs qu'elle leur a transmises, la fierté de se lever le matin et le goût du travail bien fait. « Quand je vois mes trois enfants manger au restaurant et rester avec le personnel, je suis fière. »

Et lorsqu'ils lui reprochent de ne pas être suffisamment présente, chaque soir à l'heure du coucher, elle leur confie : « Je le fais aussi pour vous. »

Ana incarne le visage d'une France travailleuse et méritante, viscéralement attachée à ses racines et confiante en l'avenir.

La France ne peut plus être un pays où la réussite fait de vous un suspect.

Il nous faut faire confiance à ceux qui produisent, créent de la richesse et de l'emploi. Ils sont la clé de notre prospérité.

L'histoire d'Ana est un message. Pour relever les défis qui attendent la France, il est urgent de renouer avec l'optimisme français. Il nous faut encourager l'initiative, libérer nos talents et valoriser le mérite.

La France n'a plus le temps pour les divisions stériles. Le salarié et le patron ont un seul et même drapeau.

V
Ceux qui nous lient

13

Retrouver le bon chemin

Il fait doux ce matin-là, un air de printemps souffle sur la banlieue parisienne. Adrien m'attend près d'une station de taxis au sud de Paris. Elle jouxte l'une des trente-huit portes d'accès au périphérique.

Il est adossé à sa Mercedes noire, impeccablement lavée. L'habitacle sent bon le cuir et le désodorisant aux agrumes, la radio diffuse Chérie FM.

Il a choisi de m'offrir sa pause quotidienne.

Depuis son siège conducteur, dans ce qui est à la fois son bureau et son cocon, entre deux stations, il m'a parlé à cœur ouvert de son métier, de la route, des gens. Cette France qu'il sillonne chaque jour, et dont il prend le pouls au travers des regards dans le rétroviseur, des anecdotes partagées depuis la banquette arrière et dans les silences – aussi – de ceux qui se perdent à travers la fenêtre ou l'écran de leur smartphone.

Adrien est chauffeur de taxi depuis plus de dix-sept ans. Il connaît les embouteillages sur l'A6, les nuits glaciales passées à dormir sur les aires de repos au retour des longues courses, les passagers pressés, discrets, ou bavards, les aimables et ceux qu'il vaut mieux oublier.

Il a vu Paris changer, la banlieue se transformer, les routes s'encombrer et les esprits s'aigrir. Mais Adrien est là, fidèle au poste, avec une bonhomie non feinte.

« Je ne pourrais pas être taxi dans les grandes villes, enchaîner les petites courses quotidiennement. Moi, je peux faire des centaines de bornes dans la journée, mais au moins, je roule et je respire. »

Il a choisi la banlieue parisienne. Par goût du calme, dit-il, et parce qu'il aime les longues distances.

Ne lui parlez pas de Paris *intra-muros*… Trop de stress. Trop de dangers. « Les vélos, les trottinettes, les gens qui traversent n'importe comment. Tu peux perdre ton permis pour une seconde d'inattention. Et les gens sont parfois plus agressifs. Il faut avoir les yeux partout », confie-t-il.

Le chauffeur de taxi a grandi dans un petit village d'Eure-et-Loir, entre Chartres et Rambouillet. C'est un coin de France tranquille où les routes séparent les champs de blé et où les clochers surplombent le paysage.

« J'ai toujours aimé la campagne, le lien à la terre, le calme, et le silence de la nature », glisse-t-il. Il voulait protéger l'environnement, lutter contre le braconnage, garder les forêts, défendre les parcs nationaux.

Il s'oriente alors vers un bac pro en gestion de la faune sauvage, puis un BTSA Gestion et Protection de la nature qu'il interrompra en cours de route.

« Mon père était artisan peintre, ma mère ouvrière. Mon grand-père, lui, agriculteur. Et je savais que son oncle, qui exploitait la ferme, allait bientôt partir à la retraite. »

Tous espèrent que l'héritage familial perdure et qu'il reprenne l'exploitation. « On ne me l'a jamais demandé clairement. Mais je comprenais que ça leur aurait fait plaisir. »

Lorsqu'il leur annonce qu'il deviendra taxi, c'est un soulagement. « Je m'étais fait tout un film. En réalité, ils ont été très compréhensifs. »

Ses parents savent trop la rudesse de la terre. Le métier d'agriculteur est une vie de labeur, à la merci des saisons, des marchés, de la météo, ainsi que de l'Europe et des dettes. Un métier magnifique et éreintant, où les sacrifices sont légion. Ils ont vu trop de voisins s'épuiser, s'endetter et parfois sombrer… Le voir choisir une vie plus stable et plus urbaine les a rassurés. L'un de ses oncles, taxi parisien, va l'aider à poursuivre dans cette voie. À l'époque, Adrien enchaîne les petits boulots, tâtonne, il ne sait pas ce qu'il souhaite faire de sa vie. « Je regardais les voitures qu'il conduisait et me disais que je n'aurais jamais les moyens de m'en payer une. »

L'idée de devenir indépendant le séduit. Alors il se lance, passe les formations nécessaires et réussit les examens : « Dans le temps, il n'y avait pas de GPS. On devait tout connaître par cœur : les routes, les hôpitaux, les itinéraires jusqu'aux portes de Paris et *intra-muros*. »

« Tu te souviens de ta première course ? », demandé-je. « Bien sûr. Je n'avais jamais mis les pieds à Roissy. Un collègue m'avait confié un client à emmener là-bas. J'étais en nage, la clim à fond, les mains glissaient sur le volant », s'amuse-t-il. Ce jour-là, il est au volant d'une vieille Mercedes achetée avec son premier emprunt, à 23 ans. Grâce à ses parents qui se portent caution, il fait un second prêt pour acheter le fonds de commerce de sa licence.

À ce moment précis, il tourne la clé, le moteur vrombit doucement, la Mercedes démarre. Il me propose de continuer la discussion en roulant.

Les immeubles défilent à travers le pare-brise, les rues de Paris s'ouvrent devant nous. Après dix-sept années passées sur les routes, Adrien parle de son taxi comme d'un vieux compagnon. « Les gens pensent qu'on est une mafia alors que nous sommes juste des hommes et des femmes qui se lèvent tôt pour bosser, qui paient des licences hors de prix et qui respectent les règles. » Il a mis plusieurs années à obtenir la sienne et a souscrit un prêt sur sept ans. « Mais c'était ça ou rien. »

Pour Adrien, il n'y a pas de journée type. Il y a seulement le téléphone et l'imprévu : un appel d'assurance à 22 heures, un départ au milieu de la nuit vers la Bretagne, ou un réveil en sursaut à 1 heure du matin pour rapatrier trois personnes tombées en panne sur l'autoroute. « Une fois, un dimanche à midi, j'ai allumé le barbecue, préparé les daurades... Le téléphone a sonné, et le couperet est tombé : je devais effectuer un rapatriement à La Rochelle. »

Son quotidien est rythmé par les heures de pointe et les accidents de la route, la météo, les trajets scolaires et les appels d'habitués. Certains ne disent pas un mot. « Avant, les gens discutaient. On parlait de tout. Du temps, des enfants, du boulot. Même si c'était pour râler, on se parlait. Maintenant, ils sont nombreux à avoir le nez sur le téléphone. »

Ce constat, Adrien le formule avec une pointe d'amertume. Il est le témoin d'une société qu'il a vue évoluer au gré des écouteurs qui isolent, des écrans qui aspirent l'attention et des regards qui se perdent encore et toujours. Le silence a pris une place plus importante ; le lien s'est estompé, remplacé par des notifications, des stories ou des appels vidéo. C'était ça, aussi, son métier : conduire et écouter. Aujourd'hui, tout va plus vite, tout est différent. Faut-il y voir la marque d'une société qui se déshumanise ?

« On vit dans un monde où les gens s'évitent, où chacun vit dans sa bulle connectée. » Pourtant, il résiste. Il persiste à dire bonjour, à poser des questions, à sourire, à entretenir une chaleur humaine. « J'ai fait une fois un aller-retour à Montpellier en pleine nuit : 750 kilomètres de route. Le client n'a pas dit un mot et il ne souhaitait pas mettre la radio. La nuit, le silence peut être vraiment très long... », souffle-t-il.

En plus du conventionnement avec la Sécurité sociale qui lui permet de transporter des clients jusqu'à leur lieu de soins, il effectue l'assistance autoroutière. Elle est son deuxième filet de sécurité. Sans elle, il ne tiendrait pas. Ce sont des contrats sûrs qui engendrent une pression permanente et nécessitent de devoir toujours se tenir prêt, de jour comme de nuit.

« Lorsqu'on me sort du lit à 3 heures du matin, je ne sais pas si je rentrerai à 8 heures, à midi ou plus tard encore. C'est comme ça, ça fait partie du métier. Je ne sais jamais ce que je vais gagner à la fin de ma journée. C'est la particularité de mon activité. Un taxi de grande ville allume sa centrale radio, fait ses dix heures, et coupe. Moi, je peux faire 120 000 kilomètres par an, avec ma clientèle privée mais je dois me rendre disponible vingt-quatre heures sur vingt-quatre et ce, chaque jour de l'année. »

Son rythme n'a rien de celui d'un salarié à heures fixes. Il y a des jours sans revenus et d'autres, où un appel d'urgence à 21 heures peut lui rapporter jusqu'à 600 euros. Ce n'est pas seulement un choix économique, c'est un mode de vie.

Adrien ne compte plus les dîners écourtés et les anniversaires manqués. Il prend sur lui quand il quitte la table familiale ou qu'il renonce à un week-end pour une urgence. Sa femme est parfois exaspérée, mais ses enfants ont grandi avec ça ; ils acceptent ce sacerdoce. « Je suis heureux, car je suis utile », répète-t-il. C'est une responsabilité, une manière de servir, d'être fier d'un rôle qui a un sens pour la société.

« L'arrivée des VTC, en un sens, a fait du bien au métier de taxi. » Adrien est catégorique. Il sait que l'affirmation est provocatrice, mais il la défend. Non pas parce que cette concurrence lui aurait facilité la vie – au contraire – mais parce qu'elle a provoqué un sursaut qu'il estimait nécessaire.

« Il fallait une remise en question, surtout chez certains taxis qui accueillaient les clients en jogging, en tongs, en t-shirt de supporter de foot. Combien de fois ai-je entendu des clients se faire refuser par des taxis au motif que leur destination ne les arrangeait pas ? Et après, on s'étonne que les gens se tournent vers Uber. »

L'arrivée des plateformes a été un séisme. Le souvenir d'Uber Pop – que j'ai emprunté quelques fois durant mes études, ces particuliers devenus chauffeurs du jour au lendemain –, le hérisse encore : « Quand vous avez des crédits sur le dos, une famille, et que vous voyez débarquer des types en Twingo qui cassent les prix, vous serrez les dents. »

« Les VTC, il y en a des bons, comme chez les taxis. Mais c'est un système qui repose sur l'exploitation des chauffeurs, les commissions, les applications, les algorithmes. » Il évoque ces VTC invisibles, qui errent en maraude électronique autour des gares et des aéroports – en infraction – alors que la loi réserve ces pratiques aux seuls taxis. Il décrit les prix opaques et leurs coefficients de majoration, qui renchérissent le montant de la facture en fonction de l'heure. Les chauffeurs ignorés, du jour au lendemain par l'application, sans recours et sans explication. « C'est pour ça qu'ils veulent tous notre statut. La Sécurité sociale, le statut, les voies de bus réservées, et une existence plus stable. »

L'époque où le client n'avait pas le choix est révolue. Aujourd'hui, le développement des applications de services de VTC révolutionne les pratiques. Les utilisateurs comparent, notent, zappent, mettent en concurrence.

Adrien n'a rien oublié de ses fondamentaux, des démarches à honorer et des codes à respecter : installer un terminal de carte bleue, se présenter correctement, entretenir sa voiture, offrir un service irréprochable. Les conseils dispensés par son oncle ne sont jamais très loin : « Il m'a toujours dit : "Un client qui monte, tu le traites bien. Même s'il ne dit rien, même s'il ne te regarde pas. Il se souviendra que tu étais correct." »

Le chauffeur de taxi a compris très vite qu'il fallait durer. « Beaucoup de VTC font ça pour arrondir les fins de mois, en dilettante. Ils arrivent et disparaissent. Moi je suis là, tous les jours, depuis dix-sept ans. Et je serai encore là demain. »

Il n'a rien contre eux, mais il défend une autre idée du métier, plus artisanale, plus enracinée. Parce que prendre un taxi, c'est rémunérer un artisan de France, dûment réglementé, et non une multinationale américaine. Comme une ode au local, à ce qui est d'ici, tel un pied de nez à un monde qui s'uniformise. C'est un rapport de confiance, construit au fil des années, avec des clients réguliers, des personnes âgées qu'il conduit à l'hôpital et des adolescents qu'il raccompagne de soirée car « être taxi, c'est un métier noble », aime-t-il à rappeler.

Quels sont ses bons souvenirs ? Cette passagère qui éclate en sanglots en quittant sa famille après Noël. Et qu'il finit par réconforter. Les petits gestes interdits – comme laisser fumer une cigarette en roulant fenêtre ouverte – qui aident à soulager une peine. Les malades qu'il accompagne dans leurs derniers déplacements. Et les liens tissés, semaine après semaine, avec les mêmes visages, jusqu'à devenir plus qu'un chauffeur. Un compagnon de route, parfois un confident.

Et les moins bons ? Les courses annulées, les taxis-baskets, ces jeunes éméchés qui tentent de filer sans payer, et les arnaques avec les valises vides laissées en gage. Adrien soupire et relativise : « Ça fait partie du boulot. »

Quand on aborde la question de ses charges, Adrien se redresse sur son siège, et montre un véritable agacement. Il prend son téléphone, s'arrête sur le bas-côté et cherche une vidéo dans une boucle WhatsApp.

Il veut me montrer le coup de gueule d'un artisan au bord des larmes, sur les ondes de la journaliste Estelle Denis sur RMC. Il parle des charges qui étouffent, du découragement, du ras-le-bol d'entreprendre dans un pays où le sentiment de cotiser pour n'importe quoi s'impose comme une évidence douloureuse à la France du travail. L'extrait a été visionné plusieurs millions de fois. Adrien hoche la tête tout au long de la vidéo. « Écoute. Ce gars-là parle pour nous tous. Je la réécoute souvent. Il dit tout. On est des vaches à lait. Nous on bosse, et eux nous prennent tout », gronde-t-il.

Payer des charges et des impôts oui, mais à quelle fin ? Il dresse la liste : la TVA est passée de 5 à 7 % puis à 10 % en quelques années. La CFE (cotisation foncière des entreprises), qu'il paie double parce que son entreprise est domiciliée chez lui. La taxe foncière sur la maison, et celle sur l'activité. Les 47 % de cotisations sociales qu'il faut sortir l'année suivante sur les bénéfices. Et la remise obligatoire à faire à la Sécurité sociale, qui représente 23 % de chaque course, en plus de la TVA.

« Sur certaines courses, un tiers du prix part avant que j'aie payé le gasoil », résume Adrien.

Alors, comme beaucoup de Français, il s'interroge – ou plutôt m'interroge : « Où passe notre argent ? »

Cette lassitude s'est installée chez les artisans, les commerçants et les indépendants. Adrien voit les écoles délabrées, les profs découragés. Il voit les commissariats insuffisamment dotés, les forces de l'ordre livrées à elles-mêmes et les gendarmes compressés dans des casernes vétustes. Il connaît les urgences engorgées, les hôpitaux sans lits, les médecins débordés. Il voit tout cela, et il rumine.

« Tout ce qu'on donne, tout ce qu'on alimente, tout ce qu'on accepte… Où est-ce que ça va ? Moi, je veux bien payer des charges, mais qu'elles servent à quelque chose. Qu'on remette de l'argent dans ce qui compte : l'école, les hôpitaux, la sécurité. Pas dans les poches de ceux qui n'en foutent pas une. »

Combien de fois ai-je entendu ce cri ? Il pose la question avec un mélange de colère et d'exigence légitime qui trouve un écho chez tous ceux qui travaillent, paient, et ne voient plus les fruits de ce qu'ils financent.

La France du travail n'attend pas des miracles, elle veut du respect. Adrien prononce cette phrase, simple et forte : « Dans ce pays, plus tu bosses, plus tu prends tous les risques, plus on te traite comme un suspect. »

Son ras-le-bol montre le bon sens d'un homme qui voit les services autour de lui s'effriter et l'argent public gaspillé. Il n'envie ni ne jalouse personne. Il aimerait que l'on n'oublie pas les petits métiers comme le sien, ceux qu'on ne regarde pas, et qui font tourner le pays.

Il écoute des centaines de gens chaque semaine, son taxi est un thermomètre, posé à hauteur d'homme, dans les rues d'une France qui s'interroge.

Adrien est branché sur le fil de l'actualité. Chérie FM le matin, RMC le midi, les infos le soir. Il a été choqué par la fermeture de C8. « J'ai eu l'impression qu'on n'était plus en démocratie. Qu'on pouvait fermer une chaîne parce qu'elle dérange. Ça ressemble à une dictature. »

Cette triste décision de l'Arcom, instance chargée de garantir la pluralité médiatique, dit tant de l'état de notre démocratie. Que l'on apprécie ou non ses programmes, que l'on adhère ou non à sa ligne éditoriale ou à l'esprit de la chaîne, ce qui s'est joué en 2025 est une atteinte à notre droit qui veut que chacun puisse s'exprimer librement, et exister dans un paysage médiatique qui tient en détestation la moindre opinion divergente.

Je l'ai entendu à de nombreuses reprises chez les Français : fermer une chaîne, c'est punir des millions de téléspectateurs. Franchir cette ligne rouge, c'est aussi mépriser le travail de dizaines de journalistes, techniciens, animateurs, salariés mis sur la touche.

Au pays de Voltaire, on devrait ne jamais oublier nos valeurs premières, celles qui fondent l'esprit français et cette irréductible passion pour la liberté. Quand l'État s'arroge le droit de décider quelles voix ont le droit de parler et lesquelles doivent se taire, toute notre démocratie s'étouffe. Aujourd'hui C8, demain qui ?

En même temps que nous conversons, la radio, en fond, évoque un débat au Parlement autour des ZFE – les zones à faibles émissions. Promues par la gauche et les macronistes, elles prévoient, sous un noble prétexte environnemental, d'empêcher des millions d'automobilistes d'accéder aux grands centres urbains avec leurs véhicules car ils rejettent trop de CO_2.

« Qu'est-ce que tu en penses ? » lui demandé-je. « Ah oui, moi j'appelle ça les zones à fortes exclusions. Tu possèdes une voiture propre, tu as les moyens, tu rentres. Sinon, tu restes dehors, comme au Moyen Âge. » La métaphore frappe juste. Elle dit ce sentiment populaire d'un tri social par le portefeuille, d'une écologie punitive pour ceux qui vivent loin, travaillent tôt et n'ont pas les moyens de changer de véhicule tous les cinq ans.

« On est des pantins », résume Adrien. Des marionnettes qu'on secoue au gré des annonces, des réformes, des hausses et des contraintes. « La France, aujourd'hui, c'est le grand foutoir réglementaire », s'agace-t-il. Les normes, les règlements absurdes, le zèle de la police des taxis alors que les contrôles d'alcoolémie sont quasi inexistants malgré 1,8 million de kilomètres effectués. Tout cela participe, dit-il, d'un système devenu illisible, où le bon sens s'est dissous.

Adrien parle de la France, sans détour, mais toujours avec émotion. Il ne parle pas en militant, encore moins en expert ; il parle en père, en artisan et en homme qui doute parfois.

Il a deux enfants, de 8 et 12 ans. Il craint pour eux et se demande quel est l'avenir de la France. « C'est un beau pays... mais on est dans le brouillard. »

Alors, comment en sortir ? Il hésite, et répond avec ses mots à lui, sans formule toute faite : « Revenir à l'essentiel. » Retrouver la simplicité des choses qui ont un sens. Le respect du travail bien fait, l'autorité juste, la reconnaissance du mérite, la fierté d'être utile. « Arrêter de gaspiller, de mépriser les gens qui bossent, de nous faire croire que les aides règlent tous les problèmes. Travailler, oui, mais pas pour rien. »

Il ne rêve pas de luxe ou de grandeur. Il rêve de faire un road trip. Traverser la France, la vraie. Celle des petites routes, des relais routiers, des villages où il y a un bar, une église, une mairie. Celle qu'on oublie trop souvent.

Cette France, il sait qu'elle existe encore. Il la croise parfois, au détour d'un marché, dans une station-service à l'aube, sur le visage d'un collègue rincé par sa journée de travail. Une France silencieuse et lucide, qui n'attend plus grand-chose mais qui continue de se lever, de travailler et de payer. Une France qui n'a pas les moyens de s'expatrier, mais qui garde la tête droite et qui refuse de disparaître.

Adrien roule. Fidèle à sa banlieue, à ses habitudes et à ses clients. Il sait que rien ne changera sans un certain courage. Mais lui, à son échelle, il fait sa part, sans bruit, sans triche, sans tribune. Parfois, quand un client lui adresse un « merci » en descendant du véhicule, cela suffit à lui redonner un peu de foi.

Ce pays, il le connaît. Il le traverse. Il le sent. Et c'est parce qu'il l'aime qu'il voudrait tant le voir retrouver le bon chemin.

14

La maison du peuple

« APPELEZ-MOI CORINNE. “Madame la maire”, c’est trop pompeux ! »

En cet après-midi d’été, sur le parvis de la mairie de Villethierry, Corinne m’accueille dans son village rural de huit cents habitants, au nord de l’Yonne. Elle tient à balayer cette solennité qui lui colle à la peau depuis près de vingt-cinq ans.

La façon qu’elle a de me saluer est à son image : simple et chaleureuse, humble, sans protocole.

Corinne ne s’est jamais vue « au-dessus », soucieuse de rester à la bonne place, accessible et à l’écoute, à la portée de tous. Dans cette terre de Bourgogne, la politique se fait à hauteur d’homme, au plus près des attentes et des souffrances.

C’est la première fois que nous nous rencontrons. L’élue a accepté de se livrer, de confesser les sentiments d’une France oubliée et silencieuse, de ces maires invisibilisés et souvent méprisés pour leur enracinement et leur loyauté à la terre qui les a vus naître. Quand elle m'invite à passer la porte du petit bâtiment qui abrite la maison communale, sa secrétaire et deux de ses adjoints m'attendent.

L'un d'eux prend les devants : « Bienvenue dans le plus beau village de France ! »

Villethierry a effectivement le charme des vieux bourgs, dominé par le clocher de l'église Saint-Loup, et cette âme indéfinissable si singulière.

La réception de la mairie est modeste. Elle donne sur quelques bureaux. À gauche, la salle de réunion, où se tient le conseil municipal plusieurs fois par an. Au fond, le bureau de Mme la maire est le témoin du lien indéfectible qui l'unit au village. À droite, un comptoir pour accueillir les administrés car « chacun doit se sentir chez lui », confesse l'adjointe de Corinne.

Tout respire la belle politique. Sur les tables, des dossiers sont empilés. Aux murs de la salle du conseil, j'aperçois une galerie de portraits finement dessinés. « Ce sont tous d'anciens habitants de Villethierry, sur plusieurs générations. Ces dessins ont été retrouvés dans le grenier d'une habitante. Elle a tenu à me les offrir », confie l'élue, heureuse de cette attention.

Ces croquis sont des mémoires. On peut apercevoir le portrait de son beau-père et prédécesseur, Jean, maire de Villethierry durant près de trente ans. Sans lui, l'élue ne se serait sans doute jamais engagée en politique, bien qu'elle ait « toujours eu le souci des autres ».

Elle revendique ce choix comme une évidence. « Ça a commencé à l'école, lorsqu'il fallait élire le délégué de classe. Je voulais l'être et je l'ai été tout au long de ma scolarité », sourit-elle.

Née d'un père conducteur de métro à la RATP et d'une mère au foyer, elle grandit avec ses deux sœurs dans le quartier populaire de la porte de Clichy, dans le Nord de Paris.

« On sortait peu », se remémore-t-elle. Le bruit, les incivilités et quelques trafics régissaient déjà la vie du quartier.

Les années passent et le couple décide de se mettre en quête d'un « ailleurs », une maison secondaire, un refuge où la famille pourra s'épanouir loin du tumulte de la capitale. À quelques dizaines de kilomètres de Paris, aux confins de l'Île-de-France et de la Bourgogne, l'Yonne semble être la terre idéale. Attirée par les plaines fertiles, les champs à perte de vue, la famille multiplie les visites dans l'espoir de dénicher la perle rare.

Empruntant les routes de campagne, ils voient un jour apparaître ces petits villages du Gâtinais. C'est pour eux un havre de paix rêvé. À la fois proche de Paris et suffisamment éloigné de la porte de Clichy, « c'était l'équilibre parfait », observe Corinne.

Nous sommes en 1976. Entourée de verdure, la modeste demeure achetée avec les économies de la famille s'apprête à devenir bien plus qu'une résidence secondaire : « C'était la maison du bonheur », se souvient-elle. Là-bas, la vie semblait différente, plus légère et plus libre. La magie opère : « On est tombés amoureux du coin. »

Après quelques années au rythme des week-ends et des vacances passés à la campagne, le destin s'accélère.

Corinne fait la connaissance d'un agriculteur. « Nous sommes devenus amis et comme souvent, l'amour a fait le reste. » C'est le fils du maire de Villethierry. Elle l'épouse au début des années 1990 et se lie encore un peu plus à son village d'adoption.

Au fil des discussions passionnées et des déjeuners de famille, Corinne découvre la politique. Elle s'engage, et devient conseillère municipale lors des élections de 1995, sous le regard bienveillant de sa belle-famille, avec le sentiment de se sentir utile, d'agir pour préserver le cadre de vie de cette commune qu'elle affectionne. « Je me suis mise à aimer Villethierry comme j'ai aimé mon mari, avec passion et fierté », confie-t-elle.

Elle jongle entre ses responsabilités rurales et l'agence du Crédit lyonnais de Montereau-Fault-Yonne où elle travaille. « La banque, c'est gérer l'argent et surtout le manque d'argent. Il faut être compréhensive, trouver des solutions. »

Lors des élections municipales de 2001, son beau-père, maire depuis près de trois décennies, songe à arrêter. Il subit des contestations à propos de sa gestion municipale et s'essouffle : « Mon beau-père était très gentil, peut-être trop. Les gens venaient à toute heure du jour ou de la nuit », se souvient Corinne, évoquant son incapacité à dire non aux sollicitations permanentes.

L'élu chevronné songe à sa belle-fille pour lui succéder. « Il a certainement pensé qu'en me faisant élire, il pourrait un peu garder la main. À cette époque, on voyait derrière chaque femme en politique la main d'un homme. »

Le beau-père méconnaît le caractère de sa belle-fille, déterminée à assumer son rôle. « Être une femme engagée était plus difficile qu'aujourd'hui. On nous pensait plus malléables, moins autonomes. Il fallait prouver deux fois plus. »

Le jour où elle revêt l'écharpe tricolore, un sentiment de fierté l'étreint. Elle voulait faire ses preuves. Les premiers mois du mandat sont éreintants : « Je me suis rendu compte que la gestion passée était très différente et que certains dossiers importants étaient à reprendre. Il a fallu remettre un peu d'ordre. Heureusement, j'étais rassurée par la présence de l'équipe », reconnaît-elle.

Elle n'a pas oublié les remarques machistes du début : « À 35 ans, dans un petit village rural, je les ai senties. » Quelques années plus tard, les mentalités ont évolué ; les habitants louent ce qu'elle a fait et mettent en avant sa singularité, son écoute et la proximité qu'elle sait instaurer.

En devenant l'élue d'un village de 800 habitants, Corinne découvre la multiplicité du métier. « Lorsqu'on devient maire, on est à la fois gérante, DRH, DGS, médiatrice, psy, confidente, assistante sociale et parfois plombière ou électricienne », analyse-t-elle. Ces interminables journées au contact d'une réalité difficile et loin des discours d'estrade la renforcent : « J'ai dû aider une personne âgée à réparer son compteur. Une autre fois, un habitant est venu me voir parce qu'il cherchait une femme. »

À l'évocation de sa première réunion de chantier, Corinne sourit : « Je suis arrivée en escarpins... Je n'avais pas l'habitude. Je me rappelle les yeux hallucinés des maîtres d'œuvre. Depuis ce jour, j'ai toujours mes bottes dans la voiture. »

Il y eut aussi cet homme qui pénétra en hurlant dans la mairie car son chat avait été attaqué par celui du voisin. Le quotidien est rude, mais formateur.

En acceptant d'assumer cette fonction, elle n'envisageait pas d'entrer si intensément dans l'intimité des Français. Elle songe à cet habitant venu lui rapporter le dénuement de ses voisins : par manque de moyens, un couple discret du village vivrait affamé, le frigo vide.

Sans hésiter, elle se rend sur place pour constater la détresse des deux habitants et se dirige au supermarché, à quelques kilomètres, pour faire un plein de courses – sur ses propres deniers – et le leur apporter. « À ce moment-là, je n'étais plus une maire, j'étais une femme devant la misère. »

Ces expériences la rapprochent encore davantage de son village d'adoption, créant un lien indéfectible avec ses concitoyens. Certaines épreuves, souvent des drames familiaux, marqueront sa mémoire. « On n'est jamais préparé à ça », admet-elle, triste, en évoquant les premiers suicides auxquels elle a été confrontée.

En plein après-midi, le corps d'un homme sans vie est découvert dans le garage d'une maison. Elle se tient là, au côté des gendarmes. « Juste en face, il y avait un mariage. Je suis passée de la découverte du corps à la célébration de l'union civile en quelques minutes. »

Un mandat est un entier dévouement.

Une autre fois, le GIGN s'est déplacé à Villethierry car un homme avait tiré sur son épouse, devant un enfant de 2 ans avant de se suicider… À l'extérieur de la maison, les autres enfants du couple sont en état de choc. Corinne les héberge chez elle. « Je n'étais plus dans mon rôle de maire mais dans celui de mère. »

En 2003, elle démissionne de son emploi au Crédit lyonnais, renonçant à la stabilité et à une bonne rémunération, pour se consacrer aux habitants du village. Son choix surprend ses anciens collègues ; mais pour elle c'est la volonté d'une vie.

Elle vivra désormais avec son indemnité d'élue, 1 296 euros net par mois. « Ce n'est pas très élevé mais je suis contre la revalorisation des salaires pour les maires. C'est de l'argent en moins pour les projets de la ville. »

Aucune journée ne se ressemble mais l'intensité est toujours la même. Corinne quitte son domicile à 9 heures, réunit son équipe, adresse la feuille de route du jour aux deux employés ainsi qu'à la secrétaire qui l'accompagnent. Tout s'enchaîne au rythme des dossiers, des besoins et des sollicitations.

Parfois, des habitants frappent à la porte à la tombée de la nuit. « Le plus difficile, c'est de cloisonner », avoue-t-elle. Pratiquement tous ont dans leur répertoire le portable de Corinne.

Les responsabilités isolent. « J'ai souvent l'impression d'être seule à prendre des coups. » Seule pour gérer l'urbanisme et les dossiers administratifs, seule pour gérer les conflits de voisinage, seule pour assumer la réalité du terrain face à une administration qui se désengage sans cesse davantage. Et la sous-préfecture ? « C'est devenu un bunker inaccessible », s'insurge Corinne. Avec un budget de fonctionnement de 600 000 euros, pas un centime de plus, il faut « tout faire ».

Que signifie ce « tout » précisément ? Payer les salaires des employés municipaux, entretenir les quatre classes de maternelle et les deux classes de CP du village, assurer la cantine scolaire, entretenir la voirie, installer des caméras de vidéosurveillance, faire marcher le service public et financer des animations « pour préserver l'âme du village ». De plus en plus de citadins viennent en effet élire domicile à la campagne et font chaque jour les trajets vers Paris pour travailler. La maire et son équipe refusent de voir Villethierry devenir un village dortoir sans âme ni fraternité. Maintenir l'animation et la vie locale est un défi de tous les jours.

Chaque euro dépensé est un casse-tête auquel il faut réfléchir méticuleusement pour sécuriser les aléas du quotidien : réparer une chaudière défaillante, gérer le parc automobile, faire face aux sinistres sur les bâtiments communaux.

En reprenant son statut de simple citoyenne, Corinne s'interroge : « Où passe notre argent ? » Celui que l'État ponctionne sur la France qui travaille pour financer son train de vie et ses dépenses. « On a l'impression d'une gestion absurde de l'argent public. Il y a aussi beaucoup trop d'assistanat. »

Près de trente années d'engagement municipal permettent à Corinne d'avoir une analyse lucide de la situation, une parole de terrain que personne ne saurait contester.

Tout a évolué, en pire : « On nous demande de faire toujours plus avec toujours moins. » Au fil des ans, les services publics ont progressivement déserté. À Pont-sur-Yonne, à dix kilomètres de là, le Trésor public a fermé, le service est désormais dématérialisé. Les médecins ont quitté le territoire ou sont partis à la retraite. « On est malheureusement souvent réduits à faire de la téléconsultation », déplore Corinne, consternée à l'idée de voir ses administrés laissés sans soins.

Une fois encore, il faut se débrouiller sur le terrain pour assumer les impérities d'un État en faillite, et gérer la colère des habitants. Le maire est le premier maillon de la chaîne publique, le seul à qui il est possible de s'adresser de vive voix, et peu leur importe si cela ne relève pas de sa compétence.

L'édile de Villethierry ne compte plus les réunions avec les maires des villages alentour pour imaginer des solutions locales, mutualiser les moyens, et tenter – tant bien que mal – d'attirer des praticiens quand l'État maintient un *numerus clausus* sur les postes de médecins. « Avec les maires de la communauté de communes du Gâtinais, on se regroupe, on se bat. »

Le pire reste le manque de respect et d'estime pour ces sentinelles. « Les maires, vous êtes les plus beaux, vous êtes les meilleurs. Voilà ce que nous disent les grands dirigeants politiques à longueur de temps. Mais dans les actes, ça donne quoi ? » s'interroge Corinne, qui dénonce l'intenable paradoxe d'être une cheville ouvrière peu à peu privée de ses compétences et de sa capacité d'agir.

Devant les caméras de télévision, on encense le maire comme un soldat du quotidien. Mais dans les faits, par des baisses de dotations répétées et une manière de regarder nos campagnes avec dédain, on relègue les élus de terrain à un rôle de décisionnaire subalterne, sans réelle marge de manœuvre. Il ne leur reste alors que la solitude et le sentiment de porter sur soi le poids de la puissance publique.

Corinne parle de l'une de ses colères, symbole du dédain de l'État : des avions se sont mis à apparaître dans le ciel de son village car ADP (Aéroports de Paris) avait tracé un couloir aérien juste au-dessus de Villethierry. « On était devenu le point de référence du début d'atterrissage des avions arrivant à Orly. Comme maire, je n'avais pas été informée, pas un coup de téléphone, pas un message, rien. Ni d'ADP, ni de la préfecture. Nous étions considérés comme une zone verte. »

Le mépris s'exerce aussi par une suradministration de l'État, une captation du pouvoir par une hiérarchie technocratique non élue, qui tend à confisquer la démocratie aux Français. Cette inversion des rôles est l'une des causes du déclin de notre pays. Chaque projet, chaque ambition, chaque énergie, même modeste, s'enlise dans une montagne de normes déconnectées des réalités, de procédures interminables et de contrôles excessifs, parfois destructeurs. « La simplification, je ne l'ai jamais vue. Bien au contraire... On est suradministré, on nous infantilise, c'est infernal », abonde Corinne, citant l'exemple de chantiers publics kafkaïens, tant les dossiers et les arbitrages sont devenus complexes. Elle considère que « le vrai politique doit reprendre la main ; il faut arrêter de s'inféoder aux bureaucrates ».

L'État ne semble parler aux Français qu'au travers de ses normes illisibles et de ses agences coûteuses, aux compétences souvent redondantes.

Les agences régionales de santé (ARS) constituent un exemple parfait, tant elles ont ignoré les besoins du terrain et donné des directives incohérentes. En pleine épidémie de Covid-19, certaines d'entre elles décidaient de fermetures de lits tandis que les soignants faisaient face à un afflux hors normes de patients dans les hôpitaux !

On pourrait aussi évoquer la loi ZAN, dite « zéro artificialisation nette », qui entrave toute extension de commune, symbole d'une lecture punitive de l'écologie, imposée d'en haut, en totale déconnexion avec le besoin de construire, de loger, de développer le pays et son économie locale.

« On nous empêche de construire des logements, alors que des familles veulent venir s'installer ici ! » Combien de fois avons-nous entendu des maires dire leur colère face à ces entraves ?

L'une des solutions réside dans la réhabilitation du couple maire-préfet, pilier historique de la Nation. En France, 35 000 communes forment un maillage unique qui garantit une proximité, une solidarité et une cohésion nationales dans une patrie enracinée.

Les petites communes regroupent un Français sur cinq, mais elles recouvrent 80 % de notre territoire, incarnant la continuité historique et politique de la France. Depuis Paris, on ne sait pas ce qui est optimal pour un petit village de l'Yonne. Il est essentiel d'en prendre acte pour arrêter d'étouffer les maires, et pour cesser d'asphyxier notre démocratie !

Les maires de France sont les premiers visages de l'État et portent à bout de bras l'honneur du service public. « Quand tout s'effondre, vers qui les habitants se tournent ? Vers nous, systématiquement », aime à rappeler Corinne.

Il est donc vital d'alléger le poids de la bureaucratie, de supprimer les normes absurdes qui pèsent sur la France, et de démanteler les dizaines d'agences publiques coûteuses qui ne servent qu'à diluer les responsabilités et retarder les décisions. Il convient de revenir à une chaîne claire : un État régalien et des élus de terrain ; un pouvoir politique qui dirige et une administration qui exécute.

Dans ce cadre, il apparaît nécessaire de renouer avec une organisation territoriale plus lisible, pour rapprocher la décision de l'électeur.

La loi relative à la délimitation des régions, votée en 2015 par les socialistes au nom de la modernisation de l'État, a été un fiasco pour l'équilibre territorial de la France… Édifiant des hyper régions, sans cohérence historique ni géographique, le gouvernement de François Hollande a cédé au fantasme technocratique en accouchant d'entités au nom parfois laid et très éloignées des Français. Elles n'ont d'ailleurs permis de réaliser aucune des économies promises. Un habitant de Villethierry, à quelques pas de l'Île-de-France, se sent-il concerné par les problématiques de la frontière suisse, regroupées dans une même institution au sein de la région Bourgogne-Franche-Comté ?

La France est une Nation enracinée, qui se lit et se vit au travers de ses communes, de ses cantons, de ses départements, de ses identités régionales. Il faut en revenir à cette proximité qui a toujours constitué la force de la France.

Alléger les régions pour en faire de simples organes de coordination entre départements, sur la base de l'ancienne carte régionale, tout en créant un Conseil territorial fort : voilà ce qui redonnerait enfin de la clarté et de la cohérence à l'organisation de notre territoire. Une telle réforme permettrait la diminution du nombre d'élus, rapprocherait le centre de décision au plus près des Français, et agirait comme une force d'appui pour les maires. Un profond réajustement de nos structures locales, comme la redéfinition de leurs compétences, apparaît aujourd'hui indispensable, pour simplifier et rendre plus efficiente l'action publique.

« Ma mairie est pour beaucoup la seule et dernière porte à laquelle toquer. » Au cours de notre discussion, Corinne répétera cette phrase. Les difficultés de l'engagement et les entraves sur son chemin ne l'ont jamais découragée, au contraire. « Je n'ai jamais songé à arrêter », assure-t-elle, déterminée à être candidate pour la cinquième fois aux élections municipales en mars 2026.

Aux élections de 2020, 50 % des maires ont jeté l'éponge et choisi de ne pas se représenter contre un tiers en 2014. Depuis le dernier scrutin, plusieurs milliers de maires ont également démissionné, signe d'un malaise, usés par le manque de moyens, par les menaces et les violences impunies. Ce qui semblait impensable hier est devenu monnaie courante : les élus sont désormais des cibles.

« Évidemment que parfois, on dort mal, on cogite. On se dit qu'on aurait aimé mieux faire et, chaque fois que des choses tristes arrivent, je le prends pour moi. »

Si Corinne n'a jamais faibli, c'est parce que cette vocation aura donné un sens singulier à sa vie : « J'ai le sentiment d'être utile », résume l'édile. Utile aussi dans les moments de joie et de fraternité quand elle célèbre une union : « Voir des gens se marier ou simplement entendre un merci me donnent envie de pleurer. »

Elle se souvient de cette mariée de 76 ans qu'elle a unie comme « une preuve que la vie continue à tout âge », et songe aux fêtes de village qu'elle affectionne plus que tout.

À cet égard, les fêtes de nos villages, piliers des traditions et de notre art de vivre, traversent une crise profonde : près d'un tiers ont disparu en quatre ans… Le constat est alarmant : manque de bénévoles, contraintes administratives, insécurité croissante et budgets exsangues mettent en péril les célébrations populaires.

Il faut plonger dans la presse locale pour s'en rendre compte. Dans le Calvados, Villerville a dû renoncer à ses festivités estivales faute de bras. À Blasimon en Gironde, à Peïra-Cava dans les Alpes-Maritimes, les comités peinent à équilibrer les comptes malgré les aides ; les habitants consomment moins, les subventions se font plus rares.

Ailleurs, d'autres communes mutualisent les moyens pour réduire les coûts et honorer un feu d'artifice.

Dans le département du Lot, la multiplication des troubles liés à l'alcool entraîne une vigilance policière et des dépenses supplémentaires en prestataires de sécurité privée. Les maires eux-mêmes sont parfois pris à partie ou agressés en marge des festivités.

Et puis il y a ces drames nationaux qui arrachent le cœur. Comment oublier Thomas Perotto, jeune lycéen de 16 ans poignardé à mort lors du bal d'hiver de Crépol en novembre 2023 ? La fête, qui rassemblait près de quatre cents jeunes, a viré au drame lorsqu'un groupe de barbares s'y est invité pour semer la terreur.

Refoulés par la sécurité, plusieurs d'entre eux portaient des couteaux. Une altercation éclate et dégénère en affrontement, sur fond de haine anti-Français. Le jeune Thomas est mortellement touché au cœur ainsi qu'à la gorge ; plusieurs de ses amis sont également blessés. Le garçon succombe durant son transfert vers l'hôpital.

Ce drame infini est devenu un symbole, celui de la vulnérabilité des honnêtes gens et de ces rassemblements populaires.

S'ajoutent aussi, désormais, ces polémiques culturelles, ces remises en cause insupportables de notre identité ; des traditions séculaires, à l'image de la fête des conscrits de Villefranche-sur-Saône, sont attaquées par des collectifs militants provoquant là encore des tensions. Pourtant, il est essentiel de rappeler l'attachement populaire à ces événements, au patrimoine immatériel de la Nation. Qu'il s'agisse de la fête de la rosière en Gironde ou des courses camarguaises à Vendargues, certaines traditions résistent, tant elles sont enracinées.

Ainsi, les fêtes de village apparaissent aujourd'hui plus vulnérables que jamais.

La maire de Villethierry confie parfois sa peur pour ses deux filles qui s'apprêtent à reprendre l'exploitation familiale, mais Corinne redoute de les voir hériter d'une agriculture qui étouffe sous les contraintes et la concurrence déloyale.

La politique nationale ? Très peu pour elle… « Je pense que je serais vite déçue. J'aurais le sentiment de m'épuiser inutilement. » Les oppositions stériles, les calculs d'appareil, les hurlements à l'Assemblée nationale ne l'intéressent pas. « Certains partis disent blanc, d'autres disent noir, alors que dans l'intérêt de la France, ils devraient dire gris. »

Que dirait-elle à Emmanuel Macron s'il était en face d'elle ? « Venez sur le terrain pour vous rendre un peu compte de ce que l'on vit. Le boulot, c'est nous qui le faisons ! »

Corinne ne mâche pas ses mots à l'égard du train de vie de l'État : « Il y a trop de privilèges pour les élus. Il faut faire le ménage. » De son village rural, elle voit les « grands élus » profiter des avantages que les maires ne connaîtront jamais. Alors, ces écarts de traitement la mettent en colère.

Et la parité ? « La première des choses pour s'engager, c'est être volontaire. Est-ce qu'on me choisit en tant que femme ou pour mes qualités ? » Elle n'a jamais attendu les lois paritaires pour s'engager, solliciter l'onction populaire et demander à être jugée pour ce qu'elle fait et non pour ce qu'elle est.

Avant de quitter Villethierry, je veux lui poser une ultime question : quelles sont les qualités pour faire un bon maire ?

« Savoir écouter, avoir la volonté d'agir pour les gens et, par-dessus tout, être honnête. »

À 59 ans, elle porte sur son dos le poids d'une fonction immense. Elle le fait avec la force et le courage de ceux qui ne renoncent jamais.

Dans ses paroles, dans ses sentiments, il y a l'intimité d'une France que certains aimeraient voir disparaître.

À Villethierry, le cœur de la France bat, et continuera de battre. Parce que des femmes et des hommes, enracinés, fiers et courageux refusent de voir mourir l'âme de la France.

Et parce qu'au centre du village, il y a un phare, une lueur d'espoir.

« Ma mairie sera toujours la maison du peuple », conclut Corinne, comme une devise, au seuil de la porte et sous le drapeau tricolore.

15

Là où tout commence

Elle se souvient du mail de la direction de l'établissement, envoyé ce matin d'octobre, pour annoncer une minute de silence en hommage à Samuel Paty. Dans sa classe, la commémoration s'est déroulée sans incident. Élisa a été ferme : « Je me suis dit que je ne laisserais rien passer. »

Elle sait que ça ne sera pas partout le cas.

Dans son lycée, certains professeurs n'ont pas marqué l'hommage de façon solennelle. « Certains n'ont pas vu l'heure passer, disent-ils. »

Ailleurs, d'autres ont craint de déclencher des tensions et de voir apparaître les prémices d'un engrenage dont personne ne sait vraiment jusqu'où il pourrait aller.

À l'évidence, le malaise est palpable. « Cela reste encore un tabou. Beaucoup préfèrent éviter le sujet, comme s'il fallait détourner le regard », confie l'enseignante qui n'a pas encore 30 ans mais qui sait déjà la dureté du métier.

Samuel Paty est mort pour avoir exercé sa profession, éveillé l'esprit critique de ses élèves et montré des caricatures. Il est devenu le symbole d'une école libre, laïque, face au totalitarisme islamiste et à ceux qui entendent imposer ses interdits.

Son assassinat dans d'atroces conditions en octobre 2020 a bouleversé la communauté éducative, rappelant à la Nation tout entière que l'école n'était plus un sanctuaire inviolable à l'abri des violences.

« Ce qui me terrifie, confie Élisa, 29 ans, c'est de voir que son nom fait peur. Que l'on n'ose plus en parler. Comme si rendre hommage à Samuel Paty était devenu un risque à part entière. »

Au début de l'année 2025 encore, tandis que la France s'apprête à se taire pour rendre un hommage solennel aux victimes des attentats de Charlie Hebdo, du Stade de France et de l'Hypercacher, certaines classes ont vu la minute de silence être perturbée par des rires, des sifflets et des insultes, parfois des menaces. Ce fut le cas dans près de soixante-dix établissements scolaires, selon le ministère.

Dans un collège de Vénissieux, la direction a choisi de contourner le recueillement en organisant des « débats », pour éviter l'incident, acheter une paix civile devenue fragile.

Pour beaucoup de professeurs, l'ombre de l'assassinat de Samuel Paty plane sur chaque cours, chaque mot prononcé, comme si penser était devenu un acte de courage et de résistance dans la patrie de la liberté.

Notre école va mal. Il est illusoire de songer à redresser la Nation en négligeant la première marche de l'échelle, là où commence la vie de nos citoyens.

L'école publique est traversée par de multiples tensions et des peurs insupportables, de petits renoncements quotidiens.

La hiérarchie donne l'impression de détourner le regard et parfois d'accabler. « Quand on signale un problème de discipline, on nous fait comprendre que c'est parce qu'on ne sait pas tenir une classe. C'est forcément de notre faute », observe Élisa.

L'école tient encore debout grâce à nos professeurs, à ces femmes et à ces hommes qui se sont engagés par amour du savoir et par volonté de transmettre. Nous leur devons notre reconnaissance, notre estime et un indéfectible soutien.

Élisa est née en 1996. Elle a grandi dans un village de Seine-et-Marne dans une famille modeste et profondément marquée par l'Éducation nationale.

Chez les siens, nombreux sont ceux à avoir fait de la transmission du savoir leur profession. L'un de ses grands-parents, pied-noir rapatrié d'Algérie, fut directeur d'établissement à Melun.

Son père était ouvrier. C'était un travailleur acharné, mais il s'est donné la mort quand elle avait 9 ans. Ce drame constitue encore une plaie ouverte sur laquelle elle préfère ne pas s'attarder. « Papa, comme toute la famille, était de gauche ; il admirait Mitterrand. Il m'a légué un timbre à son effigie que j'ai toujours avec moi, en guise de souvenir et de porte-bonheur. »

Avec ses deux sœurs, elles sont soudées par l'épreuve et élevées par leur mère, infirmière scolaire. À l'école, le deuil se rappelle à elle : on la surnomme l'« orpheline ». Ce harcèlement ne sera pas sans conséquence sur sa psychologie. « Je me sentais différente, je vivais avec ce mal-être. J'étais une cible facile », confie-t-elle. Les résultats scolaires sont « ric-rac », comme elle le dit, mais elle s'accroche.

Dans les couloirs d'un lycée classé REP (réseau d'éducation prioritaire), elle découvre une autre forme de violence : celle de camarades happés très tôt par la délinquance. « Je me souviens d'un garçon sympathique qui était arrivé en cours avec un bracelet électronique à la cheville », soupire-t-elle. Les parents ne semblaient pas s'inquiéter outre mesure des dérives de leur adolescent.

Elle se souvient aussi des débats qui envenimaient la classe, « lorsque le sujet du cours glissait sur la géopolitique et certains conflits mondiaux ».

Dans ce contexte agité, elle forge ses premières convictions et observe, admirative, certains enseignants tenir la classe et transmettre avec passion, dans un souci de réussite collective. « Certains d'entre eux m'ont sauvée et permis de réussir. »

Sa mère sait la difficulté des conditions d'apprentissage de certains établissements publics. Pour mettre ses trois filles à l'abri des tensions, elle les inscrit dans le lycée privé Jeanne-d'Arc-Saint-Aspais de Fontainebleau, agréable sous-préfecture de Seine-et-Marne.

Mais au bout d'un an, la parenthèse se referme : « Elle voulait nous éviter le lycée public, mais financièrement ce n'était plus possible. »

Sa mère encourage Élisa à cultiver sa curiosité, à s'intéresser à l'actualité. Elle suit avec grand intérêt les débats politiques à la télévision.

Une connaissance de la famille, cadre du Mouvement des jeunes socialistes (MJS) dans la région, la prend sous son aile et l'invite à participer à une action militante. L'héritage familial la conduit sur cette voie. « Être de gauche allait de soi », confie-t-elle.

À l'aube de son baccalauréat littéraire, elle envisage de longues études d'archéologie. « L'univers des civilisations m'a toujours passionnée, de leur acmé jusqu'à leur déclin, il n'y a rien de plus fascinant que les interactions historiques », estime-t-elle. Elle commence alors un cursus à la prestigieuse université de la Sorbonne.

Toutefois, l'ennui la gagne rapidement : « Il y avait trop d'art et pas assez d'archéologie. Dans le système anglo-saxon, on distingue les deux filières. En France, on les mélange, et je trouve que cela dilue quelque peu la singularité des deux disciplines. »

À la maison, des tensions apparaissent et les relations avec sa mère se distendent. Ainsi, elle prend la décision d'aller vivre chez ses grands-parents qui posent une condition : « Tu changes d'orientation, tu quittes cette voie de garage et tu vas apprendre un métier. »

Élisa coopère et renonce à ses rêves d'archéologie. « Je me suis dit que je gagnerais mieux ma vie ailleurs. Finalement, je ne gagne pas grand-chose », glisse-t-elle, en faisant référence à sa rémunération d'enseignante.

Elle choisit une licence d'anglais, avec une spécialité « culture économique ».

Ce cursus est celui de ses affinités, de son goût pour les repères et la mémoire commune : « J'étais bonne en langues et passionnée par la monarchie anglaise depuis petite. C'est une institution qui perdure par-delà les révolutions, pour les peuples et pas uniquement pour la noblesse. » Elle excelle, affine ses choix, sa curiosité et ses convictions. « Je cherchais un métier qui ait du sens avec une dimension sociale », se souvient-elle.

Sans véritable enthousiasme, par intuition et histoire familiale, elle songe aux professeurs qui ont marqué sa mémoire, qu'elle a profondément admirés. Ils avaient la capacité de faire face aux tempêtes du quotidien.

Le poids de la représentation familiale n'est pas anodin. Ses grands-parents, d'anciens instituteurs en région parisienne, ont connu l'âge d'or de l'Éducation nationale : « Ils étaient très bien payés, avaient un logement de fonction et ne juraient que par la fonction publique. Ils ont beaucoup de mal à comprendre que les choses ont changé et que les conditions de travail n'ont plus rien à voir. »

Dans la famille, on regarde le privé avec méfiance : « J'ai souvent entendu des remarques déplaisantes sur le secteur privé. On était de gauche. Ils considéraient que prendre des risques et gagner beaucoup d'argent était suspect et se faisait nécessairement au détriment des autres. »

Élisa hérite de la conviction que servir l'État est une vocation noble.

Elle fréquente à cette époque les rangs du Mouvement des jeunes socialistes comme bénévole, désireuse de donner de son temps.

Parfois, il lui arrive de ne pas se sentir à sa place dans un groupe de militants qu'elle dépeint comme socialement homogène : « Contrairement à beaucoup de mes camarades du MJS, je n'avais pas fait Sciences Po. » Ses origines sont rurales et modestes.

À la fin de l'année 2018, elle n'a pas encore validé son diplôme mais vit une première expérience fondatrice. Sa sœur travaille comme assistante pédagogique aux Tarterêts, un quartier difficile de Corbeil-Essonnes devenu une zone de non-droit. Un poste est ouvert, cette dernière propose à Élisa de venir lui prêter main-forte.

Ici, les grands ensembles de béton cumulent communautarisme, trafics de drogue, règlements de comptes et guets-apens réguliers contre les forces de l'ordre.

Élisa s'engage dans un collège en plein cœur d'une cité. Les carences scolaires des élèves sont une claque. « Beaucoup avaient des difficultés à lire, à écrire, parfois à s'exprimer convenablement. Certains disaient ne pas comprendre des mots pourtant élémentaires », raconte-t-elle. Elle comprend que les lacunes ne sont pas simplement scolaires mais aussi sociales, culturelles et parentales.

Elle assiste à une scène ultraviolente dans la cour de récréation : « Des jeunes se faisaient des clés de bras, des étranglements. Ils se donnaient des gifles extrêmement fortes. Cela m'a effrayée pour les enfants. »

Autour de la meute, ils lui disent que c'est un jeu, qu'il faut laisser faire et ne pas s'inquiéter. Pire, un surveillant relativise et semble s'en amuser. Ces scènes brutales se répètent plusieurs fois aux Tarterêts. Chaque jour de cours, chaque rappel à l'ordre et chaque sanction deviennent de véritables combats.

Élisa comprend que l'école est en première ligne de la partition qui touche la France, et qu'une part de l'avenir du pays se joue ici. Inquiète par ce qu'elle vient de vivre, elle quitte Corbeil-Essonnes avec la conviction qu'un jour elle servira l'État.

En 2019, elle intègre le MEEF, le master des métiers de l'enseignement, de l'éducation et de la formation.

Un heureux événement s'apprête à bousculer sa trajectoire. Elle tombe enceinte et choisit d'assumer cette responsabilité nouvelle. « Jusqu'ici, j'avais toujours été indépendante. À partir de là, je devais penser pour deux. »

Élisa décide de mettre ses études de côté, de partir à la recherche d'un travail, de réfléchir à la façon de jongler entre sa future maternité et les besoins de l'enfant à naître.

Elle obtient un poste d'assistante pédagogique à Évry, dans le quartier des Pyramides, qu'elle sait semblable à son expérience aux Tarterêts.

Durant l'entretien d'embauche, elle dissimule sa grossesse, par peur d'être discriminée et de ne pas être choisie. « Ça ne se voyait pas encore et j'avais vraiment besoin de ce salaire. »

Dans le collège qui jouxte la cité, elle prend ses marques et se plaît à transmettre : « J'aidais les élèves en difficulté à rattraper leur retard, des jeunes qui entraient en sixième sans maîtriser les fondamentaux de la lecture et de l'écriture. Ils étaient nombreux. »

Il fallait surveiller les élèves collés, gérer les tensions qui éclataient dans les couloirs. Elle partage le souvenir d'une scène marquante : « Un soir, j'ai demandé à un élève d'enlever son chapeau, en signe de respect pour le reste de la classe. En retour, le jeune a fait le geste d'une menace de mort », se remémore-t-elle, apeurée.

Dans l'établissement, un élève se présente à un conseil de discipline armé d'un katana pour régler ses comptes. Les policiers devront stationner devant le lycée pour sécuriser la réunion. « Pas un conseil de discipline ne s'effectuait sans qu'on le signale *a minima* à la police. »

Une autre fois, des collégiens de sixième sont pris en train de se livrer à des actes sexuels dans la cour avec une jeune élève. « Ça m'a traumatisée », confie Élisa, effarée devant le monde déstructuré et violent qu'elle côtoie. Née en 1996, elle croit appartenir à la dernière génération épargnée, celle qui a connu les prémices de la tempête sans la subir de plein fouet.

Aux Pyramides, elle découvre les failles vertigineuses d'une école submergée par l'impuissance d'adultes désemparés, l'engrenage destructeur des réseaux sociaux et les ravages d'une autorité parentale abîmée.

Le débat portant sur l'interdiction des réseaux sociaux pour les plus jeunes ne doit pas écarter la question centrale de la perte d'autorité dans la société, mais il répond néanmoins à un problème sociétal majeur qu'il ne faut pas nier.

Les réseaux sociaux contribuent à exacerber les violences et amenuisent les facultés cognitives des plus jeunes. Ces plateformes posent un défi existentiel : sommes-nous encore capables de former des citoyens lucides, aptes à lire, à penser, à raisonner, ou sommes-nous résignés à produire des consommateurs passifs et déstructurés ?

L'utilisation quotidienne de TikTok, Instagram ou Snapchat modifie le rapport à autrui, incite à la surenchère et altère la concentration. La question de leur régulation revêt un enjeu de civilisation. Limiter leur accès avant 15 ans est sans nul doute un garde-fou et un impératif de santé publique.

L'école doit redevenir un espace de sobriété numérique, bannissant l'usage du téléphone portable au collège et au lycée.

Ce qu'Élisa a vu est un électrochoc : « Les Pyramides m'ont traumatisée. »

Elle décide d'abandonner l'idée de devenir professeure. Pour un court laps de temps.

Après la naissance de son fils, elle assume seule le rôle de mère. Sa situation financière est difficile. Elle sollicite de l'aide. « Je me sentais coupable de percevoir une prestation sociale sans travailler. »

Elle répond à la première opportunité disponible et transmet son curriculum vitæ à une agence du Crédit agricole, mettant en avant les compétences acquises au cours de sa licence en anglais et en économie.

Embauchée à l'accueil, on lui fait miroiter la promesse d'une formation pour devenir conseillère bancaire à temps plein. Elle gère les demandes et voit certains clients venir chercher leurs allocations sociales. « Tous les 5 du mois, je voyais des files entières de gens qui venaient retirer 950 euros d'aides quand je travaillais au Smic, avec chaque jour une heure de route pour rejoindre l'agence, une nourrice à payer et un fils à élever. »

« C'était la galère », lâche Élisa, désemparée par ce contraste saisissant.

Chaque soir, elle était contrainte de partir quelques minutes avant l'heure pour récupérer son fils chez la nourrice, mais ses supérieurs hiérarchiques ne le voyaient pas d'un bon œil. Il leur serait difficile de lui octroyer un CDI dans ces conditions.

Avec son CDD et son petit salaire, Élisa peine à décrocher un logement. Elle sait que les délais pour obtenir une HLM sont interminables... En attendant, elle vit chez sa mère.

Elle obtient finalement un CDI de secrétaire chez Lexus, rémunéré au Smic pour trente-neuf heures par semaine.

Mais là encore, le compte n'y est pas. Les conditions de vie sont plus que difficiles, entre les dépenses courantes, la garde de son fils et les frais de transport ; elle finit par s'interroger : « J'ai eu le sentiment que travailler me revenait plus cher que de rester à la maison en sollicitant les aides sociales. »

Élisa se remémore un hiver particulièrement rude : « J'avais 15 °C dans le salon, 17 dans la chambre. Le chauffage était vétuste, je le coupais. Je n'ai jamais eu aussi froid de ma vie. Je me disais : j'ai fait des études et pourtant mon cerveau ne travaille plus. »

À cet instant, l'idée d'enseigner et de transmettre revient à son esprit. C'est ce qui lui plaît. Elle y voit une promesse de stabilité et d'utilité sociale : « Je voulais retrouver un métier qui ait un sens. »

Sur le site de l'académie de Créteil, elle dépose sa candidature. La pénurie d'enseignants est si criante qu'on la sollicite immédiatement… « On m'a recontactée favorablement d'emblée, sans même me demander mon CV. »

D'après une enquête du Snes-FSU – le premier syndicat enseignant –, 48 % des collèges et lycées français souffrent du manque d'enseignants. Dans l'académie de Créteil, ce chiffre atteint près de 60 %…

Quelques semaines avant la rentrée de septembre 2024, elle reçoit un appel de l'inspectrice. Un poste l'attend dans l'un des établissements difficiles de son département. « Je n'ai participé à aucune formation, et on me propose déjà une classe. Je trouvais ça fou », observe-t-elle, encore sidérée.

Avant la rentrée, il n'est pas possible de rencontrer la direction : cette dernière est surchargée. Élisa est jetée dans le grand bain, livrée à elle-même : « J'avais la pression, j'étais très mal. Ce n'est pas rien d'être professeur, on représente l'État, et comme tout métier, il s'apprend. »

Sa journée est peu agréable. Dès le deuxième cours, elle observe désemparée le comportement des élèves. Ils hurlent dans le couloir, entrent sans la saluer ou gardent leur manteau et bougent ostensiblement les chaises. Elle perçoit des regards de défiance, des comportements destinés à tester ses limites.

Le deuxième jour, alors qu'elle tourne le dos, un élève la siffle. Un autre lui demande si elle est mariée. « C'est très déstabilisant. Comment enseigner dans de telles conditions ? » La jeune professeure d'anglais multiplie les anecdotes, presque intarissable. « À mon époque, les perturbateurs représentaient une poignée d'élèves. Aujourd'hui, ils sont la norme. »

Alors qu'elle écrit au tableau, une bagarre éclate dans son dos entre un élève turc et l'un de ses camarades kurde. L'affrontement communautaire dégénère sur fond d'insultes. Élisa prône l'apaisement mais l'un d'eux lui lance : « Dans la cité, ça se réglerait à coups de machette. »

La jeune enseignante prend peur et les surveillants interviennent. Depuis, la porte de sa classe reste toujours entrouverte, par sécurité.

Elle sait que chaque remarque pour affirmer l'autorité du professeur peut aboutir à un échange imprévisible : « Il faudrait se justifier en permanence. »

En rentrant chez elle, Élisa ressasse. Beaucoup de ses collègues partagent le même malaise quand d'autres jouent avec la limite : « Beaucoup de jeunes profs adoptent le langage des élèves, se mettent à leur niveau. Mais c'est dangereux, car on nivelle par le bas. » Son avertissement nous rappelle que l'autorité est une condition du respect. C'est la valeur cardinale de la transmission du savoir.

Lorsqu'elle plonge dans les souvenirs de sa première rentrée, l'agitation bruyante des élèves l'a profondément marquée. Il y a aussi un sentiment de solitude, une sensation d'être laissée seule et sans repères, au milieu d'une institution dépassée et surchargée.

En tant que contractuelle, Élisa a seulement droit à quatre journées de formation. « Une fois l'année scolaire entamée, c'est ridicule », analyse-t-elle, stupéfaite. Et d'ajouter : « On nous envoie face à des classes sans bagage pédagogique solide, et l'on s'étonne que beaucoup abandonnent. »

S'ajoutent à cela les étranges directives pédagogiques établies par le ministère.

Elle découvre qu'il lui est fortement déconseillé de donner un cours de grammaire anglaise pure. L'inspectrice a été claire : « C'est considéré par l'Éducation nationale comme de l'enseignement descendant, ce n'est pas conforme à la doctrine d'apprentissage. »

En lieu et place, on l'invite à privilégier l'« actionnel », c'est-à-dire l'apprentissage en jeux de rôle, par des mises en situation censées faciliter l'acquisition des fondamentaux.

Élisa voit cela comme un non-sens, un « nivellement par le bas » par crainte de dispenser des leçons trop difficiles. « On ne stimule plus les cerveaux. Je vois des élèves en terminale incapables de problématiser. »

À ce quotidien déjà rude s'ajoutent l'absurdité administrative et les lenteurs qui découragent. « Ma première fiche de paie n'est arrivée que fin novembre, le troisième mois de ma prise de fonctions. Cela engendre un stress terrible. »

Elle touche environ 1 700 euros net, auxquels s'ajoutent 170 euros d'indemnités pour ses deux enfants ; pour vingt et une heures de cours effectifs par semaine, dont trois sont rémunérées en heures supplémentaires. Est-ce la stabilité qu'elle espérait ? « Avant d'être professeure, je sous-estimais le travail. La préparation des cours, les corrections et les recherches représentent des dizaines d'heures en plus, à la maison. »

En dépit des désillusions et d'une pression quotidienne, cette profession porte en elle une dimension qui la dépasse, un but qui donne un sens à chacun de ses trajets, à chaque heure de cours et à chaque leçon transmise. « Je cherchais un métier qui ait du sens et un caractère social. Participer à construire un avenir auprès des jeunes est inestimable. J'aime la France et je suis honorée de la servir », explique-t-elle.

Elle porte toujours en haute estime la relation avec les élèves, davantage avec ceux qui nécessitent un accompagnement particulier. De ces liens exigeants surgissent parfois d'étonnants moments de grâce.

Au milieu du cours, un lycéen lève la main : « Madame, pourquoi vous êtes prof, alors que vous pourriez faire mieux ? »

La question la laisse pantoise ; elle sait à quel point le métier peut être injustement perçu et dévalorisé. En le regardant dans les yeux, elle lui répond : « Parce que chaque élève vaut quelque chose. »

C'est sa conviction profonde, et l'origine de son témoignage : personne n'est condamné par avance. Elle se bat malgré les difficultés pour que chacun de ses élèves comprenne qu'il a une dignité ; son avenir sera ce qu'il en fera.

La reconnaissance que la République omet souvent de témoigner à ceux qui la servent vient parfois du terrain. Ces moments ne sont jamais oubliés. Élisa se souvient du dernier jour dans une classe où elle n'était que remplaçante et où les élèves ont refusé de la laisser partir, l'entourant et criant qu'ils souhaitaient la voir rester. « J'étais émue. Un peu de gratitude ne fait jamais de mal. »

Et puis, il y a aussi la force du collectif, la fraternité d'équipe en salle des professeurs. Elle sait la chance d'avoir une direction bienveillante et des collègues prêts à l'épauler. « Ils sont remarquables, et c'est essentiel. Lorsqu'on est enseignant on ne devrait jamais se sentir seul. »

Combien de temps pourra-t-on encore demander à nos professeurs d'y croire seuls, sans soutien et sans moyens, parfois sans institution pour les soutenir ?

Petit, lorsque j'habitais à Saint-Denis avec ma mère, je traversais chaque matin le trottoir d'une école. Sur le mur était gravé : « De l'instruction naît la grandeur des nations ». Cette phrase ne m'a jamais quitté.

L'école n'est pas un chantier secondaire : elle est le creuset de la Nation, de son présent et de son futur. La chute de la France dans les classements internationaux doit nous alerter.

En mathématiques, le recul est accablant : entre 2018 et 2022, la France a perdu 21 points. C'est la plus forte baisse observée depuis le lancement du classement Pisa en 2000. En compréhension de l'écrit, elle a chuté de 19 points sur la même période. Des chiffres plus qu'alarmants à l'heure où les savoirs fondamentaux doivent revenir au premier plan des programmes scolaires.

Lorsque Élisa décrit des lycéens qui peinent à se concentrer, à distinguer parfois le bien du mal, elle traduit l'effondrement du langage, du respect et de la raison. L'école n'est plus un sanctuaire. Elle est un lieu où sont entrés, un à un, les maux qui détruisent notre société : l'ultraviolence, l'effondrement de l'autorité et le sentiment d'impunité, le communautarisme, la tyrannie des écrans. Désormais, elle est l'enceinte où circulent des armes blanches et où l'on peut mourir d'enseigner.

Redresser l'école appelle le retour de l'ordre dans les classes et le respect du professeur. Il appelle le vouvoiement obligatoire et l'éloignement systématique des individus perturbateurs.

En cas d'incident, de violence verbale, physique ou d'acte plus grave, les sanctions sont bien souvent aléatoires ; pour éviter de faire des vagues ou par crainte des représailles, la réponse peut s'en trouver amoindrie et passer de l'exclusion au simple avertissement symbolique. Sur le modèle des peines plancher en droit pénal, il nous faut instaurer des « sanctions plancher » au sein des conseils de discipline.

À chaque incident doit correspondre un plancher minimal de sanctions, décidées par le ministère, rendu public par avance et sous lequel il serait impossible de descendre afin de garantir, à chaque comportement, un seuil de réponse efficace.

Il faut rétablir des principes fondamentaux. Tout n'est pas permis à l'école. À chaque acte grave doit correspondre une sanction ferme, systématique et judiciarisée si nécessaire.

Redresser l'école consiste à restaurer un sanctuaire républicain, un lieu où l'on apprend à penser dans le respect de ceux qui transmettent. C'est redonner confiance aux enseignants, et ne pas étouffer leurs cris d'alerte. C'est assumer que la sécurité, la discipline et l'exigence pédagogique ne sont pas des principes désuets mais des urgences existentielles.

L'instauration du port de l'uniforme à l'école représenterait un symbole fort.

Il permettrait de rappeler que l'école transcende les différences sociales, culturelles et cultuelles, en recentrant les élèves sur ce qu'ils ont de commun plutôt que sur ce qui les distingue. Revêtir une tenue commune chaque matin et la retirer chaque soir, c'est consentir à un rituel, à des règles qui font de l'école un lieu neutre et protecteur.

Noyée par l'idéologie, l'école s'est éloignée de sa mission initiale d'instruction.

À l'heure des intelligences artificielles et face au péril de devenir assujettis aux technologies censées nous servir, il est urgent de cultiver la singularité de l'intelligence humaine que seule l'école de la République peut préserver.

Élisa n'a que 29 ans. Mère et professeure, elle est de celles qui portent sur leurs épaules les échecs des choix passés, les défis vertigineux du temps présent et la responsabilité du futur.

Elle est de la génération née pour empêcher que la France ne se défasse. Ses souffrances disent tout de l'urgence dans laquelle est plongée l'école de la République. Mais son engagement viscéral est aussi un message d'espoir. Les portes de l'école continuent à s'ouvrir parce qu'il y a des professeurs qui n'ont cessé de croire en leur vocation, en l'Éducation nationale et en l'avenir de la jeunesse. En écoutant son témoignage, nous comprenons que l'école ne peut plus attendre.

C'est là que tout commence.

VI
Ceux qui nous font rêver

16

Une discipline intérieure

« C'ÉTAIT UN RÊVE DE GOSSE. »

Son nom est une légende du sport. Avec son kimono et sa ceinture rouge, il a fait résonner *La Marseillaise* aux quatre coins du monde. Derrière ses victoires individuelles, sous le drapeau français, se cachent des années d'efforts et une discipline intérieure hors du commun.

Christophe Pinna est né en mars 1968 à Nice, dans une famille aux accents corses et niçois. Entouré de l'affection de ses parents et de la complicité de son frère, il passe son enfance dans le quartier Saint-Sylvestre, à l'écart du bord de mer.

Christophe sourit : « J'étais très dissipé, contrairement à aujourd'hui. » Dès l'école primaire, son énergie débordante attire l'attention des instituteurs. Le directeur de l'établissement sollicite un entretien avec ses parents : « Orientez-le vers le sport, il faut qu'il se dépense, sinon il ne tiendra jamais assis en classe toute l'année », conseille-t-il, bienveillant. Ses parents décident de l'inscrire aux arts martiaux.

Le futur champion n'a pas encore 6 ans lorsqu'il enfile pour la première fois un kimono. Il n'imagine pas un seul instant que cette tenue blanche deviendra le fil de sa vie, son armure et l'étendard de ses plus grands succès.

« J'allais au dojo deux fois par semaine accompagné de mon frère, de trois ans mon aîné. Mais pour être tout à fait honnête, je m'y rendais en pleurant. » Les débuts sont difficiles. Christophe pratique son sport à contrecœur, comme une punition.

Avec le temps, Claude, son professeur, parvient à transformer les larmes du jeune Christophe en véritable passion. Ce dernier n'oubliera ni son nom ni son visage. « Claude m'a transmis la passion, celle qui m'habite encore aujourd'hui. Je lui dois tout. »

L'enfant turbulent découvre l'effort et la discipline : parler à voix basse en franchissant la porte du dojo, écouter, saluer son partenaire, respecter le lieu, s'appliquer dans les gestes, apprendre à dominer ses énergies. Christophe découvre un cadre exigeant et une respiration à côté des heures de classe. C'est une révélation ; il ne s'agit pas seulement d'un sport, mais d'une école de la vie.

Dans sa chambre et avec ses rêves d'enfant, il se construit un imaginaire. Il accroche des posters de Chuck Norris, de Bruce Lee ou de Bill Wallace. « Je vivais dans mon autre monde. À 8 ans, j'ai commencé à rêver d'être un grand champion. »

Son père, Georges, est directeur de casino sur la Côte d'Azur. C'est un passionné de boxe et de sports de combat. Il soutient son fils et l'encourage. Dans le garage de la maison familiale à Nice, il installe un sac de frappe et s'entraîne avec lui.

Janny, sa mère, veille sur le foyer. Déjà fragilisée par la maladie, elle tient à ne manquer aucune de ses obligations : « Avant de partir faire sa chimio, elle faisait la cuisine. On n'a jamais mangé de boîtes de conserve. Au réveil, l'odeur de sauce tomate embaumait toute la maison. Je m'en souviens comme si c'était hier », dit Christophe l'œil humide. Il est ému de se remémorer combien la chaleur des repas atténuait un instant la rudesse de la maladie.

À 11 ans, les rêves de l'enfant se structurent.

« Je rêvais de devenir champion du monde, mais surtout champion du monde toutes catégories. Il y avait une vraie raison à ça : dans ma chambre, j'avais un globe qui me servait de lampe de chevet, je voyais ce que représentait le monde. De l'autre côté, il y avait le lit de mon frère aîné, plus grand et plus fort que moi… Si je devenais champion du monde toutes catégories, je réussissais à devenir champion de cette boule ronde qui représentait la Terre, et de toutes les personnes plus grandes et plus fortes que moi. » En s'endormant, il serre contre lui une petite poupée japonaise vêtue d'un kimono offerte par sa tante et chaque soir, dans sa prière, ajoute cette requête :

« Que ta volonté fasse que je devienne champion du monde. »

À l'école, l'adolescent turbulent peine à trouver sa route. Son père décide de l'envoyer au lycée d'enseignement professionnel Don-Bosco à Nice, un établissement privé religieux non-mixte. « C'est une école à la dure mais elle apporte du bien. »

Chaque journée de classe démarre par le « mot du matin », une courte leçon de vie récitée aux élèves ; elle tient lieu d'éducation morale. « On nous apprenait à être bons, polis, à respecter l'autre, à ne pas voler », dit-il.

Le cancre – comme il se décrivait alors – finit par remonter la pente et s'imposer, à la surprise générale, comme le meilleur élève de la classe. « La passion et l'amour des enseignants pour leur métier m'ont transformé », confesse-t-il. Sa satisfaction est aussi celle du directeur du lycée qui ne manque pas de l'encourager et de le féliciter pour ses bons résultats. En guise de récompense, il lui confie la clé du gymnase. Christophe a désormais le droit de revêtir son kimono et de s'entraîner quand il le souhaite sur l'heure du déjeuner. Ce sera l'un de ses plus beaux souvenirs d'enfant.

Sa passion pour le sport devient une addiction et une vocation. Ce qui était autrefois un simple loisir s'impose comme un besoin. Sur le tatami, Christophe se sent libéré : « Chaque midi, dès que la cloche sonnait, je fonçais m'entraîner et ensuite je prenais, à toute vitesse, le repas que m'avaient mis de côté les dames de cantine. » Son cycle sera couronné d'un premier succès ; il obtiendra son CAP avec les félicitations.

Sa mère est sa première supportrice. Il ressent son amour et la confiance qu'elle lui témoigne : « Elle répétait aux voisins que son fils deviendrait champion du monde ! »

Hélas, la pathologie l'affaiblit de plus en plus.

« Elle ne s'est jamais plainte. Même malade, elle n'aurait jamais accepté que l'on sorte avec des habits sales. » Sa dignité l'impressionne.

Après des années de lutte contre le cancer, elle décède alors que Christophe n'a que 17 ans ; son chagrin sera immense et sa blessure indélébile.

Dans cette épreuve, le karaté devient une véritable béquille : « Le sport était le moyen de transformer ma colère, de rester droit, de puiser la force d'avancer. Se faire mal et en baver était un exutoire. »

Champion régional, il est sélectionné par sa ligue pour participer aux championnats de France de karaté qui ont lieu au stade Pierre-de-Coubertin à Paris. Les efforts finissent par payer. Christophe s'impose et décroche son premier titre de champion de France junior.

Mais un mal-être le ronge inlassablement. Le deuil de sa mère est encore vif. Il sollicite une dérogation pour pouvoir devancer son service militaire. Une façon de ne pas sombrer, de se raccrocher à un cadre pour se confronter encore à l'effort et évacuer la douleur. « Avoir mal était le seul moyen de libérer la rage et la tristesse que j'avais en moi », confie-t-il.

L'Armée donne son accord.

Nous sommes en 1986 ; Christophe a 18 ans. Il quitte Nice et sa Côte d'Azur natale pour le Nord de la France, en direction de Doullens. Il découvre un autre monde, loin de la lumière de la Méditerranée. Il se souvient toujours de la grisaille des premiers jours, des longues marches en rangers et treillis. Il croise Franck Mesnel, futur international de rugby. « C'est drôle, il a ensuite fondé Eden Park, et a été mon tout premier sponsor », se remémore-t-il, comme un clin d'œil du destin.

Christophe intègre l'EIS, l'École interarmées des sports, l'ancienne gloire du bataillon de Joinville déplacée ensuite à Fontainebleau. Douze mois de discipline, de rigueur et d'efforts acharnés l'attendent. Les lundi et mardi en caserne, le reste de la semaine à l'entraînement.

Le parcours qui l'attend est fabuleux. Il enchaîne les titres de champion de France militaire de l'armée de l'air, de champion de France interarmées, et de champion de France et d'Europe junior. Il décroche également son premier titre de champion de France sénior en étant surclassé. Le jeune athlète sait garder la tête froide : « Je ne me suis jamais enflammé ni laissé pousser du col. Les titres, c'est un jour dans l'année. Les 364 autres jours, tu en baves. »

À la fin de son service, Christophe est nostalgique. La vie au Nord n'est pas faite pour lui. « Je n'ai pas aimé l'Île-de-France. Le soleil me manquait trop. »

Il retourne à Nice où il rejoint son père dans la maison familiale. Il croise alors la route de René, secrétaire général de l'ASPTT (Association sportive des Postes, télégraphes et téléphones), qui lui propose un contrat TUC (travaux d'utilité collective). Le salaire proposé est dérisoire, l'équivalent de 200 euros par mois, mais on lui met également à disposition une salle pour s'entraîner.

La liberté qui lui est promise suffit à convaincre Christophe. « Ne t'inquiète pas, tu auras du temps », le rassure René avec bienveillance.

À Nice, le champion retrouve son rythme et ses marques. Les journées sont organisées comme un rituel. Le réveil sonne à 5 heures « précises ». Commence alors une heure de footing, au lever du soleil, le long de la promenade des Anglais.

Christophe y croise régulièrement Jacques Médecin, le maire de Nice, élu durant près de vingt-quatre ans (de 1966 à 1990). « Il était soucieux que la promenade soit impeccable. Alors, il sortait vérifier chaque matin, avant que la ville s'éveille et que les gens partent travailler. On se saluait », se remémore Christophe avec tendresse.

Un beau jour, l'édile local lui lance : « Oh, pitchoun ! Viens, je t'invite à déjeuner. » Le champion s'en amuse : « Il m'a convié au restaurant. C'est la première fois que j'ai mangé un tartare. Ce souvenir m'est resté. »

Le charisme de l'élu l'impressionne et le séduit. « C'était un homme bon, qui donnait sa chance à tous ceux qui voulaient se lever le matin pour réussir et faire des choses. »

Un soir, le cabinet du maire lui téléphone.

Jacques Médecin propose au jeune karatéka de porter les couleurs de la ville, d'en être une sorte d'ambassadeur au sein des différentes compétitions auxquelles il s'apprête à participer. En contrepartie, Christophe recevra une subvention. « J'étais très fier d'être sponsorisé par la ville et mis en valeur. Mais j'étais encore plus honoré de voir les yeux de mon père briller. »

Il vient de célébrer ses 20 ans et décroche un contrat d'athlète de haut niveau proposé par La Poste. Il sera salarié, assuré et payé comme un facteur, avec une mission : s'entraîner. « J'ai compris que c'était parti, que ma carrière serait sportive ou ne serait pas. » Pour l'accompagner, la ville de Nice lui octroie une attachée de presse ; elle deviendra sa femme et la mère de ses deux enfants, Morgane et Anthony.

Les années qui suivent sont témoin de son ascension.

En 1993, à Alger, il participe à sa première Coupe du monde. Christophe n'est pas favori ; pourtant, il s'impose. Le match final dure trois minutes. Face à son adversaire du jour, il décroche un premier titre mondial en mi-lourds.

L'année suivante, il s'envole pour la Malaisie. Christophe porte les couleurs de l'équipe de France pour les championnats du monde et l'emporte. La France triomphera vingt-deux ans après ses grandes victoires de 1972.

Le voilà sacré champion du monde par équipe, porté par l'élan collectif et la responsabilité d'honorer le drapeau tricolore. « Quand on est sur le podium et qu'on entend *La Marseillaise*, c'est fantastique. C'est une fierté totale. »

En individuel, il doit se contenter d'une troisième place toutes catégories. Une performance remarquable louée par ses proches qui garde le goût amer de l'inachevé ; il entendait prouver qu'il pouvait dominer seul, sans le soutien du collectif. Une soif de victoire que les plus grands connaissent et qui sommeillera longtemps en lui.

En 1996, à Sun City, en Afrique du Sud, l'équipe de France conserve son titre de championne du monde face à l'Angleterre. En individuel toutes catégories, Christophe reçoit un coup de pied en pleine tête à dix secondes de la fin du match et termine sur la troisième marche du podium.

En 1998, à Rio de Janeiro, il revient plus fort : champion du monde par équipe, troisième en individuel, il n'arrive toujours pas à décrocher le titre qu'il convoite. « Les combats en individuel passaient après les combats par équipe. J'avoue que je donnais tout pour la France, et qu'on perdait en énergie pour l'individuel. »

Une explication loin d'apaiser sa blessure d'orgueil.

Aller au bout de son rêve d'enfant nécessite de s'entraîner encore, avec acharnement.

Le temps passe et Christophe Pinna s'impose comme une référence dans le milieu sportif. Bien qu'il n'ait pas encore décroché le prestigieux titre de champion du monde toutes catégories, certains le considèrent comme l'un des meilleurs karatékas du monde.

Christophe aura rendez-vous avec son destin.

Le 14 octobre 2000 à Munich, il s'apprête à écrire une nouvelle page de sa carrière professionnelle et de l'histoire sportive du pays. À 32 ans, le temps n'est plus devant lui.

Les entraînements à haut niveau laissent des impacts sur le corps, et l'endurance physique de ses jeunes années n'est plus tout à fait la même. Sur le tatami, il souffre et chaque jour supplémentaire se rappelle à lui : « Je poussais l'effort jusqu'à vomir dans mon kimono. Je savais que si je n'arrivais pas à décrocher rapidement la victoire en individuel, je n'y arriverais jamais. »

Il prend alors une décision radicale en renonçant à participer au combat par équipe pour consacrer ses forces à l'affrontement individuel. C'est son dernier pari, son ultime chance. Dans son esprit, tout est clair : sa carrière s'arrêtera ce soir, quoi qu'il arrive, quoi qu'il se passe.

En ce jour d'automne, Christophe sait qu'il doit tout donner. Se dirigeant vers le gymnase où se tient la compétition, il s'isole ; dans le casque, les chansons de Jean-Jacques Goldman l'accompagnent comme une ultime prière.

Il repense à la carrière qu'il laissera derrière lui, à sa petite poupée en kimono qu'il a emmenée avec lui à Munich ; à sa mère, Janny, qui répétait aux voisins du quartier : « Vous verrez, mon fils sera champion du monde. »

Coïncidence, c'est le jour de la Saint-Juste. « Je me suis dit : "Si la vie est juste, je serais champion du monde ce soir." »

Son père l'a accompagné, il est en tribune.

Le combat final s'annonce rude. Face à lui, un athlète italien champion du monde des mi-lourds et des poids lourds. Du haut de son mètre quatre-vingt-cinq, Christophe domine le combat. Il mène 5 à 0, sans faiblir. Les trente dernières secondes deviennent les plus longues de toute sa carrière. Il revit encore aujourd'hui, seconde après seconde, cette ultime bataille.

Quand l'arbitre consacre sa victoire, Christophe jubile et se jette dans les bras de son fidèle entraîneur, avant de se reprendre. « Je me suis dit : "Ça y est, je l'ai enfin fait, je suis champion du monde toutes catégories confondues." »

La malédiction est brisée. Après des années de frustration, de troisième place, et d'échecs en individuel, il finit par décrocher le graal. « C'était le plus beau jour de ma carrière sportive. Mon rêve d'enfant est enfin réalisé. »

Son père, installé au premier rang, pleure de fierté et d'admiration. Avant de s'approcher du podium, Christophe le regarde. « J'ai senti que c'était l'une des plus belles choses qui puissent lui arriver. »

Telle une scène de film, ce 14 octobre 2000 est une apothéose. L'ambition du sportif se réalise dans l'ultime minute du dernier combat de sa carrière.

Pourtant, quelque chose ne va pas. Le vertige s'empare du champion et une impression de vide s'installe. *La Marseillaise* entonnée et la médaille remise, après les accolades fraternelles de ceux qui l'ont accompagné jusqu'au sommet, Christophe reprend le chemin de son hôtel à quelques minutes de là.

Dans le bus qui le conduit, il s'aperçoit qu'on lui a volé son sac, certainement lors de son contrôle antidopage… À l'intérieur, la petite poupée en kimono, le porte-bonheur offert par sa tante qu'il avait conservé près de lui durant toutes ces années. Un drame intime que lui seul peut éprouver.

Sous la douche, il réalise que son porte-bonheur n'est plus, que sa mère n'est pas là pour le voir toucher du doigt son rêve, et que demain, il n'y aura plus d'entraînement intensif ni de compétition à préparer. « La sensation était étrange et très négative. La dépression m'a gagné. Je me suis demandé ce que j'allais faire », raconte Christophe.

En bas de l'hôtel, ses amis attendent et trépignent d'impatience à l'idée de le retrouver pour fêter la victoire. Mais rien n'y fait… Le champion reste seul, enfermé dans sa chambre, assis sur le bord du lit. Ses amis s'inquiètent ; ils décident de faire ouvrir la porte, avec l'aide du réceptionniste. Ils découvrent leur ami morose, abattu, comme si une lumière intérieure s'était éteinte.

Mais une nouvelle page de sa carrière s'apprête à s'ouvrir. Le champion du monde est convoité. Deux jours après la victoire de Munich, il s'envole pour Athènes. La fédération grecque lui propose d'entraîner l'équipe nationale de karaté. « J'ai accepté sans réfléchir », dit-il. Un an plus tard, alors que la Grèce stagnait à la onzième place européenne, il parvint à la hisser deuxième, derrière la France.

Il n'en fallait pas plus pour que notre beau pays lui propose le poste d'entraîneur national. Il entraînera ensuite les États-Unis de 2002 à 2004 ; et propulsera l'équipe américaine de la dix-huitième place mondiale à la première.

À Monterrey, au Mexique, il remettra lui-même les médailles à ses athlètes. Une fierté singulière tout aussi intense.

Dans le taxi qui l'emmène à l'aéroport, sa seconde épouse, Anne, lui annonce qu'elle attend une petite fille, Romane. Il ne reviendra plus entraîner l'équipe américaine, d'ailleurs il n'entraînera plus aucune équipe « C'est une très belle expérience de participer aux victoires et aux défaites des athlètes, mais il est temps pour moi d'arrêter. »

Puis il revient à Nice, fidèle au Sud et à sa ville natale. La mairie lui propose d'être chargé de mission pour rapprocher les Niçois du sport. Fort de son expérience et de son aura, il défend le sport accessible à tous, et pour les personnes âgées à qui il propose des séances gratuites en plein air, dans les parcs de la ville. Il s'agit moins de faire travailler le corps de nos aînés, que de recréer du lien social et de faire du sport un langage universel capable de fédérer ou de rompre la solitude.

Le champion de karaté est une figure de Nice, appréciée et respectée. Il partage désormais sa vie entre les entraînements matinaux, les activités de conseil, les grands événements sportifs où son expérience est plébiscitée et la Corse, berceau de lointaines racines familiales. Cet équilibre est une forme d'oxygène. « Je ne pourrais pas m'arrêter. J'ai encore besoin de pratiquer le sport tous les jours. »

Pour Christophe Pinna, le sport n'a jamais été qu'une simple discipline physique. Il est une exigence morale, une école et parfois un levier d'ascension. « Le sport est un outil d'éducation et de prévention pour la jeunesse », aime-t-il répéter, comme une évidence. Encore faut-il qu'il soit employé avec discernement. « Le sport est une voie pour tirer vers le haut. Ce n'est pas qu'une question de moyens, c'est aussi une question de méthode. Le sport peut avoir une réelle valeur éducative, un vrai apport personnel. Être sportif ne vous rend pas intègre d'office. C'est pourquoi on a besoin de profs et d'éducateurs qui enseignent le respect. Respect de l'arbitre, respect du partenaire, respect de l'adversaire. »

Pour celui qui a été sauvé par la rigueur du kimono, par une famille et des professeurs qui ont toujours cru en lui, la pratique du sport est d'abord l'acceptation d'une exigence intérieure et de valeurs morales. Dans son cas, c'est apprendre à chuter, à encaisser, à se relever, à ne jamais abandonner.

« Le karaté, c'est d'abord une éducation, une philosophie de vie, une culture », précise-t-il.

Dans un moment où la jeunesse manque parfois de repères et où les valeurs se brouillent, une salle de sport peut changer un destin. Sa parole, celle d'un champion devenu pédagogue doit résonner sans cesse. Investir dans le sport est une promesse de cohésion, un enjeu de santé publique et un motif de fierté nationale.

Rejouer un combat ? Il évoque une demi-finale perdue en 1994 contre un adversaire croate rugueux qui l'a mis en échec. « J'ai commis un excès d'orgueil ce jour-là », reconnaît-il lucide, conscient que seules les défaites apprennent et font grandir.

A-t-il eu la vie qu'il souhaitait ? Il sourit. « Oui, c'est la vie que je voulais. Jamais personne ne m'a dirigé. » Une vie faite de sport, de compétitions, de voyages, de podiums, mais une vie façonnée par une passion qui ne l'aura jamais déçu.

Aujourd'hui, le regard de Christophe s'assombrit lorsqu'il évoque la société. La politique ? Il n'y croit plus, et le constat est amer : « Les responsables politiques devraient arrêter de taper sur ceux qui travaillent. Ils devraient être du côté des gens qui se lèvent tôt le matin et qui triment. » S'il avait le président de la République en face de lui, sa question serait dure et directe : « Êtes-vous satisfait de voir que tout va mal en France ? »

Cette colère vient d'un homme blessé de voir son pays fragilisé.

Christophe a hissé les couleurs tricolores au sommet, et fait résonner *La Marseillaise* aux quatre coins du monde. Chaque victoire, chaque podium a été un moment de fierté nationale et d'émotion personnelle. Il parle aujourd'hui avec véhémence ; car il sait la valeur de ces moments et regrette que nos gouvernants l'aient oubliée.

À plusieurs reprises, les honneurs officiels lui ont été rendus. Il devient chevalier, puis officier de l'Ordre national du Mérite. Lorsque le Musée national du sport lui propose d'exposer son kimono, au côté de ceux de David Douillet ou de Marcel Cerdan, Christophe est ému. « Je préfère que mes enfants et petits-enfants viennent ici se recueillir plutôt qu'au cimetière le jour où je ne serai plus là. »

L'athlète a une certitude : le sport est une promesse nationale et une solution ; un ciment social et un héritage à transmettre aux jeunes générations.

Un jour, le téléphone sonne. Le champion du monde décroche. Le directeur de son ancien lycée – Don-Bosco – lui demande de venir donner le « mot du matin ». Dans le rôle du passeur de flambeau, il livre ce message : « Tout le monde peut réaliser ses rêves. Il n'existe qu'une seule obligation : trouver en soi le courage de les poursuivre jusqu'au bout, d'affronter les épreuves sans jamais faiblir, et de ne jamais laisser la peur étouffer la volonté. »

Voilà ce qui forge la grandeur d'une Nation.

17

L'autre médecin de l'homme

Que serait la France sans l'art et la culture ? Notre pays s'est façonné à l'ombre des cathédrales, des châteaux et des musées, sous les mains des architectes, des peintres et des sculpteurs.

Sans eux, la France ne serait plus totalement elle-même, privée d'un supplément d'âme qui fait tomber un étranger sous le charme de Paris au premier regard. Dans ce patrimoine immuable, à Versailles, à Fontainebleau, que Napoléon appelait « la maison des siècles », et à Chambord, il y a les traces de notre génie d'antan et ce qui fonde notre rayonnement présent.

La France est à la fois la patrie des armes et des lois, elle est aussi la mère des arts, selon la formule que nous aimons attribuer à Pierre de Ronsard ; terre de penseurs, de philosophes, d'écrivains, elle est le refuge des plus grands créateurs, inventeurs et artistes.

Les mots de Victor Hugo, les fresques de Delacroix, les élans romans de Vézelay, les voûtes gothiques de la Sainte-Chapelle, le bleu de Chartres, le rouge de Bourges et les toiles de Monet donnent à la liberté et à la beauté une définition strictement française.

Ces chefs-d'œuvre habitent l'esprit de chacun d'entre nous.

Pourtant, beaucoup continuent à voir l'art et la culture comme un espace supérieur, une citadelle peuplée d'initiés et réservée à une élite.

Combien de fois ai-je entendu dire « l'art, ce n'est pas pour moi » ? Les œuvres seraient trop abstraites, les musées trop intimidants, et les galeries un temple spéculatif hors de portée.

Notre culture n'a de sens que si elle est partagée et accessible ; parce qu'il ne peut y avoir de distance entre le peuple et son héritage inestimable.

La France est une terre de culture, forte de ses 1 200 musées, de ses 1 500 festivals, de ses 400 théâtres municipaux et de ses 40 000 monuments historiques. Elle est une Nation où un collégien peut, en une même journée, visiter la cathédrale de Paris, lire Rimbaud et découvrir les œuvres de Molière au théâtre.

L'art et le patrimoine doivent redevenir accessibles, avec intelligence, loin des oripeaux idéologiques d'une gauche bêtement égalitariste, pour permettre à chacun de rêver, de s'émerveiller, de se questionner et de s'émouvoir.

Cette quête anime Jacques, octogénaire infatigable, enfant de Bourg-en-Bresse devenu expert-comptable puis galeriste.

Son histoire a démarré dans les années 1940 sur les terres du beau département de l'Ain, entre Lyon et la Suisse. Une enfance modeste dans une ville moyenne éloignée de la frénésie des grandes métropoles. Son père est contremaître dans une usine de la région. Sa mère est remailleuse, un métier d'autrefois qui consiste à réparer les bas endommagés… « La vie était bien plus difficile avant », soupire-t-il.

À l'époque, la culture se résume pour Jacques aux images du calendrier des Postes. À chaque fin d'année, le facteur en apportait un exemplaire. Les images de paysages bucoliques sont la source de ses premières inspirations. « Pour nous, l'art s'arrêtait à ça », confesse-t-il, conscient des premiers émois qui feront naître sa passion.

Il se souvient aussi de cet oncle lointain qui pratiquait la peinture sur soie et réalisait des tableaux représentant les épreuves douloureuses de la Seconde Guerre mondiale. L'un d'eux était accroché dans le salon. À l'âge de 8 ans, à quelques jours du réveillon de Noël, tandis qu'il marche avec ses parents dans le centre-ville de Bourg-en-Bresse, il s'attarde plusieurs minutes devant une vitrine illuminée, contemplant un livre avec les multiples couleurs des chefs-d'œuvre de Delacroix. Émerveillé, le jeune Jacques reste silencieux. « Cela a beaucoup compté dans mon parcours. »

En classe, il aime se perdre dans ses pensées. Il est souvent pris à rêver à travers la fenêtre de l'école ; alors l'instituteur dit à ses parents : « Il préfère observer les hannetons plutôt qu'apprendre à conjuguer les verbes. »

À l'adolescence, il rencontre l'art pour de bon. Il développe son regard et ressent ses premières émotions. Régulièrement, sa tante le conduit au musée à Lyon, à quatre-vingts kilomètres de chez lui. « J'aimais ça. J'étais toujours impressionné. »

Jacques se souvient de sa première visite comme si c'était hier : « C'était le musée des Beaux-Arts à Lyon. J'adorais les scènes impossibles, les mondes étranges, les couleurs mystérieuses. »

Sur les bancs de la faculté, il profite du temps libre pour vagabonder dans les musées de la ville. « Je prenais conscience que la peinture ne reflétait pas nécessairement le beau, c'est plus subtil que ça », explique Jacques.

Un tableau de Jim Léon le marque tout particulièrement. C'est un artiste britannique installé à Lyon dont la tonalité expressionniste plaît au jeune étudiant rêveur. Les paysages extravagants, les visages déformés, les couleurs radicales de ses tableaux sont des invitations à penser.

« J'ai demandé à ma précieuse épouse de m'aider à le trouver, je voulais le rencontrer. » Quelque temps plus tard, la rencontre a lieu. Les deux hommes deviendront amis jusqu'à la mort du peintre en 2002.

Une autre fois, alors qu'il retrouve ses amis étudiants dans un appartement de la ville, une peinture à l'aquarelle d'une écriture libre retient son attention : « C'est là que j'ai acheté mon premier tableau », sourit-il, rappelant que l'« on trouve des choses excellentes à des petits prix. C'est ce que je ne cesse jamais de rappeler ».

En parallèle de sa passion naissante, Jacques décroche un diplôme d'expert-comptable.

Plongé dans les chiffres, la comptabilité et les statistiques, il se hisse au poste de commissaire aux comptes et se rapproche de grands groupes français.

Il fréquente alors des chefs d'entreprise talentueux, portés par la culture du risque et celle du résultat. Des hommes et des femmes passionnants, qui le frappent par leur rapidité d'analyse et leur capacité à décider. Ils ont une vision à long terme qui les guide, « tout le contraire des hommes politiques d'aujourd'hui », lâche-t-il, admiratif, un brin moqueur.

De comptable à auditeur, il passe des règles financières rigides à un travail de réflexion et de vision plus globale de l'entreprise. « Même là, je ne pouvais m'empêcher de penser. Au fond, la question d'un patron est : comment se présentera le monde demain ? Comment y faire face ? »

Mais à la fin des années 1990, il devient président du Salon Sud-Est qui fut le premier de province, fondé en 1925 pour donner davantage de visibilité aux artistes lyonnais et provinciaux. Il est le premier président à ne pas être peintre mais un observateur passionné désireux de s'impliquer.

Par son style franc, sa fougue, sa culture du privé, il surprend par son dynamisme : « Je ne suis pas là pour tamponner des documents, je suis là pour présider. »

Jacques est rigoureux, organisé ; il déniche de nouveaux talents, mobilise des artistes de renom, attire la presse, relance un salon qui menaçait de s'essouffler. L'expérience lui plaît : « Le succès n'était pas lié à mon génie. Le milieu avait simplement besoin de quelqu'un permettant de retrouver l'âme et l'énergie du passé », résume-t-il, modeste.

Entre Paris, où il travaille, et Lyon où il se passionne, Jacques divise son temps. « Je ne comptais plus le nombre d'allers-retours. »

Il prend conscience que les galeries lyonnaises se sont réduites comme peau de chagrin tandis qu'elles se comptent par dizaines à Paris.

À 60 ans, Jacques doit prendre sa retraite professionnelle. « Pourtant je ne voulais pas m'arrêter ni sombrer dans l'ennui. »

Il prend alors la tête de l'association des Amis du musée des Beaux-Arts, comme une reconnaissance envers le lieu qui a nourri ses rêves. Il organise des visites, des activités en groupe et des conférences.

En 2013, le retraité franchit une nouvelle étape et ouvre sa propre galerie. « Pour tout vous dire, je ne me trouvais pas encore assez immergé dans l'art ! J'avais l'envie viscérale d'ouvrir une galerie, besoin d'une bouffée d'oxygène », avoue-t-il.

La galerie n'est pas seulement un lieu de vente, mais un espace de découvertes, de rencontres avec les créateurs, d'échanges avec les passionnés et les curieux.

Il quitte son domicile aux alentours de 5 heures du matin pour embarquer dans sa camionnette et prend la route pour dénicher des artistes qui créent loin des mondanités de la grande ville. « Au fin fond de la campagne, il m'est arrivé de rencontrer des artistes inconnus dont les œuvres étaient d'une qualité absolument remarquable. »

Beaucoup aimeraient exposer mais ne le peuvent pas, faute de moyens. « Exposer a un coût et tous ne peuvent pas se le permettre. J'ai vu des gens incroyables et talentueux vivre dans des conditions déplorables. Ce sont ces artistes qu'il faut aider en priorité. »

Il fait la rencontre d'un peintre originaire du Monténégro. Ce dernier peint l'horreur, le monde et la guerre. L'homme est considéré comme l'un des meilleurs dans sa spécialité, l'un des plus talentueux de sa génération. Alors, Jacques, guidé par sa sensibilité, le convainc d'être exposé dans sa galerie.

Ce lieu va lui offrir des moments inattendus et profondément humains.

Un soir, un SDF s'arrête longuement devant la vitrine et se fige plusieurs minutes face à la galerie qu'il juge sans doute inaccessible. Jacques l'observe et lui propose d'entrer. Ensemble, ils conversent près de deux heures. Dans la précarité et la détresse, l'homme écrit des poèmes à ses enfants ; il les tend au galeriste. En discutant, ils ont partagé une émotion et une expérience. « L'art, ce n'est pas une affaire d'argent, c'est une affaire de sensibilité », martèle Jacques à plusieurs reprises lors de notre conversation.

La culture n'est pas un privilège d'élite, elle est l'affaire de tous. « Parfois, les gens qui parcourent les galeries d'art ne s'intéressent qu'aux prix, à la plus-value. La seule et unique question est de savoir si le tableau vous parle. S'il vous appelle ou non. »

L'octogénaire a appris à saisir les multiples dimensions de l'art : « Certaines œuvres sont des pièces de positionnement social. On considère qu'il faut y mettre le prix, car elles portent le nom d'un grand artiste. D'autres relèvent de la décoration. Il y a aussi les œuvres purement intellectuelles, moins commerciales, mais qui invitent au questionnement et à la réflexion. »

Quand il visite une exposition, Jacques a un rituel : se placer au milieu de la salle et faire un tour à 360 degrés autour de lui pour ressentir ce qui lui parle le plus. « Chaque visite est une découverte. Je suis plutôt porté par la condition humaine. »

Il se souvient de sa collaboration avec les Apprentis d'Auteuil : une quinzaine de jeunes en décrochage scolaire conviés à une visite au musée. Ils tendent l'oreille pour écouter, et l'intensité avec laquelle ils le font émeut Jacques.

À la fin, il leur offre un DVD sur Séraphine de Senlis, magnifiquement interprétée par Yolande Moreau.

Née en 1864 dans une famille modeste de l'Oise, orpheline à l'âge de 7 ans, la jeune fille semblait vouée à une vie difficile et anonyme ; domestique puis femme de ménage, son horizon était réduit aux tâches les plus dures pour survivre. Dans le secret et sur le peu de temps libre dont elle disposait, Séraphine peignait. Le hasard de la vie l'a mise sur le chemin d'un collectionneur allemand qui, reconnaissant son génie, l'a prise sous son aile. Aujourd'hui, elle est une peintre célébrée.

Avec ce récit, Jacques tend à démontrer que la culture est l'affaire de tous. Elle n'est pas seulement le fait d'héritiers. À ces jeunes, il dit aussi que l'origine sociale comme les difficultés scolaires ne doivent pas étouffer leur curiosité et leur sensibilité.

Sont-ils moins sensibles à l'art que leurs aînés ? « On parle trop souvent des jeunes qui vont mal. Pas assez des jeunes qui vont bien. Or, toute ma vie, y compris dans la galerie, j'ai rencontré des jeunes merveilleux et ouverts, de vrais passionnés. »

Comment, dans le temps présent, rendre l'art plus accessible ? La question taraude Jacques depuis plusieurs années. L'école est le lieu des commencements : « C'est curieux qu'en France les enseignants d'éducation artistique et musicale ne soient bien souvent pas pris au sérieux », s'offusque-t-il.

À côté des matières dites « nobles » comme les mathématiques ou le français, l'art serait considéré comme une discipline secondaire ou optionnelle. Il est pourtant un langage universel, capable de révéler des sensibilités, de canaliser des colères, d'ouvrir des horizons.

Le passionné de culture est convaincu qu'il est essentiel de rendre à l'art toute la place qu'il mérite dans le système éducatif en multipliant les visites de musées, de hauts lieux du patrimoine, et en organisant des rencontres avec les artistes, en pratiquant la musique ou le théâtre. « Notre société ne doit pas perdre le sens des choses », confesse-t-il.

Dans un monde broyé par la tyrannie des écrans, l'art et la culture obligent à s'interrompre pour prendre le temps d'observer et de réfléchir.

Au fil des ans, ses affinités ont évolué. Lorsqu'il était plus jeune, il était impressionné par les œuvres religieuses. Plus tard, il s'est passionné pour le mouvement expressionniste qui interpelle : « Parce que moi aussi, je me pose des questions. »

Il se rappelle cette exposition sur la crucifixion qu'il a organisée : « Cinquante visiteurs par jour. Je n'ai rien vendu, mais chacun sortait bouleversé. »

Et il sourit : « Lorsqu'on expose, certains trouvent que c'était une horreur. D'autres sont accros. Tout n'est qu'affaire de quête et de sensibilité. »

Il raconte aussi avec émotion son rôle de commissaire d'exposition en lien avec l'inauguration du monument sur la Shoah, place Carnot à Lyon. « Un de mes plus grands souvenirs », se remémore-t-il. Pour ce travail de mémoire, il fait le choix de mêler des œuvres connues à des artistes anonymes.

Jacques évoque la nécessité pour la culture de redevenir un service public vivant : subventionner les grandes institutions parisiennes est une chose, mais permettre à chacun de franchir les portes d'un musée, d'un atelier ou d'une galerie sans craindre de « ne pas avoir les codes » est la boussole la plus importante.

Cette ambition suppose pour l'État de ne pas abandonner son patrimoine. À cet égard, nous avons une dette morale et une obligation d'agir.

Comment transmettre notre histoire et permettre aux jeunes générations de rêver d'art et de culture si nos cathédrales, nos musées et nos châteaux sont laissés à l'abandon ?

Certains de nos emblèmes nationaux sont en péril.

Le château de Chambord, joyau de la Renaissance, propriété de l'État depuis 1930, acheté au prince Élie de Bourbon, est certainement l'exemple le plus criant. L'aile royale, celle de son concepteur, François Ier, qui représente près de 90 % de la superficie du château, est aujourd'hui fermée au public.

Voilà dix ans que des fissures visibles depuis les murs ne cessent de se creuser, allant jusqu'à fendre les pierres. Faute d'un engagement clair de l'État – son propriétaire –, le directeur du domaine a été contraint de lancer une cagnotte sur Internet dans l'espoir de recueillir les 37 millions d'euros nécessaires aux travaux de restauration d'ici 2030.

En 2023, un rapport de la Cour des comptes est venu étayer l'urgence de la situation ; un paradoxe saisissant lorsqu'on sait que près d'un million de visiteurs se pressent à Chambord chaque année et qu'il est l'un des rares établissements publics à s'autofinancer et à rémunérer ses salariés sur ses propres ressources. Classé au patrimoine mondial de l'Unesco, il est l'un des monuments de notre patrimoine les plus visités, symbole de la puissance culturelle française.

Hélas, un constat alarmant s'impose : environ un quart des monuments historiques français sont aujourd'hui en mauvais état, voire en péril.

Sans les grands mécènes, des joyaux français seraient en état de faillite. Ainsi, que serait le palais de Versailles sans les multiples dons du groupe LVMH ?

Dans le Hameau de Trianon, la maison de la Reine menaçait de tomber en ruine. Elle fut rouverte en 2018 grâce au mécénat de Dior.

Au-delà des symboles illustres, ce sont les églises des petites communes rurales qui sont délaissées. Leurs charpentes, leurs clochers, leurs vitraux souffrent en silence, quand ils ne tombent pas en lambeaux.

Souvent, la charge de réparation et d'entretien est considérable et les maires se retrouvent démunis, contraints de regarder impuissants le délitement de ce qui faisait la fierté séculaire du village.

Restaurer, c'est préserver une mémoire nationale, une identité et des racines.

Le patrimoine culturel de la France est immense et pourtant quasi abandonné.

En 1981, pour l'affiche de sa campagne présidentielle, François Mitterrand avait choisi de poser devant un village morvandiau, Sermages, dont le clocher domine les toits. La campagne nivernaise était glorifiée.

Cette exaltation de la France tranquille semblait paradoxale pour un candidat socialiste.

Certainement, cette affiche voulue par son conseiller en communication, Jacques Séguéla, a contribué à la victoire mitterrandienne.

Elle raconte la présence immémoriale de tant de chapelles, prieurés, collégiales, églises romanes ou gothiques dans toutes les trente-cinq mille communes de France.

Ces dernières se retrouvent si seules pour prendre soin et restaurer les nefs antiques, les vitraux colorés, les maîtres-autels imposants et les peintures mystiques.

Le monde entier nous envie ce patrimoine si émouvant.

L'été, nous croisons ces touristes venus du Canada ou de l'Allemagne, de l'Italie ou du Brésil poussant les portes de nos monuments communaux.

Il raconte l'histoire d'un peuple, ses combats et son espérance, l'histoire chrétienne, et aussi celle des débuts de la République.

Car en 1789, ce sont des paroisses que sont parties les idées nouvelles de la Révolution. Les cahiers de doléances ont souvent été rédigés par les prêtres qui seuls savaient lire et écrire.

Les paroisses sont devenues des communes ; et l'église, lien qui traverse les siècles, est demeurée.

En 2025, les maires sont seuls. Ils doivent assumer la charge de ce patrimoine. L'État les laisse en première ligne. L'État vacille et se fait porter pâle. Misérable et indigne attitude.

Les maires sont devenus les gardiens éloquents de notre patrimoine et donc de notre histoire. Ils sont la meilleure part de nos politiques publiques.

Qui veut bien le dire ? Qui s'en soucie ? Qui honore les maires ? Qui leur donne la première place ?

Quasi personne.

De 1910 à 1914, Maurice Barrès écrit son livre *La Grande Pitié des églises de France*. Déjà, de nombreux édifices menacent de tomber en ruine. Il plaide pour la reconnaissance de la « belle chaîne de l'art français » et s'insurge contre les « débuts d'une ère de vandalisme ».

Hélas, nous vivons toujours cette grande et misérable pitié.

Et pourtant, vive nos clochers ! Vive l'esprit de clocher !

Charles de Gaulle, à Colombey-les-Deux-Églises, le savait mieux que personne. Aujourd'hui, il tonnerait encore contre nos hypocrisies et tant de défaitisme.

À plus de 80 ans, le feu de la passion et l'énergie en bandoulière, Jacques refuse d'arrêter. « Après cinq jours de vacances, je m'ennuie. J'ai besoin de la peinture et de la relation aux gens. » Dans une France fracturée, il a la conviction que nous ne savons plus nous parler ou nous écouter, « nous reconnaître dans l'humanité de l'autre ».

Il croit au rôle fondamental de l'art. La culture n'exige ni diplôme ni fortune : elle est une émotion, une disponibilité intérieure que chacun peut atteindre.

Jacques ne déroge jamais à ses premiers gestes de galeriste. En rentrant le soir d'une journée d'enchères, il ramène chez lui le tableau fraîchement acquis et l'installe dans la cuisine.

Sous une simple lumière, face à l'œuvre, loin des mots et de l'ambiance, il s'interroge : ai-je bien fait de l'acquérir ?

« Si, en me levant le lendemain, le tableau continue de m'interpeller, de me parler, alors je sais que j'ai eu raison. » Telle est la boussole de sa vie.

Il partage cette passion au côté de son épouse.

Ensemble, ils ont passé un pacte : « C'est moi qui choisis ce qu'on met sur les murs », sourit Jacques. Elle est un pilier et un soutien indéfectible depuis toujours. « Sans elle, je n'aurais jamais pu m'investir à ce point. Elle m'a toujours compris. »

Son envie de découvrir et d'explorer demeure intacte.

Le dimanche, le lundi et le mardi sont des jours de fermeture. Pour autant, Jacques continue de prendre sa voiture à l'aube pour traverser la région et rendre visite à des créateurs et à des peintres, avec l'ambition de trouver la perle rare.

A-t-il des regrets ? Il y eut bien ce tableau de la Charité romaine, une représentation datant du XVIIe siècle d'une jeune femme allaitant secrètement son père en prison, condamné à mourir de faim.

« C'était une vente aux enchères. Je n'ai pas décidé quand il le fallait. Je m'en veux encore, quarante ans plus tard », confie-t-il.

L'art est devenu pour lui une nécessité et une thérapie. La voix basse, il me livre un secret : « La culture est médecin de l'homme. »

VII
Ceux qui s'éloignent

18

Au nom des vivants

« AUJOURD'HUI, je n'ai plus peur de rien. »
C'est chez elle, dans cette humble maison de plain-pied qui fut autrefois son havre de paix, que Sabine a tenu à me recevoir. Elle a insisté pour que ce soit là, entre les murs de cette demeure déchirée par l'histoire. Dans le salon où la mort a frappé, au petit matin du 7 octobre 2023.

En l'espace de quelques minutes, le destin de cette Franco-Israélienne et celui de sa famille ont basculé à jamais. Dans ces lieux, son mari, Guil, a été assassiné ; le plus jeune de ses fils, âgé de 7 ans, a perdu un œil en recevant un éclat de grenade et elle a appris, depuis son portable, que son fils aîné, Or, venait lui aussi d'être abattu de six balles dans la tête sur la plage voisine par les terroristes du Hamas. Dans ce kibboutz du Sud d'Israël, à quelques mètres de la bande de Gaza et d'un vaste mur de barbelés que l'on aperçoit depuis la terrasse du jardin, Sabine a tout perdu. Pourtant, c'est ici qu'elle a tenu à témoigner, à dire sa vérité, à ouvrir son cœur. Parce que, me dit-elle, « je parle pour guérir ».

En mars 2025, je me rends en Israël pour la première fois. Je dois prendre la parole lors d'un forum international consacré à la lutte contre l'antisémitisme.

J'ai voulu emprunter les chemins de l'Histoire et rencontrer la communauté française. C'est un déplacement symbolique, empli d'humanité, et profondément politique.

Depuis plusieurs années, le vent de l'antisémitisme souffle à nouveau avec une brutalité froide partout en Europe. En France, les actes visant nos compatriotes de confession juive explosent. Des synagogues doivent être placées sous surveillance. Des rabbins sont agressés dans nos rues. Des familles juives fuient les banlieues communautarisées et quittent parfois le pays, parce qu'elles ne s'y sentent plus en sécurité. Les tragédies de l'affaire Ilan Halimi, de l'Hypercacher, les meurtres de Sarah Halimi et de Mireille Knoll ont été des signaux d'alerte.

En 2018, j'avais participé à la marche blanche organisée à la mémoire de Mireille Knoll. Cette femme de 85 ans avait été poignardée de onze coups de couteau à son domicile du 11e arrondissement de Paris, avant que son corps ne soit brûlé. Pour beaucoup, cet acte sauvage relevait du fait divers. Pour moi, ce meurtre était le signe d'une haine viscérale, alimentée par des années de laxisme, d'aveuglement et de renoncements face à l'enracinement de l'idéologie islamiste.

L'antisémitisme d'atmosphère prospère dans la rue, sur les réseaux sociaux, dans le débat public. Il est nourri par le silence des uns et par la complicité des autres.

C'est au nom de cette lucidité, de ce refus du déni, que j'ai tenu à me rendre en Israël. À Jérusalem, l'héritière des trois grands monothéismes, j'ai marché dans la vieille ville, dans ses ruelles aux pierres sacrées. À Yad Vashem, devant le mémorial de la Shoah qui offre un nom pour l'éternité à toutes les victimes de la pire entreprise génocidaire jamais conduite, j'ai éprouvé de l'effroi. J'ai senti le poids du temps et mesuré notre responsabilité de ne jamais laisser pareille ignominie se répéter. J'ai aussi songé à ceux qui ont résisté et lutté, intensément, pour que la France conserve son honneur et sa lumière.

En Israël, je suis allé au cœur des drames, écouter les survivants, comprendre les peines, partager la douleur de ceux qui, comme nous, doivent panser les plaies de la barbarie islamiste. Sur les lieux du festival Nova, théâtre d'un massacre d'une violence inouïe, j'ai tendu l'oreille à ceux qui ont survécu. Dans les habitations frontalières, comme à Sdérot, j'ai souhaité aller auprès des familles.

C'est là que j'ai rencontré Sabine, Franco-Israélienne de 49 ans.

Elle a deux nationalités, deux identités qu'elle aime plus que tout et qu'elle revendique, sans jamais chercher à les confronter. « C'est un peu comme un homme qui aime deux femmes », dit-elle avec ce sens de l'humour dont elle ne se départit jamais. Il y a quelque chose de bouleversant chez cette femme, une dignité admirable, une douleur pudique, une force presque surhumaine. « Il est toujours temps de vivre la vie, tel un devoir moral pour continuer à avancer », confie-t-elle.

Née en France en 1976, à Neuilly-sur-Seine, Sabine a grandi dans une famille juive non pratiquante originaire d'Afrique du Nord marquée par la géopolitique. De son enfance, elle n'a jamais oublié cette phrase répétée par sa mère : « Dans vingt ans, la France sera l'Iran. »

Des mots prémonitoires, par certains aspects. Une façon maternelle de mettre en garde : vivre libre et insouciant n'a jamais rien d'acquis. Avant 1979, l'Iran était un État moderne, bien qu'autoritaire. Les femmes pouvaient circuler, étudier, se vêtir ou se maquiller librement. Mais depuis la Révolution islamique conduite par l'ayatollah Khomeini, le pays a basculé dans un régime théocratique chiite dont les femmes sont les premières victimes. Le voile est rendu obligatoire, les arts sont censurés et la police des mœurs fait brutalement appliquer la loi religieuse.

Adolescente, Sabine aime la liberté à la française, la façon de vivre, de penser, de s'habiller. Au début des années 1990, ses parents prennent la décision de quitter la France pour s'installer en Israël. C'est un choc. « Je n'ai pas arrêté de pleurer. Je ne connaissais pas ce pays. Je savais juste qu'il y avait la guerre là-bas. Sur place, j'ai eu énormément de mal à m'y faire. On se moquait de mon accent français », se souvient-elle.

Pour autant, elle part faire son service militaire de deux ans, à Gaza, sous les couleurs et l'uniforme de Tsahal, l'armée israélienne. « J'ai toujours eu du respect pour l'Armée, ce lion endormi qui surgit quand on l'attaque. »

Elle quitte le domicile familial du Sud du pays pour s'installer à Tel-Aviv, au bord de la Méditerranée ; pour se rappeler la France et le mode de vie occidental qu'elle affectionne tant. Sa mère lui conseille de se rendre à l'ambassade et de faire son rappel de passeport car « la France, c'est ton pays, il ne faut pas en perdre la nationalité », lui glisse-t-elle.

Là-bas, elle tombe amoureuse d'un homme druze, musulman, et donc interdit d'union hors communauté. Les mœurs le proscrivent, la famille s'y opposera. Il coupe court à la relation et la quitte deux mois plus tard, pour se marier conformément aux usages. C'est un chagrin immense pour Sabine qui vient de fêter ses 24 ans.

Mal dans sa peau, elle prend la décision de rentrer en France pour rebondir et s'inscrit à la Sorbonne. Elle trouve refuge auprès d'Odette, sa grand-mère paternelle, son pilier, un modèle d'élégance pour ses tenues chics et sa manière d'être, si française. Mais quelques mois plus tard, elle décède subitement. « Le choc de ma vie », reconnaît-elle, l'œil humide. Seule et dévastée par le chagrin, il lui est impossible de rester ici, loin de sa famille.

Elle décide de repartir en Israël et trouve rapidement un emploi à la Bourse aux diamants de Tel-Aviv, au milieu d'hommes d'affaires du monde entier. Elle retrouve des businessmans iraniens, se familiarise avec leur accent.

À 26 ans, elle rencontre Guil, un Juif israélien officier du Shin Bet, le service de renseignements intérieurs de l'État hébreu. Guil insiste pour qu'ils soient en couple. Elle l'ignore, puis finit par céder. Elle tombe amoureuse, et ils s'installent ensemble, au début des années 2000, dans cette maison chaleureuse aux épais murs blancs à deux kilomètres de la frontière. Ils ne le savent pas encore, mais ce lieu sera le refuge de vingt années de vie commune, d'un amour solide et de la naissance de leurs quatre garçons.

À plusieurs reprises, avant le drame du 7 octobre, leur vie a failli basculer.

En 2001, une première roquette tombe près de leur maison.

En 2004, les bombardements sont quotidiens. Le dôme de fer, mis en service en 2007 pour intercepter les missiles tirés sur Israël, n'existe pas encore. Il n'y a pas d'alarme, seulement un sifflement dans le ciel.

Guil ne parle pas de son travail, le secret professionnel l'y oblige, mais Sabine apprend à observer, à décrypter, à sentir le danger.

En 2006 naît leur fils Or. Guil est envoyé au Liban. Sabine raconte avec une tendresse infinie les échanges qui la relient à lui au pays du cèdre, les coups de téléphone impossibles, l'inquiétude, la force des sentiments. En 2007, elle entend des bruits sourds non loin de leur maison. « Ils creusent un tunnel », dit-elle inquiète à son mari qui ne la croit pas. Elle avait pourtant raison.

Toutefois, le couple mène une vie presque rêvée. Ils agrandissent la maison et voyagent partout en Europe : à Rome, Cannes, Venise et Saint-Tropez se trouvent leurs meilleurs souvenirs.

Guil finit par quitter le Shin Bet pour devenir pompier ; il veut passer plus de temps avec sa famille. En 2022, sa mère meurt dans un accident. Guil s'effondre. Sabine ne l'a jamais vu pleurer. Le mari tape dans un mur et quitte la maison à toute allure. Elle le retrouve plusieurs heures après, seul, déboussolé, face à la mer près d'Ashkelon.

Inconsolable, Guil ne sera plus jamais le même. Quelques mois avant l'attentat, elle sent son mari s'éloigner, un premier départ sentimental qui la blesse et l'affecte.

Puis vient l'aube du 7 octobre. Sabine en parle comme d'un film d'horreur interminable. Ce matin-là, elle est réveillée par le bruit. Il est 7 heures.

Les terroristes du Hamas, lourdement armés, pénètrent en territoire israélien et, par dizaines, font irruption dans les habitations frontalières. Trois assaillants encerclent la maison familiale. L'horreur commence. Ils tirent en rafales sur les murs, les portes et les fenêtres pour tenter de pénétrer à l'intérieur. Tout va très vite.

Chacun ici connaît le bruit des armes ; celui de la kalachnikov des islamistes résonne comme le son de la mort.

Sabine se réfugie avec l'un de ses fils dans l'une des pièces sécurisées de la maison puis s'enferme. Guil a tout juste le temps d'attraper leurs plus jeunes fils – Koren, 13 ans, et Shay, 9 ans – avant de se retrancher à l'extérieur dans l'abri de jardin. Ils crient et supplient : leurs bourreaux sont derrière la porte.

L'un des assaillants entend les enfants geindre. Il dégoupille sa grenade, la jette à l'intérieur de la maisonnette et bloque toute issue. Le piège de la mort se referme. Guil se jette sur la grenade, la plaque contre son ventre pour tenter d'épargner ses enfants. Il explose devant les yeux de ses fils, après leur avoir dit un dernier « Je vous aime ».

Les deux jeunes enfants sont très grièvement blessés. Leurs petits corps sont marqués par les brûlures et les éclats, l'un d'eux perdra la vue.

Depuis l'intérieur, assommée par les bruits terrifiants de la scène macabre dans le jardin, Sabine tient. Le commando la cherche, fouille chaque recoin mais ne la trouve pas. La pièce est blindée, bien dissimulée. Guil l'avait construite pour eux, « au cas où ». Elle prie et espère pour que son mari et ses enfants soient en sécurité en ignorant la scène d'horreur qui se joue dans le jardin.

Elle réussit à capter quelques signaux internet, les messages lui parviennent par salves. Elle tente en vain de demander de l'aide. Les réseaux d'urgence sont saturés. Leur fils aîné de 17 ans, Or, vient d'être abattu sur une plage à proximité de la maison. Six balles dans la tête. La scène a été filmée et circule déjà sur les réseaux sociaux. En silence, terrée, Sabine s'effondre devant les images effroyables.

En une fraction de seconde, la mère de famille a perdu mari, fils et finalement une part d'elle-même.

Je l'écoute en silence, presque religieusement. J'ai pleuré sans pouvoir m'interrompre.

Je n'ose lui avouer que quelques heures auparavant, en visionnant une série de vidéos des massacres au poste de police de la ville de Sdérot, j'ai vu la maison de Sabine. Chaque détail, chaque seconde d'atrocité. Je ne pourrai jamais oublier ces images.

La force avec laquelle Sabine se tient debout est admirable. La nuance et la hauteur avec lesquelles elle continue d'observer le monde, après avoir traversé l'enfer, forcent le respect.

Elle a aussi voulu me conter l'histoire de son jardinier palestinien.

C'est lui, sous la contrainte, qui a donné aux islamistes du Hamas l'adresse de Sabine, les plans du kibboutz et le nom de ses enfants. À la question « Comment ne pas haïr ? », elle répond avec calme : « Les terroristes avaient arrêté son fils. Ils avaient découvert qu'il était homosexuel. Ils lui ont dit :

“Donne-nous des noms, ou on l’exécute.” Qu’auriez-vous fait à sa place ? »

« Il y a en face des innocents. Des gens pris en otages, eux aussi, par cette sauvagerie », ajoute-t-elle avec lucidité.

La capacité de discernement, même dans les ténèbres, Sabine s’y accroche.

Aujourd’hui, elle n’a plus peur. Ni de mourir, ni de vivre seule. « J’aime la vie. Je suis fière de mes enfants. Mais je suis en colère. Je dors mal. Je suis fatiguée », avoue-t-elle éreintée.

Pour tenter d’aller mieux, elle suit une thérapie comportementale : « Je vais finir par arrêter d’y aller. Ça m’ennuie et mon psy pleure davantage que moi à chaque fois. » Elle n’arrive plus à lire. Parfois, elle tente de se replonger dans l’ouvrage qui a inspiré son caractère de femme, la biographie de Margaret Thatcher : « Les femmes à poigne m’inspirent et me donnent de la force. »

Cette maison, elle ne la quittera pas. Elle y restera. Pour Guil. Pour Or. Pour ses enfants marqués à vie. Alors, elle multiplie les conférences, les rencontres, les prises de parole. Cela l’aide à avancer. Elle veut donner de l’espoir à toutes les familles de victimes et aux enfants orphelins, honorer la mémoire des siens et défendre la liberté contre l’islamisme. Elle veut que la justice passe et refuse qu’on la plaigne. Elle veut qu’on l’écoute.

Pour Sabine, la France est une partie d’elle-même. Elle y a reçu une éducation, une culture, une manière de penser, une force pour ne jamais se coucher face à la loi des barbares.

« J'ai envie de crier à la France : réveillez-vous ! » dit-elle.

Allons-nous détourner le regard ? Aurons-nous le courage de nommer le mal et de protéger les nôtres ? Ces questions existentielles, civilisationnelles taraudent le peuple français.

Le 7 octobre 2023 restera à jamais gravé dans l'histoire d'Israël mais il sera aussi l'un des jours les plus sombres de la France. Quarante-deux de nos compatriotes ont été lâchement assassinés ce jour-là, dans la rue, dans leurs maisons, dans des lieux de fête. Depuis le Bataclan, c'est l'attentat le plus meurtrier contre des ressortissants français.

Face à ces drames, la France ne peut plus donner le sentiment de faiblir dans la guerre contre le terrorisme islamiste.

Notre pays, par la voix du général de Gaulle et de ses successeurs, a toujours défendu l'idée d'une paix juste au Proche-Orient. La solution à deux États est en théorie le seul horizon viable et réaliste. Mais elle ne peut advenir à n'importe quel prix, et en faisant abstraction des réalités tragiques du moment.

Au printemps 2025, le président Macron a annoncé son intention de reconnaître devant les Nations unies un État de Palestine, conditionnant cette reconnaissance à des garanties indispensables telles que la libération de tous les otages encore détenus par le Hamas, la démilitarisation du mouvement terroriste qui règne sur la bande de Gaza et une réforme de l'Autorité palestinienne. Dans un contexte régional dégradé, l'Élysée a finalement reporté sa décision.

Comme à son habitude et sous la pression de la gauche, Emmanuel Macron a effectué un énième revirement dont lui seul a le secret : quelques semaines plus tard, sans qu'aucune des conditions précédemment évoquées ait été satisfaite ni discutée, il reconnaît, au nom de la France, l'État de Palestine lors de l'Assemblée générale des Nations unies à New York en septembre 2025.

La France devient ainsi le premier membre permanent du Conseil de sécurité de l'ONU à engager ce processus.

En reconnaissant un État palestinien sans que les conditions édictées par lui-même soient remplies, le président Macron affaiblit encore un peu plus la voix et l'autorité de la France sur la scène internationale. Ce revirement, sans cohérence ni cap clair, n'est pas seulement une erreur stratégique, c'est un aveu de faiblesse.

La diplomatie française, autrefois respectée pour sa constance, devient illisible, sujette aux pressions idéologiques, incapable de défendre les intérêts de la Nation et la stabilité du monde. En agissant ainsi, Emmanuel Macron rompt avec la longue tradition diplomatique française, toujours indépendante, exigeante et constructive. Il s'éloigne du principe selon lequel un État, pour être reconnu, doit disposer d'une autorité légitime, d'un territoire défini et d'un engagement clair pour la paix. Aucune de ces conditions n'est remplie au moment où j'écris ces lignes.

Le Hamas, qui exerce le pouvoir à Gaza, est une organisation reconnue comme terroriste par l'Union européenne. Il est responsable de l'attaque barbare du 7 octobre 2023 qui a coûté la vie à plus de 1 200 civils israéliens, hommes, femmes et enfants, et déclenché l'engrenage sanglant que nous subissons aujourd'hui. Peut-on, dans ces conditions, envisager la reconnaissance d'un État sans exiger un désarmement et une rupture claire avec la violence ?

Vers l'Orient compliqué, il serait bien périlleux de voler avec des idées trop simplistes…

Certains à gauche, depuis la tribune du Parlement européen, me reprochent, par réflexe pavlovien, mon parti pris. Je n'ai pourtant jamais fui cette complexité. Personne ne peut rester insensible au drame humanitaire que subissent aujourd'hui les civils de Gaza. La souffrance des familles, la détresse des jeunes enfants, le désespoir des populations prises en étau entre les bombardements et la brutalité du Hamas ne peuvent laisser indifférent.

La riposte israélienne était légitime au regard des crimes du 7 octobre et doit s'exercer dans le respect strict du droit international. Une vie humaine a la même valeur, par-delà la nationalité, la religion ou une quelconque appartenance. Le Hamas installe ses armes et ses centres de commandement au cœur des hôpitaux, des écoles, des mosquées et des immeubles civils ou institutionnels, exposant sciemment la population palestinienne à la tragédie.

Cette complexité se retrouve dans les équilibres régionaux. Les Émirats arabes unis, grand pays allié de la France dans lequel je me suis rendu au début de l'été 2025, en donnent une illustration frappante. Ils sont parmi les premiers fournisseurs d'aide humanitaire à la population palestinienne et poursuivent, depuis les accords d'Abraham, un processus de normalisation diplomatique et économique avec l'État d'Israël. Cette position n'est pas une contradiction, c'est une stratégie d'équilibre.

L'Arabie saoudite, puissance sunnite centrale, poursuit ses discussions avec Israël et les États-Unis autour d'une possible reconnaissance, et soutient dans le même temps la cause palestinienne sur les plans humanitaire et diplomatique.

Dans ce contexte sensible, la France devrait être un pôle de stabilité et de cohérence, *a fortiori* lorsqu'il s'agit de lutter contre le terrorisme islamiste. Elle devrait tenir une ligne d'autorité et de constance mais en agissant précipitamment et sans critères clairs, sans dialogue avec nos partenaires arabes modérés, le président Macron isole la diplomatie française et l'invisibilise.

On ne peut que s'indigner de voir la gauche française instrumentaliser éhontément la souffrance des civils au profit de la communication politique. Ces cyniques se mettent en scène sur des bateaux affrétés pour les caméras, drapés dans une fausse compassion, oubliant que l'exposition médiatique d'une élue de La France insoumise ne peut soulager la faim ou arrêter les bombes. Ce n'est pas de la solidarité, mais un mauvais théâtre ! Beaucoup de ceux qui professent leur indignation depuis les plateaux télé auraient grand mal à placer Rafah sur une carte…

Pourtant, ils distribuent les bons et les mauvais points, dispensent des leçons de morale et de droit international, nient les pogroms ou le caractère terroriste des actes du Hamas, accusent la France et l'Europe de lâcheté quand elles tentent d'être équilibrées, justifient l'injustifiable, et exigent des décisions diplomatiques majeures sur la foi d'une photographie ou d'un tweet.

Leur posture est à la fois dangereuse et immature.

La France a une dette. Une dette morale à l'égard de ceux qui, comme Sabine, ont tout perdu face à la barbarie islamiste. Une dette envers les Français, d'ici comme d'ailleurs, civils ou militaires, qui sont tombés sous les lames et les balles de ceux qui cherchent à détruire notre civilisation. Cette dette ne se rembourse pas avec des mots, elle exige du courage et de l'action.

La lutte contre l'antisémitisme est un combat de tous les jours, dans la rue, à l'école, dans nos institutions et sur les réseaux sociaux. Nous avons le devoir de la mener.

Sabine Tassa est une survivante. À travers son chagrin et son témoignage exceptionnel, c'est la Nation tout entière qui est interpellée.

Parce que ce qu'elle a vécu ne doit plus jamais s'écrire ailleurs, elle demande qu'on l'entende et que l'on ouvre les yeux. Nous devons être du bon côté de l'Histoire.

Pour nos morts, et au nom des vivants.

19

L'expatrié de Limoux

SON ACCENT DU SUD ne l'a jamais vraiment quitté, pas plus que son attachement viscéral à sa ville natale et à ses racines. « Je suis très attaché à Limoux. Je crois même qu'être aussi fier de mon pays et de ma région me permet de me sentir heureux partout où je vais. »

Ainsi va Dominique, 55 ans, directeur d'investissements de l'une des branches du fonds souverain de l'État d'Oman, sultanat de cinq millions d'habitants situé sur la péninsule Arabique. À l'ouest se trouvent l'Arabie saoudite et les Émirats arabes unis, l'allié solide de la France dans la région. Au sud-ouest, le Yémen.

D'un côté, le Moyen-Orient en pleine convulsion, organe vital de l'économie mondiale, qui mêle tensions géopolitiques et flux incessants avec le détroit d'Ormuz – au nord d'Oman, et ses cinquante-six kilomètres de couloir maritime qui voient passer chaque jour un cinquième du pétrole mondial.

De l'autre, Limoux, petite ville de l'Aude de onze mille habitants, célèbre pour son carnaval, ses traditions et sa blanquette, le « tout premier vin effervescent de l'histoire ».

Entre ces deux mondes, il y a le fil tendu par Dominique.

Né sur cette terre du Sud de la France, Dominique vient d'un milieu rural et bourgeois, d'une famille où soigner était une évidence. Son père est médecin de campagne, « comme quasiment tout le monde autour de moi ».

Enfant, il se prend de passion pour les animaux. « J'en déduisais que je serais vétérinaire », confie-t-il. Ses premiers souvenirs sont lumineux ; lui et son frère aîné ne manquaient de rien. La famille réside dans une petite maison de ville du centre de Limoux. « Nous avions la chance d'avoir une maison d'été en bord de mer, une autre à la montagne pour skier l'hiver. »

À l'aube de son adolescence, ils déménagent pour s'installer sur les hauteurs d'une colline dominant sa petite ville audoise. « C'était la plus belle vue de Limoux, je ne m'en suis jamais lassé. »

Durant sa scolarité, Dominique se révèle bon élève, notamment en mathématiques. Toutefois, l'ambition de devenir vétérinaire s'estompe rapidement : « Je n'étais pas prêt à faire vingt heures de biologie par semaine. »

À Montpellier, il rejoint sans entrain une classe préparatoire, puis l'école Centrale Méditerranée afin de devenir ingénieur en physique électronique. Il obtient son diplôme sans véritablement savoir ce qui l'attend. Que faire ? « Je voulais voyager, j'étais prêt à vivre et travailler ailleurs », se souvient-il.

Plus jeune, il écoutait avec fascination le récit des aventures d'un ami de la famille, un électricien exerçant à l'étranger. Ses chantiers l'appelaient en Europe, en Égypte ou en Russie.

Au cours de ses études d'ingénieur, Dominique est retenu pour passer plusieurs mois au sein d'une université du pays de Galles. « J'ai adoré, c'était une culture différente. Pour être franc, j'y ai trouvé beaucoup de similitudes avec Limoux : le paysage était rural, et les gens avaient un accent très prononcé que personne ne comprenait », sourit-il. Il prend goût à la vie loin de son pays.

De retour en France, à l'issue de ses études, il est rappelé à son devoir ; le service militaire l'attend. L'Audois espère emprunter la voie des VSNE, les volontaires du service national affectés en entreprise.

Il pourrait déroger au service national en étant missionné au sein d'une entreprise française à l'étranger. À Limoux, il repère une petite annonce au sein d'une société de matériel électronique. L'offre d'emploi propose un contrat de plusieurs mois aux Philippines. Le jeune diplômé est recruté. Sur place, la situation est instable, le régime est contesté par des manifestations violentes.

Au moment de partir, le projet s'effondre et Dominique accuse le coup : « J'étais résigné. Je suis finalement parti en montagne, au régiment, comme tout le monde. »

Sitôt sorti de la caserne, British Telecom lui adresse une offre d'emploi. « C'était l'époque des premières licences GSM, une véritable révolution. » L'opérateur historique britannique est prêt à lui ouvrir ses portes en Angleterre ; son premier vrai contrat à l'étranger. Dominique saisit l'opportunité et part s'installer à Ipswich, dans l'Est du pays, à environ une centaine de kilomètres de Londres.

Là-bas, il restera six ans. « Autour de la ville, c'était la campagne. Un jour, un faisan a fini sur mon pare-brise », se remémore-t-il, penaud. Viendront la Hollande, quelques allers-retours dans des capitales européennes, puis des missions en Afrique, tantôt comme ingénieur, parfois comme consultant. Aventurier, il rêve d'Amérique latine. « Je me suis dit qu'en posant mes valises à Madrid quelque temps, je pourrais peut-être trouver des opportunités pour partir de l'autre côté de l'Atlantique. » Il se remet à étudier, entame un MBA, spécialisé en finance, et se passionne pour les mécanismes d'investissement.

En janvier 2004, une tout autre mission l'appelle. Il doit lancer un vaste opérateur téléphonique en Algérie. L'expérience durera près de trois ans et Dominique rencontrera sa future épouse, une Parisienne venue – elle aussi – travailler à Alger. « On s'est mariés sur place. L'avantage par rapport à la France, c'est qu'il n'était pas nécessaire d'attendre un an et demi pour réserver l'église. » Depuis Limoux, sa famille et ses amis font le déplacement. « On était près d'une soixantaine ! » se remémore Dominique. Ils se marient donc sur les hauteurs d'Alger, dans la basilique Notre-Dame d'Afrique, dont les voûtes byzantines et le vaste dôme blanc surplombent la mer Méditerranée.

Quels souvenirs garde-t-il de ce pays au régime devenu tyrannique et brutal ? « C'est une terre avec un énorme potentiel, maintenue bien en dessous de ce qu'elle devrait être. » Un jour, sur le port, il aperçoit des douaniers contrôler de gigantesques conteneurs remplis d'oranges en provenance d'Espagne. Il s'approche de l'un d'eux et demande : « Pourquoi importez-vous tout ça ? Vous croulez sous des terres fertiles capables d'en produire une quantité immense… »

Il apprécie la vie au bord de cette mer qui jouxte sur l'autre rive sa région natale. « À l'époque, les Français étaient bien accueillis », précise-t-il, pour souligner l'évolution des liens entre les deux États.

Pour la naissance de leur premier fils, le couple décide de revenir en France. Ils choisissent de s'orienter vers Toulouse, « la seule clinique qui nous a acceptés. Tous les autres établissements ne voulaient pas de nous », se souvient Dominique. Leur situation administrative est atypique : ils n'ont pas de carte Vitale et disposent d'une couverture sociale partielle ; un dossier complexe après plusieurs années d'expatriation. « On ne me connaissait plus, j'étais quasiment sorti des radars », constate-t-il, amer.

Ce passage en France est temporaire ; il permet de souffler et de mettre à l'abri un début de patrimoine. Il enchaîne plusieurs contrats à Paris sans jamais se départir de l'idée de voguer vers d'autres rives.

Quand le téléphone sonne pour une offre d'emploi à Abou Dhabi, il accepte immédiatement. C'est un poste dans l'investissement et la finance, au service de l'opérateur téléphonique historique des Émirats arabes unis. « Le choix était hasardeux, mais je me suis dit : "Pourquoi pas ?" C'était dépaysant, sans être trop loin de la France, environ six heures de vol. Je ne suis pas certain que nous aurions accepté d'aller jusqu'en Australie », avoue-t-il.

Lancé presque à la légère, ce « pourquoi pas » va s'imposer comme le choix d'une vie, la porte d'entrée d'un monde qui est encore le sien dix-sept ans plus tard. Le hasard des opportunités le motive. Il a, ancré dans son caractère, la volonté de découvrir et de comprendre les cultures qui coexistent.

Après un bref passage par Abou Dhabi, la capitale des Émirats arabes unis, puis à Doha, au Qatar, il pose ses valises à Mascate, le cœur politique et économique d'Oman, un État discret du Golfe plein d'opportunités. « Ici, la vie est simple et le rythme sain. On vit presque tout le temps dehors, entre mer et montagne. Rien à voir avec le faste et le clinquant de Dubaï. »

Le gigantisme de cette dernière ne lui manque guère tant il est éloigné du charme européen. « Là-bas, on veut la tour la plus haute, le ciel le plus bleu, l'eau de mer la plus claire, l'anniversaire le plus voyant. Tout est surchargé, surfacturé », constate-t-il, lassé de ce trop-plein sur lequel l'émirat a bâti sa réputation. « Impossible de s'asseoir tranquillement dans un café pour boire un expresso : on vous propose dans la foulée de skier en plein désert... Tout est comme ça. Tout est factice. »

À Oman, dans cette atmosphère plus naturelle et plus pudique, il cherche à se rapprocher du reste de la communauté française. Il a beau aimer explorer le monde, son cœur reste fidèle à ses racines.

Le pays n'est pas grand. Environ six cents familles françaises vivent dans les environs, principalement en lien avec les activités pétrolières. « Les arrivées dépendent grandement de la vitalité économique, des contrats que réussissent à décrocher les entreprises françaises dans la région. Septembre est toujours un mois spécial : on voit ceux qui arrivent, et ceux qui partent. » Lorsque Total remporte un contrat et réussit à faire valoir son savoir-faire en termes d'énergie verte, de nouveaux visages apparaissent à l'école française.

Entre ces familles, le lien se crée facilement. « On se retrouve régulièrement. À chaque fois que l'ambassade de France organise un événement, je m'y rends. »

Dans le Golfe, Dominique apprend à vivre dans une société où le niveau de sécurité est déroutant :

« Ici à Oman, il n'y a aucun problème d'insécurité. » Il sait combien ce privilège et cette liberté sont devenus un luxe dans son pays natal : « On peut sortir tard, marcher seul dans les rues désertes et laisser sa voiture ouverte ou son portefeuille posé sur la table sans crainte. »

« C'est même dangereux, parce qu'on prend de mauvaises habitudes... Quand je rentre en France, j'oublie qu'on ne peut pas laisser son téléphone sur une table et filer aux toilettes dans un café. »

Dominique et son épouse ont élevé trois enfants. Deux d'entre eux sont nés à Dubaï et n'ont connu que le Moyen-Orient. « Je suis très attaché à mes racines, elles sont sacrées. Pour eux, c'est plus difficile. Heureusement qu'ils aiment le rugby, ça les rattache à la France », sourit-il, avec son accent prononcé et sa sympathie généreuse.

Entre eux, ses enfants communiquent en anglais, « par habitude de fréquentations ». Pour illustrer le déracinement qui touche les jeunes qui grandissent loin de France, il cite l'exemple de son fils qui ambitionne de devenir architecte. Il sait le métier qu'il souhaite exercer mais il choisira son lieu de vie selon les opportunités. Il sera mobile et saura s'adapter. »

Lorsque nous nous rencontrons, Dominique pilote des investissements pour le compte du fonds souverain d'Oman, une épargne nationale destinée à développer le pays. L'objectif du projet est de sortir peu à peu d'une dépendance financière au pétrole, en diversifiant l'économie autour de cinq piliers d'avenir : la logistique, la pêche, le tourisme, les énergies renouvelables et les nouvelles technologies. La stratégie est claire : le pays veut se rendre incontournable et compter dans l'économie de la connaissance qui attirera les talents et les capitaux.

Dominique commence sa journée dès que le réveil sonne à 5 heures précises. Quelques minutes suffisent pour revêtir sa tenue de sport et enfourcher son vélo afin de parcourir les avenues encore calmes de Mascate. Il nage ensuite en bord de mer dans une eau sur laquelle se reflètent les rayons du soleil levant, et part travailler.

Le Français doit identifier les transactions prometteuses, les analyser, puis convaincre le comité d'investissement ; un travail minutieux et exigeant, qui lui permet de revendiquer des résultats concrets : « Avant, il fallait trois mois pour avoir une connexion internet. On avait du cuivre partout, de mauvaise qualité. Aujourd'hui, grâce à nos investissements, tout le pays est fibré. »

À Oman, comme dans d'autres pays du Golfe, le fonds souverain est d'abord la traduction d'une vision : transformer la rente d'aujourd'hui en un avenir économique durable. « Chacune de nos actions revêt un objectif politique pour le pays. Aucun véhicule d'investissement n'est constitué par hasard, ou à l'aveugle. »

Ce modèle est inspirant. Pourquoi la France, qui a conçu tant de choses et inventé tant de modèles, serait-elle incapable de créer un outil similaire adapté aux capacités de son économie et à sa puissance d'épargne ? Pourquoi les Français ne pourraient-ils pas, à leur tour, devenir actionnaires de la maison France en redonnant à l'épargne un sens collectif ? « C'est très curieux que nous n'en ayons pas un chez nous », s'interroge Dominique.

Notre pays abrite l'un des taux d'épargne les plus élevés de toutes les économies développées (OCDE). Dans le contexte que nous connaissons, l'épargne totale des Français représente environ 6 000 milliards d'euros, à l'exclusion des biens immobiliers ; près du double de la dette publique française.

Deux tiers de cette épargne dorment sur des comptes courants ou réglementés, comme les livrets ou les assurances-vie ; une épargne peu rémunérée. Beaucoup de nos concitoyens ignorent le potentiel d'un fonds souverain pour relancer l'économie française.

L'idée n'a rien d'utopique : des pays comme la Norvège l'ont fait avec succès. Son fonds souverain, l'un des plus vastes au monde, alimenté par l'exploitation du gaz et du pétrole en mer du Nord, pèse aujourd'hui plus de 20 000 milliards de couronnes, soit 1 670 milliards d'euros.

« Flécher » 0,3 % de ce stock chaque année permettrait de mobiliser 20 milliards d'euros par an, ce qui correspond aux besoins en financements annuels de notre production industrielle pour passer de 9 à 15 % du PIB d'ici dix ans.

Plusieurs milliards d'euros mobilisables par an, sans creuser la dette ni augmenter les impôts, pour soutenir nos industries stratégiques, développer l'énergie nucléaire décarbonée, investir dans l'intelligence artificielle et les technologies de demain. La mise à disposition d'un fonds souverain pour les citoyens français doit remplir deux conditions : garantie du capital par l'État et rémunération attractive.

La France doit renouer avec une vision haute, une culture des grands projets et la capacité à penser à long terme, par-delà les échéances électorales.

Durant la seconde moitié du XXe siècle, cette manière de concevoir l'action publique nous a permis de doter la France de fondations solides.

La filière nucléaire civile, le TGV et son réseau ferroviaire d'exception, Thales ou encore Ariane ont conjugué les génies français et européen, et ont permis à la France de renforcer sa souveraineté.

Figée dans des produits peu rémunérés qui ne financent que marginalement l'innovation et l'emploi français, l'épargne pourrait, par l'intermédiaire d'un fonds souverain, devenir le socle d'un nouveau modèle productif et permettre à chacun – y compris les plus modestes – de contribuer à l'histoire commune et au temps long.

Alors que nous continuons à évoquer les spécificités de l'économie du Golfe, Dominique attire mon attention sur un autre point : « À Oman, la main-d'œuvre est extrêmement contrôlée. » Pour résider dans le sultanat, il faut disposer d'un contrat de travail.

« Pour faire renouveler son visa, l'État ne donne son feu vert qu'une fois le contrat transmis par l'employeur », ajoute Dominique, qui a passé une partie de l'été à compléter son dossier en ce sens. « Beaucoup d'emplois sont réservés aux Omanais. Pour le reste, dans la plupart des filières, une entreprise ne peut pas embaucher plus de 20 % d'étrangers. Un ministère est spécifiquement chargé de la régulation de ce taux. » Les Français expatriés ont rebaptisé ce dispositif le « minimum-omanisation ». Un moyen pour l'État d'Oman de dire à ses travailleurs et à sa jeune génération qu'ils ne seront jamais laissés de côté. C'est un principe, qui ne signifie ni repli ni rejet, bien au contraire. Le ressortissant étranger s'ajoute et contribue, mais ne remplace pas. Une leçon qui pourrait inspirer la France... Il ne suffit pas de parler de réindustrialisation ou de souveraineté, il faut aussi penser aux emplois dans ce cadre. C'est l'enjeu de la priorité nationale.

Depuis Mascate, Dominique n'oublie rien de sa patrie. Chaque matin, il lit la presse française, écoute des podcasts durant son heure de trajet pour se rendre au travail et suit les débats qui animent l'actualité. Ce qu'il observe ne le laisse jamais insensible : « L'insécurité, le désordre et le sentiment qu'il ne fait plus bon vivre en France me préoccupent. »

« Beaucoup de mes collègues se demandent pourquoi l'on accepte un tel désordre en France. » Et

Dominique, comme beaucoup de nos compatriotes, a du mal à donner une réponse.

Son regard sur l'Éducation nationale est sévère. « C'est l'un des gros soucis de la France. Le niveau scolaire s'effondre, on bourre le crâne des enfants de messages qui n'ont rien à voir avec les savoirs fondamentaux », peste-t-il, conscient que la transmission de la langue française et son rayonnement dans le monde devraient être sacralisés. Il s'inquiète de la dévalorisation des diplômes et de la difficulté croissante à les faire reconnaître à l'international. « J'ai croisé une vieille amie qui sort de Sciences Po et la manière dont les élèves de cette école raisonnent me fait peur », observe Dominique.

La France reste sa terre et lui manque comme une vieille amitié que la distance ne saurait effacer : « J'y retourne tous les étés et l'hiver pour le Carnaval de Limoux. C'est une nécessité pour moi. »

Depuis l'étranger, il constate combien la France peine à se défendre et à protéger ses intérêts à la table des négociations.

De gros contrats nous échappent au profit de pays dont la diplomatie est plus impliquée dans les affaires économiques, comme le Royaume-Uni. Par exemple, sur une négociation d'envergure, quand l'Élysée annonce la venue du chef de l'État, Emmanuel Macron, puis se rétracte, cela donne *in situ* le sentiment de négliger le dossier. « Ce genre de bévue laisse des traces. Dans le Golfe, les susceptibilités sont grandes et il faut y être attentif. »

Je rapporte à Dominique une anecdote à laquelle je ne peux m'empêcher de songer en écoutant son témoignage.

Au début de l'été 2025, alors que je suis reçu à Abou Dhabi par le gouvernement des Émirats arabes unis, un ministre de premier plan – particulièrement francophile, comme beaucoup – me confie : « Vous avez un pays absolument fabuleux. Mais votre problème aujourd'hui est que vous n'avez plus assez faim, que la France manque cruellement d'appétit par rapport aux autres pays du monde. » Comment lui donner tort, lorsque ce constat m'est opposé à chacun de mes déplacements à l'étranger…

Dominique abonde : « J'ai senti durant ma carrière une vraie nostalgie d'un imaginaire français qui a fait rêver et qui est aujourd'hui moribond. On n'a plus grand-chose à proposer ; nous n'impressionnons plus comme avant. Je ne comprends pas comment nous en sommes arrivés là. »

Sous Emmanuel Macron, la politique étrangère de la France n'aura été qu'une succession de désillusions et de fiascos, entre affaiblissement du corps diplomatique et revirements incessants.

L'homme qui se rêvait stratège mondial laisse derrière lui le tableau d'un champ de ruines, d'une France réduite à commenter plutôt qu'à agir. Jamais depuis la fin de la Seconde Guerre mondiale l'influence de la France n'avait reculé avec une telle force, et dans tant de régions du monde où elle était solidement implantée. L'exemple africain est le plus frappant.

Le retrait militaire du Sahel après l'opération Barkhane a laissé un vide comblé par d'autres puissances, par la Russie et ses mercenaires, par la Turquie ou encore la Chine. Au Mali, au Burkina Faso ou au Niger, la rue a crié son rejet de la présence française, aidée par la propagande de puissances étrangères hostiles.

Durant son parcours, l'expatrié est aussi passé par l'Afrique subsaharienne, là où il a été le témoin privilégié de l'affection suscitée par Jacques Chirac. « À l'époque, nous étions respectés. Avec Nicolas Sarkozy puis François Hollande, la situation a commencé à flancher. On a l'impression sans cesse plus désagréable qu'Emmanuel Macron déploie des efforts tangibles pour nous discréditer sciemment. Entre un millier d'options possibles, on dirait qu'il choisit toujours la plus mauvaise », confie-t-il, regrettant chez l'actuel président de la République une attitude vexante pour ses interlocuteurs et des contradictions permanentes qui abîment la parole de la France dans le monde.

Il cite l'exemple de l'Algérie, ce pays qu'il affectionne pour avoir été le témoin de son mariage : « Avant, nous y étions les bienvenus. Aujourd'hui, je connais plein de gens qui en partent. »

Cet État symbolise l'incapacité française à défendre ses intérêts. Depuis plusieurs années, le régime algérien multiplie les déclarations hostiles et teste notre diplomatie. L'absence de fermeté française est stupéfiante.

Le refus de délivrer les laissez-passer consulaires pour les délinquants sous OQTF, les provocations diplomatiques et l'instrumentalisation de la mémoire coloniale pour entretenir une hostilité latente, Alger sait combien ces postures parlent à sa jeunesse.

La relation franco-algérienne n'a jamais été aussi dégradée. La France, incapable d'imposer le respect, subit, devant une Algérie sûre de sa position.

À ce bilan calamiteux s'ajoute un ultime « exploit » diplomatique d'Emmanuel Macron que peu de ses prédécesseurs avaient imaginé : se fâcher à la fois avec l'Algérie et le Maroc.

Derrière ces rapports de force perdus, c'est l'influence française en Méditerranée qui se délite.

Mais ce ressenti n'a rien d'une fatalité.

La France dispose en son sein de tous les atouts pour se redresser ; faut-il encore le vouloir pour le pouvoir. « Bien sûr qu'on peut remonter la pente ! Tout est possible, à condition que l'État reprenne le contrôle du pays, qu'on dépende un peu moins de l'Europe et qu'on défende un peu plus nos intérêts. Les directives européennes imposent des contraintes qui nous font beaucoup de mal », gronde l'expatrié.

Avec le recul, Dominique confie avoir trouvé au Moyen-Orient une sérénité et une sécurité qui lui manqueraient en France. « Revenir travailler en France ?

Je craindrais de me sentir étranger », confesse-t-il, à force d'éloignement.

Le rapport de la France à ses expatriés le questionne. Travaillant sous contrat local – et non pour une entreprise française –, Dominique ne cotise pas pour un régime de retraite français. « J'investis, je place, dans l'espoir de profiter d'une retraite. »

Loin des circuits classiques, il construit son horizon depuis Oman. Une expérience de vie qu'il aime profondément, mais qui nécessite une licence officielle et une autorisation payante pour savourer un verre de vin. Comme un rappel, loin des mœurs occidentales, que la vie, ici, obéit à d'autres règles.

À Mascate, il sait qu'il restera plusieurs années, le temps que ses enfants achèvent leur scolarité et trouvent leur chemin dans cette vie nomade.

Dominique sait qu'un jour viendra l'heure du retour. Sa retraite, il l'envisage dans ce coin de l'Aude où tout a commencé et qu'il gardera dans son cœur pour toujours.

Cette ville, ce refuge « encore préservé » qu'il aime par-dessus tout, est aussi cet endroit « où l'on connaît tout le monde, où l'on est attaché les uns aux autres ». Il sait que, du haut de la colline limouxine, la maison familiale l'appelle et qu'il y répondra favorablement.

En dépit de la distance, malgré le temps qui passe, Dominique est de ceux qui demeurent viscéralement de France. C'est sûrement la leçon de notre conversation : on reste toujours de quelque part, lié à une patrie, enraciné dans une histoire, une lignée et une culture.

Au 31 décembre 2024, le nombre d'inscrits au registre des Français établis hors de France s'élevait à 1 741 942. Autant de nos compatriotes vivant loin de l'Hexagone, qui travaillent, investissent, entreprennent, enseignent, soignent, servent et contribuent à leur façon au rayonnement de la France dans le monde, de sa langue et de son génie. Cette communauté faite d'histoires individuelles nous rappelle que s'expatrier ne signifie pas rompre.

À des milliers de kilomètres, sous la chaleur de Mascate, auprès d'une civilisation différente, le regard de Dominique revient inexorablement vers sa patrie natale.

L'expatrié de Limoux ne peut s'empêcher de regarder, de s'informer, de commenter et parfois de s'inquiéter.

Dominique et sa famille incarnent un fil tiré entre deux mondes, un pont entre les racines et l'ouverture, entre la fidélité à la terre et l'ambition d'un parcours hors du commun.

VIII
Celle à qui je dois tout

20

Maman

« J'AI TOUJOURS AIMÉ TRAVAILLER avec les enfants. » Écrire ces lignes, c'est raconter son histoire, celle de nos mères qui se lèvent tôt, qui travaillent dur sans jamais se plaindre. C'est décrire l'humilité de leur caractère et la générosité de leurs gestes, leurs journées éprouvantes. Elles sont celles à qui nous devons tout et auxquelles je veux rendre hommage.

C'est aussi raconter le quotidien de celles qui permettent à l'école de la République de se tenir debout, lorsque tout s'effondre.

Atsem, ou agent territorial spécialisé des écoles maternelles, sont cinq lettres invisibles dans la grande machine de l'Éducation nationale. Elles ne sauraient suffire à décrire la profondeur et l'humanité de ce métier.

À l'ombre de nos instituteurs et de nos institutrices, ces fonctionnaires incarnent l'âme des premières années d'école. Elles sont celles qui accueillent et accompagnent, essuient les larmes et consolent, nouent un lacet, aident à tenir un pinceau. Elles maintiennent la classe propre et ordonnée.

Elles organisent le repas, la sieste, le goûter et voient grandir avec prudence et bienveillance ces enfants qu'elles aiment tant. Bien des années plus tard, elles sont celles dont on se souvient.

Pourtant, cette affection masque une réalité complexe. Un quotidien rude aux horaires exigeants : arriver en premier et partir en dernier, se pencher fréquemment, accepter le bruit, nettoyer et décaper les sols. Souvent, ces tâches laissent des marques indélébiles sur le corps.

Écrire le portrait de sa mère est un exercice difficile. Il y aurait tant à dire sur cette femme de devoir qui m'a élevé dans l'amour, la dignité et la générosité de ceux qui ont peu. Dans *Ce que je cherche*, j'ai décrit le parcours et les origines de ma famille venue d'ailleurs.

Luisa, maman, est née le 4 avril 1962 à Turin, dans le Nord de l'Italie. Son récit est celui d'une famille à qui la France des Trente Glorieuses a tendu les bras. Avec ses parents, Iolanda et Séverino, sa grande sœur, elle a franchi les Alpes en train au début des années 1960. Un frère et une sœur naîtront plus tard.

Sur leurs terres natales, mes grands-parents étaient de modestes ouvriers. Dans le Piémont, Séverino travaillait comme contrôleur de normes pour une entreprise de carrosserie automobile, la célèbre Carrozzeria Bertone. Iolanda triait des vêtements, mettant de côté ceux qui pouvaient être revendus. La tâche est rude, les revenus sont faibles. Lui a 25 ans, elle en a 18. Rapidement parents, tout juste mariés, ils prennent la décision de quitter l'Italie pour rejoindre la France.

En quittant Nichelino, la banlieue ouvrière de Turin, située le long des rives du Pô, le couple avait l'ambition de travailler et de trouver une vie meilleure dans un pays qui faisait rêver par son dynamisme et son art de vivre.

À Saint-Denis, ils poseront leurs bagages dans un appartement du centre-ville au confort sommaire, à quelques mètres de la basilique. Ils avaient une chambre commune, une bassine d'eau qui faisait office de salle de bains et des toilettes partagées situées au fond de la cour. Un Nichelino « bis » en somme : « Nos parents se débrouillaient pour travailler et ramener de quoi nous nourrir. On se contentait de peu. Mais on avait l'essentiel », se souvient ma mère.

Ma grand-mère décroche très vite un emploi de fleuriste, près du cimetière de Saint-Denis. Mon grand-père, lui, œuvre sur les chantiers, se lie d'amitié avec Auguste Gillot, également carrossier, maire communiste de la ville de 1944 à 1971.

À l'époque, Saint-Denis est de ces villes typiques de la « banlieue rouge », la petite couronne ouvrière devenue le point d'atterrissage d'une immigration de travail. La famille veut se faire « toute petite », s'assimiler à la France en parlant la langue, épouser les mœurs d'ici. Respecter ses voisins relève de l'évidence pour cette génération d'immigrés fraîchement débarquée. « L'entente était plus que cordiale entre les familles, et il y faisait bon vivre », se remémore maman.

Par souci d'intégration et pour envisager de rejoindre les effectifs de la ville de Saint-Denis comme agent d'entretien, ma grand-mère entreprend les démarches nécessaires pour décrocher la nationalité française : sans jamais se départir de son accent qu'elle conserve encore aujourd'hui, elle obtient le précieux document. Iolanda francise son prénom pour devenir « Iolande », tel un gage de fierté.

Ma mère a 15 ans lorsque Séverino, son père, décède subitement. Il laissera son épouse et leurs quatre enfants presque démunis.

La famille s'installe alors à la cité Gabriel-Péri, dans ces immeubles de béton qui incarnaient, en ce temps-là, la promesse du confort moderne pour les ouvriers. Ils ne la quitteront plus. Pour ma mère d'abord, puis pour moi quelques années plus tard, ce lieu restera à jamais celui des souvenirs tendres de l'enfance.

Luisa a beau aimer l'école, la vie lui rappelle vite ses dures réalités. Les émoluments de la famille sont maigres. Alors, à la première occasion, elle ira travailler et gagner sa vie. « Si c'était à refaire, je ferais sans doute des études », confie ma mère, consciente d'avoir entamé sa carrière bien tôt.

Son CAP de sténodactylographe en poche – un rôle oublié aujourd'hui –, Luisa repère une offre de travail dans l'une des boulangeries de la ville. Elle a 17 ans. Bercée par les odeurs de pain chaud et de viennoiseries, elle découvre le travail pour la première fois. « Je peux te dire que je m'en souviens comme si c'était hier. J'ai pris cinq kilos le premier mois », se rappelle-t-elle. Elle apprécie le métier et l'échange avec les clients.

Malheureusement, quelques mois plus tard, les propriétaires lui annoncent qu'ils partent à la retraite. Faute de repreneur, la boulangerie fermera ses portes. Elle sera licenciée et se retrouvera au chômage.

C'est une désillusion, mais elle est déterminée à rebondir et scrute les nouvelles annonces. La chance lui sourit : une boutique de prêt-à-porter située en centre-ville recherche une vendeuse. L'entretien d'embauche sera concluant. Elle découvrira un univers, un rythme différent et l'exigence des clients à satisfaire. « Je me souviens que nous avions une remise sur les vêtements. C'était un petit plus qui me plaisait. » Impliquée, elle séduit par son sérieux : « On me demandait d'assurer l'ouverture et la fermeture de la boutique. J'étais fière qu'on me fasse confiance », témoigne-t-elle en se remémorant ses premières responsabilités.

Olivier, vendeur dans le magasin, ne la laisse pas indifférente. Il deviendra son conjoint – et mon père. Ils feront vie commune jusqu'à mes un an et demi.

Après plusieurs années d'activité, le magasin rencontre des difficultés financières et se voit dans l'obligation de déclarer faillite. « Ça me poursuivait. C'était la seconde fois », se remémore-t-elle. À la même période, Luisa tombe enceinte : « Avec mon ventre, j'avais peu de chances de retrouver du travail. » La raison était simple : le bébé faisait 4,7 kilos.

Je nais le 13 septembre 1995 à Drancy. Pendant presque trois ans, ma mère va se consacrer à mes jours et à mes nuits.

Mes parents se séparent à mon entrée en maternelle ; le besoin d'un salaire se fait sentir. Alors, ma grand-mère Iolande prend les devants.

Devenue agent d'entretien dans une école de Saint-Denis, elle souffle le nom de sa fille à sa cheffe. On lui propose de déposer un CV à la mairie. Quelques jours plus tard, le téléphone sonne : « Vous commencez demain, pour une période d'essai d'un mois », lui dit-on.

Nous sommes en 1998. Ma mère est affectée aux tâches d'entretien. Elle n'oubliera pas ce jour où elle a franchi pour la première fois les portes de l'école Jean-Vilar.

Elle fait la connaissance de ses nouvelles collègues. L'une d'elles est une amie de Iolande et s'étonne : « Que fais-tu là ? », en observant Luisa veste en cuir noir onyx sur les épaules. « Je viens faire l'entretien, en remplacement. » Sa collègue rit aux éclats : « Tu rigoles, on dirait une secrétaire ! » L'anecdote amuse encore ma mère, dont l'allure un peu trop apprêtée était sans doute inadaptée à la tâche qui lui incombait.

Ce premier jour est un choc : « Premier vomi d'enfant sur la table, première odeur d'urine... Honnêtement, je n'étais pas très à l'aise. » En rentrant chez elle, elle fond en larmes dans les bras de sa mère : « Pourquoi tu m'as envoyée travailler là-bas ? » Avec cette franchise bien connue, ma grand-mère prévient : « Tu n'as rien vu encore ma fille. »

Les jours s'enchaînent sans répit et les remplacements se multiplient dans plusieurs écoles. Elle visite parfois jusqu'à trois établissements le même jour. Agent d'entretien le matin dans l'un, service de cantine le midi dans l'autre, goûter à 16 heures dans le dernier. Il faut préparer les tables, faire manger les enfants, nettoyer et tout remettre en ordre, puis recommencer.

Il lui arrive d'être envoyée à la Bourse du travail ou dans les bâtiments archéologiques de la ville : « Il fallait entretenir les bureaux au milieu de vieux vases cassés et d'objets historiques. On devait être extrêmement prudent. »

Elle est un jour missionnée pour remplacer une Atsem malade. Il faut accompagner l'institutrice en accueillant les enfants dans la classe, les aider dans leurs activités pédagogiques, les faire manger, les coucher pour la sieste et les réveiller, assurer leur hygiène.

En fin d'après-midi, alors que les enfants s'en vont, c'est une deuxième journée qui démarre. Il faut remettre les jouets en place, nettoyer la classe, les couloirs, les toilettes, la salle des maîtres ainsi que le cabinet médical.

Un autre jour, alors que j'étais encore à l'école maternelle, une surprise m'attendait. À la fin de la matinée, au moment d'entrer dans le réfectoire pour déjeuner, j'aperçois ma mère. Elle se tenait là, vêtue de sa blouse et souriante. Elle venait d'être affectée dans mon école, et j'en étais tellement fier. « Tu te rappelles que tu as éclaté en larmes de joie en me voyant ? » me glisse-t-elle aujourd'hui encore.

Au côté d'une institutrice qu'elle admire et avec qui elle se lie d'amitié, Luisa découvre sa vocation. « Si tu n'aimes pas les enfants, il faut vite changer de métier. Moi, je les aimais », affirme-t-elle, malgré la fatigue et les journées interminables. « Je me suis vite sentie à ma place. »

En parallèle d'un emploi du temps éreintant, Luisa entame des démarches pour décrocher la nationalité française, comme sa mère quelques années avant elle.

À l'aube des années 2000, à force d'exemplarité et d'attente – deux ans –, elle deviendra officiellement française. « J'étais contente et si fière. Je savais que ça m'ouvrirait de nouvelles portes. Je travaillais énormément, je voulais une vie et un travail stables.

Et la certitude de pouvoir élever et nourrir mon fils convenablement », confie-t-elle.

Ma mère a-t-elle eu des regrets au moment de laisser son passeport italien ? « Une partie de mon cœur est restée en Italie. Mais je ne regrette pas. C'est la France qui m'a donné à manger lorsque nous sommes arrivés, c'est en France et pour la France que je travaille. »

La suite est faite de dignité, de sacrifices et d'efforts, encore. Pour être titulaire, il faut décrocher le concours. Exercer le métier d'Atsem l'a convaincue d'avoir trouvé sa voie : « Je savais que le métier était difficile mais j'aimais le contact avec les enfants. Même si certains sont des têtes brûlées, et peut-être plus qu'avant… »

Ainsi, au milieu de journées bien remplies, elle décide de préparer le CAP Petite enfance. Entre les remplacements, son fils à élever et l'appartement à tenir, il faut trouver du temps. Le soir, après m'avoir récupéré, donné le bain et préparé le repas, elle se met à réviser. « Il fallait te lire *Oui-Oui* tous les soirs. Je ne te l'ai jamais dit, mais je sautais des pages pour gagner du temps et me permettre d'aller réviser. Parfois tu t'en rendais compte. » Nous rions ensemble à l'évocation de ce souvenir affectueux.

Les pauses déjeuner deviennent de précieuses minutes d'étude ; à peine une heure pour avaler un sandwich à la hâte dans le local des Atsem, sortir les cours et réviser seule, pendant que les titulaires discutaient.

Elle n'a pas encore 40 ans. La passion et la fidélité aux enfants qu'elle accompagne lui donnent la force d'aller au bout, de ne pas baisser les bras. Elle réussit le concours « du premier coup. Je pouvais enfin être titularisée ». Luisa est fière de son parcours, qui mérite les honneurs.

Un départ en retraite libère un poste à l'école Delaunay-Belleville, au cœur d'un quartier HLM de Saint-Denis, à quelques pas de la cité dans laquelle nous résidions. Elle est très loin de se douter que ce poste sera le sien durant vingt-quatre ans et qu'elle ne le quittera qu'au seuil de la retraite.

Près de trois décennies durant, ses journées vont débuter très tôt. À 5 h 40, le réveil sonnait. Ma mère fermait délicatement la porte de ma chambre, pour m'inviter à me rendormir, puis se dirigeait en silence vers la cuisine. Je me souviens des odeurs de café chaud et de tartines grillées qui envahissaient l'appartement ; elles me donnaient davantage faim que l'envie de replonger dans le sommeil. À la télévision, chaque matin dans la cuisine, nous regardions *Télématin*. Avant de quitter notre appartement, ma mère n'oubliait jamais la boîte qui contenait son repas pour le déjeuner, préparé la veille.

À 7 h 15, elle quittait notre cité pour une dizaine de minutes de marche vers l'école maternelle. Chaque jour, le même rituel. Une fois passé la porte de l'école et traversé la cour de récréation encore déserte, il faut enfiler une blouse propre et des chaussures adaptées. « Je n'ai jamais eu honte de porter le tablier. Pour certains, c'est déshonorant. Pas pour moi », glisse-t-elle. Ce vêtement a toujours été pour elle un motif de fierté et le symbole d'une dignité conquise de haute lutte.

À 7 h 30, l'école ouvre ses portes pour accueillir les premiers enfants dont les parents s'en vont travailler tôt.

Pour ma mère et ses collègues, c'est l'heure des ultimes vérifications avant l'ouverture. Tout doit être impeccable dans cette enceinte de la République. Peu avant 8 h 30, les Atsem de l'école s'installent dans leurs classes respectives au côté de l'institutrice, prêtes à commencer la journée de cours. « Ensuite les enfants t'achèvent pendant huit heures », confie ma mère avec un grand sourire et une franchise qui en dit long.

Régulièrement, lors des sorties scolaires, les parents découvrent la réalité d'un métier dont ils méconnaissent la dureté. « Je vous respecte beaucoup, je n'imaginais pas que votre travail était aussi dur », lui disent-ils, compréhensifs et reconnaissants.

Les rires, le bruit, les cris et les pleurs sont devenus son quotidien. « Maintenant que je suis à la retraite, lorsque je passe devant une école et que j'entends le charivari, je me demande comment j'ai fait pour supporter cela durant vingt-quatre ans, presque sans y prêter attention », confesse ma mère.

Quand les maîtresses partent déjeuner, Luisa et ses collègues prennent place à la cantine ; les élèves de maternelle doivent être installés pour déjeuner, avec l'aide et sous le regard bienveillant des Atsem.

À 13 h 30, vient l'heure de la sieste ; il faut coucher les jeunes enfants. Quand le silence s'impose dans le dortoir, un semblant de répit se profile et les agents se rejoignent pour partager un déjeuner au calme.

Jusqu'à l'heure du goûter, les activités pédagogiques s'enchaînent. Apprendre à reconnaître les formes d'un puzzle, les contours de l'alphabet, savoir tenir un stylo ou un pinceau et écrire son prénom sont autant d'ateliers qui, avec patience et répétition, forgent les premiers moments d'apprentissage de la vie.

Alors que les parents affluent, impatients devant le portail de l'école, la journée ne touche pas encore à sa fin pour celles qui ont accompagné les enfants depuis le petit matin. L'autre partie du métier commence.

Il faut assurer l'entretien de l'école, ranger et tout nettoyer pour le lendemain. À 18 heures, la délivrance sonne : « J'étais tellement fatiguée que je ne mangeais pas souvent le soir, je voulais simplement m'asseoir sur le canapé et me détendre. » Ma mère tombait de fatigue devant la télévision.

Ardemment, elle va tenir ce rythme jusqu'à l'âge de la retraite.

Quels sont ses plus beaux souvenirs ?

C'est la première fois que je lui pose ce type de question, mais je crois savoir ce qu'elle va répondre : « Les jours de fête des mères et des pères bien sûr ! Il fallait concevoir les cadeaux avec les enfants. Je m'appliquais pour que tout soit parfait et que les parents soient les plus heureux du monde. » Les kermesses de fin d'année sont aussi de ces souvenirs qu'elle emmènera avec elle : « Tout le monde était réuni : les parents, les enfants, l'équipe éducative. C'étaient des moments de fête. On était évidemment attachés aux enfants. Même si ce n'est pas les nôtres, les voir partir en fin d'année, c'est très émouvant. »

Il y eut aussi des moments plus sombres. Une violence omniprésente dans le quartier qui franchit parfois les grilles de l'école, les voitures calcinées sur le parking, les trafiquants de drogue à deux pas du portail. « On ne voulait pas trop se mêler de ce qui se passait autour, par peur des représailles. »

En plein après-midi, l'un d'eux est poursuivi par la police et s'introduit dans l'école en enjambant le grillage, une menotte accrochée au poignet. C'était la panique à l'intérieur du bâtiment. Dans la précipitation, ma mère chute et se rompt les ligaments. Elle en gardera des séquelles toute sa vie.

Parfois, les tensions viennent des familles elles-mêmes. Des scènes virulentes, des haussements de voix et la colère de parents qu'il faut réussir à canaliser.

Mais ce qui pèse le plus est la dureté de la tâche. « Contrairement aux instituteurs, nous n'avons pas deux mois de repos l'été. C'est le moment où il faut nettoyer l'école en profondeur, tout désinfecter, décaper, lustrer les sols, balayer les cours. Autant te dire qu'au moment de partir en vacances, tu n'as plus de bras. »

Au long de sa carrière, ma mère a toujours puisé sa force dans l'équipe qui l'entourait, un pacte de soutien moral réciproque auquel chacun consentait : « J'ai eu la chance d'avoir un bon binôme enseignant et une très bonne direction. J'ai toujours eu énormément de chance de ce côté-là. Nous étions très soudés avec les collègues », se souvient-elle. Pour le bien être de ceux qu'elle aura accompagnés durant les premières années de la vie.

Je me souviens qu'il lui arrivait très souvent de croiser ses élèves devenus grands, en centre-ville ou au supermarché. « Parfois on oublie les prénoms, jamais les visages. Eux ne nous oublient pas. »

Régulièrement, ma mère rentrait à la maison avec un bouquet de fleurs ou une boîte de chocolats offerts par des parents d'élèves. Ils tenaient à exprimer leur gratitude et dire merci. « Ce n'était pas grand-chose, mais c'était important. »

Ces liens humains et ces témoignages d'affection, Luisa les a emportés avec elle. Bien plus que son salaire, ils constituent la plus belle des récompenses. Celle d'avoir compté dans la vie des autres. « Pour la mairie, on est des numéros. Mais pour les instituteurs et la direction, on était considérés comme des piliers de l'école. »

Pour cette raison, elle n'a jamais songé à abandonner.

Le corps de ma mère conservera pour toujours les stigmates de cette vie d'efforts. Déplacer des tables plusieurs fois par jour, pousser les machines et lessiver le sol pour faire partir les moindres taches ; tout cela use la santé.

C'est répéter inlassablement les mêmes mouvements, se baisser, courber les jambes et le dos, tendre les bras, porter et récurer.

Être Atsem c'est ressentir les douleurs s'installer, apprendre à les apaiser et vivre avec. Les maux de dos sont légion. Il arrive que la douleur se déporte aux épaules, aux poignets et aux coudes éprouvés par la réitération des tâches.

D'abord occasionnels, les rendez-vous chez le médecin vont devenir réguliers. D'une simple sensation de brûlure initiale, les blessures s'ancrent progressivement. « La médecine du travail finit par reconnaître un handicap, une dégradation physique directement liée aux tâches qui nous sont confiées », rappelle-t-elle.

Luisa obtient une dispense pour les tâches d'entretien les plus lourdes. Son poste est officiellement aménagé : « C'était sur le papier. En réalité, les remplacements étaient rares, je ne pouvais pas abandonner l'équipe déjà surmenée. J'avais une conscience professionnelle vis-à-vis des enfants. Je continuais à aider raisonnablement, comme je le pouvais. Je me faisais engueuler par la directrice », dit-elle en esquissant un sourire avec le sentiment du devoir accompli, en se remémorant ce que furent les épreuves quotidiennes.

Ma mère tient bon, mais ce n'est pas grâce à son salaire, un peu au-dessus du Smic. « Le salaire est faible vu notre travail… Mais c'était le boulot, c'est comme ça. » Le soir en rentrant à la maison, je me souviens de ma mère écrivant sur un carnet chaque dépense, économisant le moindre centime, me rappelant à l'ordre chaque minute passée sous la douche à faire couler l'eau chaude. Elle tentait autant que possible de mettre de côté, d'économiser afin de s'assurer que je ne manque de rien. Grâce à la fonction publique, la stabilité est assurée. La sécurité de l'emploi est un luxe qu'elle n'a jamais perçu comme un privilège.

À 62 ans et 6 mois, le temps de la retraite a sonné. « Mes journées restent tout aussi chargées. Je m'occupe, je vois mes amies, je fais tout ce que je n'ai jamais eu le temps ni l'énergie de faire. » La réforme des retraites l'avait contrainte à prolonger de quelques mois son activité. « Quand tu sais qu'il ne te reste plus grand-chose, tu comptes les jours, tu comptes les heures. Ça semble encore plus long. Faire le ménage m'a achevée, il était temps que je m'arrête, même si les enfants vont me manquer. Si j'avais été en bonne forme physique, j'aurais aimé continuer. Malheureusement, avec la fatigue et les douleurs, c'était impossible. »

Au terme d'une carrière rude, elle perçoit une retraite d'environ 1 500 euros, entre pension, Sécurité sociale et petite complémentaire. « Ce n'est vraiment rien quand tu as 890 euros de charges et que tout augmente tout le temps. Manger correctement est devenu un luxe. Chaque jour, j'achetais une baguette tradition. J'ai limité un peu, c'est toujours ça de pris. »

Maman est de ces Français qui ont toujours vécu avec l'angoisse sourde de la fin du mois, l'inquiétude de se réveiller en étant incapable de faire face. Avec lucidité, elle constate : « Avant, je pense qu'on vivait mieux avec moins de moyens. On ne se posait pas toutes ces questions, l'avenir semblait moins incertain. »

Notre quartier aura contribué à sa lassitude. Les trafics de drogue empoisonnent la vie des honnêtes gens, livrés à un environnement qui ne leur ressemble pas. Les halls de la cité sont squattés, sans que personne intervienne. Le prix des différentes substances de drogue vendues est tagué sur les murs de l'immeuble. Les agressions, les violences et parfois les règlements de comptes à l'arme automatique au pied de l'immeuble font de chaque sortie une épreuve psychologique : « Il faut passer, ne rien dire, et baisser les yeux. Avec une petite retraite, on est prisonnier, et on ne peut pas déménager », déplore-t-elle.

Elle ajoute alors : « Si on avait écouté certains, nous n'en serions pas là aujourd'hui. » Ces mots résonnent comme un rappel, presque comme une évidence, tant ils font écho au combat acharné et visionnaire de Marine Le Pen.

Adolescent, c'est pour elle que je me suis engagé, parce qu'elle a toujours su, au nom de tous les Français, mettre en lumière les réalités que d'autres refusaient de voir, poser les vérités que beaucoup jugeaient dérangeantes mais qui se sont pourtant révélées exactes. À travers ses prises de position constantes, elle n'a jamais cessé de porter avec courage les sentiments profonds, justes et légitimes d'un peuple souvent ignoré. J'ai choisi de me battre chaque jour à ses côtés, de l'accompagner jusqu'au pouvoir avec la conviction qu'elle seule rendra aux Français l'avenir qu'ils méritent.

Que dirait ma mère au président de la République ? « J'aimerais lui dire de revaloriser les salaires du petit personnel de la fonction publique, de penser un peu à nous. » Que pense-t-elle des débats récurrents sur le nombre de fonctionnaires ? « Sur le terrain, il en manque. Dans les bureaux, probablement il y en a trop ! Il faudrait remettre de l'ordre. »

Et la France dans tout ça ? « Ça restera, pour toujours, le pays qui m'a donné à manger et qui m'a permis d'élever mon enfant. » Une phrase qui en dit beaucoup, malgré la fatigue, les grands sacrifices et la petite retraite. Dignement, humblement, maman aime ce pays qu'elle a servi de gestes essentiels.

A-t-elle un regret ? Elle réfléchit : « Peut-être celui de ne jamais avoir osé acheter un logement, par peur de ne plus pouvoir le payer un jour. » Et en guise de conclusion, cette phrase : « Je n'ai aucun regret, que des bons souvenirs. »

Être Atsem ne se limite pas à entretenir les couloirs d'une école ou à accompagner une institutrice.

C'est transmettre les premiers gestes de la vie, les premières règles communes, les premiers savoirs qui transformeront l'enfant en élève et l'élève en citoyen libre. Maman incarne une France qui ne se plaint pas, qui persévère sans fléchir et qui, à bout de bras, porte l'avenir du pays.

Il y a des parcours remarquables qui méritent d'être célébrés. Celui de ma mère en fait partie. Il est, à mes yeux, le plus cher. Je sais que beaucoup se reconnaîtront dans son histoire.

Elle m'a inculqué le respect, la droiture, et je peux en être fier. Aujourd'hui, je veux lui dire merci.

Je n'oublierai rien

Je n'oublierai rien. Rien de ce que vous m'avez dit, rien de ce que vous m'avez confié.

Avec vos mots, emplis de gravité, sincères, vous m'avez fait part de vos doutes, de vos colères, de vos lassitudes.

J'ai aussi entendu vos espoirs, vos envies et vos rêves ; pour vous, pour vos enfants, pour le pays. La France est loin d'avoir dit son dernier mot.

Comme chaque fois que nous nous rencontrons, j'ai appris, encore un peu plus.

Je sais vos attentes. Elles sont immenses.

J'ai compris vos exigences. En premier lieu, à l'égard de ceux qui aspirent à conduire aux destinées de la Nation, à améliorer votre quotidien, à rebâtir un avenir commun. Parler pour convaincre ne suffit plus ; il faut agir pour mériter la confiance.

Les échecs du passé sont nés de tant d'éloignements, lorsque ceux qui prétendaient représenter le peuple ont cessé de l'écouter ; lorsqu'ils ont cru que prendre des décisions froides dans des bureaux capitonnés suffirait à taire le réel ; lorsqu'ils ont pris l'habitude de se parler à eux-mêmes plutôt que d'écouter battre le cœur des Français. L'âme d'un pays n'a rien de bureaucratique mais tout d'un souffle charnel.

Réussir demain là où d'autres ont échoué hier ne se résume pas seulement à porter un projet différent.

Il faut connaître ce que vivent les Français chaque jour. Il faut partager leurs peines, leurs souffrances, mais aussi leurs grandes espérances. De façon presque corporelle, il faut être relié à eux. Par amour et par volonté.

Car à force de détourner le regard et de mépriser le désir des Français, on court le plus grand risque : la rupture.

C'est la clé du temps présent : briser l'éloignement qui s'est installé.

Au-delà de l'exigence de proximité, d'unité et de vérité que l'homme d'État doit au peuple français dans ces instants troublés, il faut retrouver le sens premier de l'action politique : respecter, protéger, garantir un destin à la Nation.

Depuis plusieurs décennies, les réformes menées se ressemblent, peu ou prou. Quand un camp gouverne trop longtemps, il finit souvent par confondre l'intérêt de la Nation avec celui de sa propre idéologie. Le choix d'une alternance a vocation à redonner un souffle, un cap clair et, très souvent, du courage. L'alternance empêche aussi le pouvoir de se fossiliser, rappelant à cet égard qu'un mandat n'est pas un droit, mais un devoir. Elle permet de corriger, de rééquilibrer et de modifier en profondeur les grandes orientations qui structurent la vie du pays. Les Français ont droit à cette alternance. Alors, il est temps aujourd'hui d'ouvrir une nouvelle page de la vie démocratique de notre pays.

Ceux qui nous nourrissent l'ont confessé : ils ne réclament pas de privilèges. Nos agriculteurs, nos éleveurs, nos pêcheurs exigent de pouvoir vivre dignement de leur travail, allégés des normes qui étouffent, à l'abri d'une concurrence internationale déloyale qui écrase. Produire en France, sur la terre de nos ancêtres, ne peut plus être perçu comme un handicap mais doit, au contraire, être reconnu comme le pilier de la richesse nationale.

Ceux qui nous protègent méritent, eux aussi, l'estime et le respect. Qu'il s'agisse des forces de l'ordre, des pompiers, des militaires mais aussi des magistrats, ils sont ceux qui permettent à la France de ne jamais vaciller. Nous leur devons un indéfectible soutien, des moyens adaptés à la menace.

Le message le plus fort que nous puissions adresser aux policiers et aux gendarmes est la mise en œuvre d'une politique pénale ferme et cohérente, qui donne tout son sens à leur engagement. Il est temps de rétablir un équilibre social : la justice est là pour protéger les victimes et sanctionner les criminels, non pour excuser leurs actes.

Ceux qui nous soignent ne veulent plus seulement être applaudis. Chaque jour, chaque nuit, ils portent la souffrance des autres, souvent au détriment de leur propre santé. Être médecin, infirmier ou aide-soignant, c'est être un rempart face à la détresse des plus fragiles et à la solitude de nos aînés.

Le personnel soignant n'attend qu'une simple chose : qu'on lui rende le pouvoir, qu'on lui permette de soigner, grâce à des effectifs adaptés et à une reconnaissance salariale à la hauteur de son engagement, mais aussi grâce à une organisation qui place enfin l'acte de soin avant la logique de rentabilité.

Ceux qui bâtissent le pays ne pourront continuer à le faire entre l'enclume de la norme et le marteau de l'impôt. Les ouvriers, les salariés, les commerçants, les artisans, les ingénieurs, les créateurs d'entreprise sont les forces vives de la Nation.

Il nous faut libérer la France des contraintes qui obèrent la croissance et la production, simplifier, faire confiance à ceux qui osent, innovent et prennent des risques.

Produire de la richesse en France, créer de l'emploi sont des trésors nationaux qui conditionnent autant la souveraineté nationale que la prospérité des Français. Il est impardonnable de ne pas en tenir compte. Travailler doit toujours être mieux valorisé que bénéficier de la protection du modèle social, au risque d'annihiler l'effort de toute la Nation : comment ne pas considérer ce sentiment d'injustice qui traverse la France de l'effort ? À cet égard, il nous faut mieux rémunérer le travail.

Ceux qui nous lient, instituteurs, professeurs, maires, ceux qui sont toujours présents pour nous maintiennent, vaille que vaille, coûte que coûte, de toutes leurs forces, l'unité, la cohésion, la route et, finalement, l'espérance du pays. La grande espérance. La noble espérance française.

Ceux qui nous font rêver, à l'image des artistes ou de nos valeureux sportifs, ont besoin de savoir la France fraternelle, assumant son identité, son drapeau et ses valeurs. Pourquoi devrions-nous être le seul peuple du monde à ne pas être fier de ce que nous sommes ?

Ceux qui s'éloignent et s'expatrient ne tournent pas le dos à la France. D'où qu'ils soient, ils continuent d'en porter la voix, la langue et la culture. Leur départ nous questionne : que cherchent-ils là-bas qu'ils ne trouvent plus ici ? Nous devons retisser le lien, aussi, avec cette France qui voyage, valoriser nos talents et leur redonner la fougue de revenir, d'investir et de transmettre à leur tour.

Enfin, celle à qui je dois tout, ma mère, connaît ma sincérité pour vous. Je lui ai, une fois de plus, consacré plusieurs lignes. Elle m'a tant donné, a tant renoncé. Travailler, respecter les gens quels qu'ils soient et peu importe la nature du désaccord, se tenir droit et loyal : grâce à elle, grâce à mon père, ces valeurs simples et pures sont aussi les miennes.

Ce que vous m'avez dit tout au long de ces années, chères Françaises, chers Français, continuera de demeurer la boussole de mon engagement, toujours. Dans vos paroles, il y a bien plus qu'une solution. Il y a tout. À commencer par un devoir et une obligation morale.

Quant à la France, elle reste mon choix le plus précieux.

Ainsi, je n'oublierai rien. Comment pourrais-je vous oublier ? La chose est impossible.

Nous sommes un grand peuple. Nous resterons vivants.

Cet ouvrage a été imprimé en France
sur les presses de Normandie Roto Impression s.a.s.
61250 Lonrai (Orne)

pour le compte des Éditions Fayard
13, rue du Montparnasse, 75006 Paris
info-fayard@editions-fayard.fr
en novembre 2025

Composition et mise en pages
Nord Compo à Villeneuve-d'Ascq

PAPIER CERTIFIÉ

fayard s'engage pour l'environnement en réduisant l'empreinte carbone de ses livres. Celle de cet exemplaire est de : 600 g éq. CO_2
Rendez-vous sur www.fayard-durable.fr

N° d'édition : 20.1250.5/03 - N° d'impression : 2504694
Imprimé en France